세네카 비극 전집 1

나남
nanam

한국연구재단 학술명저번역총서
서양편 435

세네카 비극 전집 1

2023년 9월 15일 발행
2024년 9월 15일 2쇄

지은이 루키우스 안나이우스 세네카
옮긴이 강대진
발행자 趙相浩
발행처 (주) 나남
주소 10881 경기도 파주시 회동길 193
전화 (031) 955-4601 (代)
FAX (031) 955-4555
등록 제 1-71호(1979. 5. 12)
홈페이지 http://www.nanam.net
전자우편 post@nanam.net

ISBN 978-89-300-4129-4
ISBN 978-89-300-8215-0 (세트)

책값은 뒤표지에 있습니다.

2019년 대한민국 교육부와 한국연구재단이 우리 시대 기초학문의 부흥을 위해 펼치는 학술명저번역사업의 지원을 받아 펴낸 책입니다(2019S1A5A7069253).

LUCIUS ANNAEUS SENECA

세네카 비극 전집 1

루키우스 안나이우스 세네카 지음

강대진 옮김

LUCIUS ANNAEUS SENECA

나남
nanam

L. Annaei Senecae Tragoediae

by

Lucius Annaeus Seneca

옮긴이 머리말

이 책은 서기 1세기 로마 스토아철학자 세네카의 비극 10편[1]을 번역하고 간단한 주석과 해설을 붙인 것이다.

세네카(기원전 4년, 또는 서기 1~65년)는 로마의 연설가·철학자·작가로서, 폭군 네로(서기 37~68년, 재위 54~68년)의 어린 시절 스승으로 널리 알려져 있다. 그의 주요 저작은 스토아 윤리학을 담은 철학적 에세이 14편과 편지 124편이다. 그 밖에도 자연과학 저작인 〈자연의 문제들〉(*Naturales Quaestiones*)과 풍자문학인 〈클라우디우스 황제 호박 만들기〉(*Apocolocyntosis divi Claudii*)가 있다.[2]

세네카는 희랍의 전통을 이어받아 중세 및 르네상스 유럽으로 전해 준 중요한 징검다리이다. 특히 스토아철학의 윤리학을 잘 전해 준 사람으로 꼽힌다. 그런데 서양에서는 이러한 철학자로서의 역할뿐만 아니라 비극작가로서의 면모도 크게 강조되어 왔다. 코르네유와 라신, 그리고 셰익스피

1 위작으로 의심되는 두 편을 포함했다.

2 후자는 위작일 가능성이 크다.

어를 비롯한 엘리자베스 시대 극작가들이 고대 전통을 이어받은 것은 모두 세네카를 통해서였다.

그가 남긴 비극작품들의 배경과 그 대체적 내용은 다음과 같다.

〈헤라클레스〉

〈광기에 빠진 헤라클레스〉라고도 한다. 헤라클레스가 저승에 다녀온 뒤에 유노(헤라)의 저주로 광기에 빠져 자기 가족을 참살하는 내용이다.

〈트로이아 여인들〉

트로이아 전쟁이 끝난 후 그곳 여성들에게 닥친 불행을 다루었다. 폴뤽세네 공주는 아킬레우스의 무덤에 제물로 바쳐지고, 헥토르의 아들 아스튀아낙스는 성벽에서 내동댕이쳐져서 죽게 된다.

〈포이니케 여인들〉

오이디푸스가 스스로 눈을 찌르고 나라를 떠나자, 그의 두 아들은 서로 싸운다. 오이디푸스는 아들들을 화해시켜 달라는 부탁을 받지만 거절하고 그들에게 저주를 퍼붓는다. 한편 이오카스테는 아들들 사이를 중재하려 애쓴다.[3] 같은 제목의 에우리피데스 작품과 비교하면, 아마 두 아들이 서로를 찔러 동시에 죽고, 이오카스테는 자결하는 것으로 끝났을 것이다.

---

3 이 작품은 3막의 시작 부분과 4막 끝 부분 이후가 유실되어 650행 정도만 남아 있다. 다른 작품은 대개 1,200행 정도의 길이다.

〈메데이아〉

남편 이아손이 코린토스 공주 크레우사와 결혼하자, 메데이아는 복수하기 위해 독 묻은 의상을 신부에게 선물로 보낸다. 이아손의 신부와 장인은 독 묻은 드레스의 불길에 타서 죽는다. 메데이아는 이아손이 보는 앞에서 자기 아이들을 죽이고서 달아난다. 그것을 목격한 이아손은 신들이 존재하지 않는다고 선언한다.

〈파이드라〉

테세우스가 저승에 가서 붙잡혀 있는 동안 그의 아내 파이드라는 의붓아들 힙폴뤼토스를 사랑하게 된다. 그녀의 고백을 듣자, 힙폴뤼토스는 숲으로 달아난다. 때마침 테세우스가 돌아오자, 파이드라는 자기가 힙폴뤼토스에게 겁탈당했노라고 거짓말한다. 테세우스가 아들을 저주하고, 그에 따라 힙폴뤼토스가 죽는다. 그러자 파이드라는 자기 죄를 고백하고 자결한다.

〈오이디푸스〉

대역병의 해결책을 얻으러 델포이에 갔던 크레온은 전왕 라이오스의 죽음을 복수하라는 신탁을 전한다. 오이디푸스는 예언자 테이레시아스를 부른다. 그는 라이오스의 혼령을 불러서 물어보겠노라며 떠난다. 크레온은 그 혼령이 '오이디푸스가 나라를 떠나야 하며, 그는 아버지의 침상을 더럽힌 자'라 했다고 전한다. 오이디푸스는 크레온과 테이레시아스가 자신을 제거하려 한다고 의심한다. 그때 코린토스 사자가 도착하여 그곳 왕 폴뤼보스의 죽음을 전하다가, 자신이 어린 오이디푸스를 주워 코린토스 왕가에 주었다고 밝힌다. 오이디푸스는 그 사자를 압박해서 자신이 라이오스의 아들임을 알아낸다. 오이디푸스는 눈알을 손으로 뜯어내어 자신을 징벌한다. 이오카스테는 칼로 자결한다.

〈아가멤논〉

트로이아 전쟁에 갔던 아가멤논이 돌아온다는 소식이 도착하자, 튀에스테스의 혼령이 나타나 아이기스토스에게 복수를 촉구한다. 클뤼타임네스트라와 아이기스토스는 아가멤논을 죽이기로 결정한다. 먼저 전령과 캇산드라가 도착하고 이어서 아가멤논이 돌아온다. 캇산드라는 그의 죽음을 예언하지만 아가멤논은 믿지 않는다. 아가멤논이 집 안으로 들어가자, 캇산드라는 그가 살해되는 장면을 생생하게 전한다. 엘렉트라는 동생 오레스테스를 스트로피오스에게 맡기고 자신은 제단으로 피신한다. 클뤼타임네스트라가 나와서 캇산드라를 죽이라고 명령한다.

〈튀에스테스〉

펠롭스가 죽자, 그의 두 아들 아트레우스와 튀에스테스는 왕권을 놓고 다툰다. 튀에스테스는 형수 아에로페와 간통하고, 아트레우스의 황금 양털가죽을 훔쳐 왕권을 차지하려 한다. 아트레우스는 튀에스테스를 추방했다가 화해하자며 식사에 초대하고는, 인질로 맡겨진 튀에스테스의 아이들을 잡아 아비에게 먹인다.4 마지막에 아트레우스는 튀에스테스에게 그가 먹은 것이 무엇인지 밝힌다.

---

4 그들의 조상 탄탈로스가 저승 세력의 명을 받아 이런 일을 부추긴 것으로 되어 있다.

〈오이테산의 헤라클레스〉

헤라클레스는 오이칼리아를 함락하고, 이올레 공주를 얻어 돌아온다. 헤라클레스의 아내 데이아네이라는 남편의 사랑을 잃는 것이 두려워서, 켄타우로스 넷소스의 피를 남편의 옷에 적셔 보낸다. 헤라클레스는 그 옷을 입었다가 독이 퍼져 죽는다. 고통이 심해지자, 그는 스스로 장작더미에 올라가 지나가던 사람에게 활과 화살을 줄 테니 불을 붙여 달라고 청한다. 아들 휠로스에게 소식을 전해 들은 데이아네이라는 자결한다. 헤라클레스의 어머니 알크메네가 슬퍼하는 가운데, 신이 된 헤라클레스가 나타나 그녀를 위로한다.

〈옥타비아〉

로마를 배경으로 한 역사극이다. 네로가 아내 옥타비아와 이혼하고 폼파이아와 결혼하려 한다. 세네카가 말리지만 소용이 없다. 대중이 반란을 일으켰다는 소식이 전해지자, 네로는 옥타비아를 섬으로 보내 죽게 한다. 합창단이 율리우스-클라우디우스 가문의 불행을 탄식한다.

이 10개 작품 중 마지막 두 편은 위작으로 의심된다. 앞의 9편은 희랍 주제를 극화한 것(*Fabulae crepidatae*)이고, 〈옥타비아〉는 로마를 배경으로 한 것(*Fabula praetexta*)이다. 각 작품에 대한 자세한 설명은 책 뒷부분의 옮긴이 해제를 참고하길 바란다.

서양 문학과 사상은 희랍과 로마에 기원을 두는 만큼, 독자들은 로마시대 비극으로는 유일하게 남아 전해지는 세네카의 작품들을 살펴봄으로써,

서양문학의 중심 흐름이 어떤 과정을 거쳐 현재와 같은 모습이 되었는지 이해의 폭을 넓힐 수 있다. 그리고 비슷한 주제를 다루는 서양 저작들도 훨씬 이해하기 쉬워질 것이다.[5]

또한 이 작품들에 반영된 로마적 요소들을 살핌으로써, 인류 문명에 큰 영향을 끼친 로마제국이 어떤 모습이었는지 더 잘 이해하게 될 것이다.[6]

한편 스토아철학자로 알려진 세네카의 비극이 그의 철학적 저작들과 전혀 다른 면모를 보이는 데서, 서기 1세기 로마에 살았던 한 지식인의 내면이 얼핏 보기와 달리 매우 복잡하다는 사실도 이해할 수 있다.

독자들께서 희랍극과는 또 다른 로마 비극의 맛을 한껏 즐기시기를 기원한다.

2023년 8월

강 대 진

---

5 예를 들면 코르네유와 라신의 비극, 셰익스피어와 크리스토퍼 말로 등 엘리자베스 시대 극작가에 대한 저술들도 세네카에 대한 언급을 피해가기 어렵다. 유럽 연극의 전통이 된 5막극 구조도 마찬가지다.

6 뒤에서 자세히 소개하겠지만, 일단 여기서 로마적 특성 혹은 세네카 개인의 특성을 간단히 요약하면 이러하다. 독약을 만들 때나 제물로 점칠 때, 저승의 혼령이 지상을 방문하거나 영매가 혼령을 불러올려 사정을 묻는 경우 그 과정과 장면을 자세히 묘사하여, 오늘날의 관점에서 보면 미신적 면모가 두드러진다. 그리고 각 등장인물의 발언이 마치 법정 연설 같아서 당시 수사학의 영향이 크게 느껴진다.

일러두기

1. 츠비어라인(O. Zwierlein)이 편집한 옥스퍼드 판(*L. Annaei Senecae Tragoediae*, 1986)을 번역의 저본으로 삼았다.
2. 작품 순서는 옥스퍼드 텍스트(*Oxford Classical Texts*)의 수록된 순서를 따랐다. 이는 사본들이 전해지는 전통적 순서와도 일치한다.
3. 고유명사 표기는 학자들 사이에서도, 어떤 방식을 취해도 일관되게 만들 수 없는 것으로 인정된다. 이 번역에서는 인물의 이름은 희랍 비극과의 비교를 위해 대체로 희랍어식으로 적었다.
4. 익숙하게 쓰는 일부 인명(예를 들면 '아킬레우스' 아닌 '아킬레스', '오뒷세우스' 아닌 '울릭세스')과 지명, 신의 명칭(윱피테르, 유노 등)은 라틴어식으로 적었다. 희랍어 이름의 접미사 '-오스'를 라틴어식으로 '-우스'로 적은 것은 그대로 두었다.
5. 본문에서 〔 〕 표시는 사본에 전해지지만 원문편집자(츠비어라인)가 삭제하자고 제안하는 부분이고, 〈 〉 표시는 사본에 없지만 원문편집자가 보충하자고 제안하는 부분이다.
6. 본문의 각주는 모두 옮긴이가 첨가한 주이다.
7. 극 진행 중 한 행을 두 명 이상의 인물이 나눠서 말하는 경우(*antilabe*) 의도적으로 앞에 여백을 두고 뒷사람의 대사가 시작되도록 편집했다.

세네카 비극 전집 1

차례

2~3권 차례

◈ 고대 희랍 지도

오이칼리아	〈오이테산의 헤라클레스〉의 배경 (현재 위치는 학자들이 추정한 것이다)
테바이	〈헤라클레스〉, 〈포이니케 여인들〉, 〈오이디푸스〉의 배경
아테나이	〈파이드라〉의 배경
코린토스	〈메데이아〉의 배경
뮈케나이	〈아가멤논〉의 배경
아르고스	〈아가멤논〉, 〈튀에스테스〉의 배경
트로이아	〈트로이아 여인들〉의 배경

트라키아
프 로 폰 티 스 해
트로이아
이데산
뮈시아
프뤼기아
에 게 해
뤼디아
크레테섬
크놋소스

헤라클레스

Hercvles

등장인물

유노

암피트뤼온 (헤라클레스의 아버지)

메가라 (헤라클레스의 아내)

뤼코스 (테바이 통치자)

헤라클레스

테세우스

합창단 (테바이 시민들)

배경

테바이

유노 천둥 치는 자의 누이인(이 이름만이 내게 남아 있기에[1]
하는 말인데), 나는 늘 다른 데 가 있는 윱피테르를,
그리고 창공의 가장 높은 공간을 떠났노라, 과부로서.
하늘에서 밀려나, 보금자리를 시앗들에게 넘겼노라.
나는 땅에 살아야 하리라, 하늘은 시앗들이 차지했으니. 5
이쪽에선 큰곰자리,[2] 높직한 별자리가, 냉기 어린 하늘 축의
꼭대기 부분에서 아르고스의 배들을 이끄는구나.
이쪽, 새봄이 돌아오면 날이 길어지는 방향에선
파도를 가르며 튀로스 공주 에우로파를 나른 자[3]가 빛나는구나.
저쪽에선, 멀리 떠도는 아틀라스의 딸들[4]이 10
배들도 바다도 두려워하는 무리를 몰아가는구나.
이쪽엔 위협적인 오리온[5]이 칼로 신들에게 두려움을 주고 있고,
또 황금의 페르세우스[6]가 자신의 별들을 차지하고 있구나.
이쪽에선 튄다레오스의 쌍둥이[7]가 맑은 성좌로 반짝이는구나.

---

1 헤라(유노)는 제우스(윱피테르)의 누이이자 아내이다.

2 제우스의 사랑을 받았던 칼리스토는 헤라의 미움을 받아 곰으로 변하고, 나중에 별자리가 되었다. 이 부분에 언급되는 별자리들은 모두 제우스의 연애 사건과 연관되어 있다.

3 황소자리. 제우스는 소로 변해서 에우로페(에우로파)를 납치했다.

4 황소자리 곁의 플레이아데스 성단. 이 별무리가 보이면 겨울이 되고 비가 내린다. 희랍 주변에서 겨울은 항해할 수 없는 계절이었다. 플레이아데스 중 셋이 제우스의 애인이 되었다.

5 오리온은 특별히 제우스의 연애 사건과 연관이 없어서, 이 자리에 언급되기엔 다소 어색한 데가 있다.

6 아르고스 공주 다나에는 제우스가 황금의 비가 되어 쏟아져 내리는 것을 맞고서 페르세우스를 낳았다.

그리고 그들이 태어날 때, 움직이던 땅이 멈춰 서게 되었던 그들도.[8] 15

또 박쿠스 자신과 박쿠스의 어미[9]만이 신들에게

합류한 게 아니었지. 그 어떤 부분에도 추한 꼴이 부족치 않게끔

하늘은 크레테 계집아이[10]의 왕관을 지니고 있으니까.

하지만 나는 지금 옛일을 뒤늦게 불평하는 중이다.

〈한데 이 새로운 일까지,

복수도 없이 견딜 것인가?〉[11] 끔찍하고 야만적인 땅 하나가,

불경스런 어미들로[12] 흩뿌려진 테바이 땅이, 나를 몇 번이나 20

계모로 만들었던가![13] 알크메네가 하늘로 올라가고, 승자로서

나의 자리를 차지한다 해도,

---

7 레다가 백조로 변한 제우스와 결합해서 낳았다는 쌍둥이 디오스쿠로이. 쌍둥이자리. 레다는 튄다레오스의 아내이므로, 이들도 튄다레오스의 자식들로 간주된다.

8 아폴론과 아르테미스가 태어날 때, 이전에 떠다니던 섬 델로스가 멈춰 서게 되었다. 아르테미스는 달의 여신으로 여겨지기 때문에 별자리들과 함께 언급되는 게 어색하지 않은데, 아폴론은 보통 태양신으로 되어 있어 이 자리에 잘 맞지 않는다. 다만 땅에 살게 된 헤라가 밤낮 가리지 않고 모든 천체를 언급한다고 하면 그럭저럭 설명은 가능하다.

9 디오뉘소스(박쿠스)는 제우스의 벼락에 타죽은 자기 어머니 세멜레를, 저승에 가서 구해 천상으로 데려갔다고 한다.

10 아리아드네. 테세우스가 낙소스섬에 버리고 간 아리아드네를 디오뉘소스가 자기 아내로 삼고, 그녀의 왕관을 하늘에 올려 별자리(왕관자리)로 만들었다.

11 리히터(Richter)와 원문의 편집자인 츠비어라인은 여기서 한 줄 정도가 사라졌다고 보고 있다. 〈 〉로 묶은 내용은 리히터가 제안한 원래의 구절이다. 이 구절을 넣으면 전해지는 사본보다 한 줄이 늘어나는데, 옆의 행수는 전해지는 대로 적었다.

12 악스(Ax)와 츠비어라인의 제안에 따라 *matribus*로 읽었다. '젊은 것들'(*nuribus*)로 쓰인 사본들도 있다.

13 디오뉘소스의 어머니 세멜레도, 테바이에 성벽을 두른 암피온과 제토스의 어머니 안티오페도 테바이 출신이었다.

그리고 마찬가지로 그녀의 아들이 약속된 별들을 점유한다 해도,
(한데 그의 탄생을 위해 세상은 낮을 대가로 지불했고[14]
포이부스는 동쪽 바다에서 뒤늦게 밝아 왔었지, 25
그의 빛살을 오케아누스 아래 잠긴 채로 붙잡아 두라 명받고서.)
나의 미움은 그런 식으로 스러져 버리지 않으리라. 나의 격한 마음은
생생한 노여움을 유지하리라, 잔인한 앙심이
평화를 눌러두고 영원한 전쟁을 수행하리라.

한데 어떠한 전쟁이었던가? 무엇이건 적대적인 땅이 생산하는 30
무시무시한 것, 무엇이건 바다와 대기가 데려온
공포스럽고, 끔찍하고, 해악을 가져오는, 거칠고 야만적인 것이
분쇄되고 제압되었지. 그는 이겨내고, 고난을 통해 성장하고,
나의 분노를 즐기지. 그는 나의 미움을 자기에 대한
찬양으로 바꾸고 있지. 너무 잔인한 일들을 부과하다가 그만, 35
나는 그의 아비가 누구인지 입증하고, 영예의 기회를 주고 말았지.
태양이 하루를 다시 데려오고, 또 내려놓는 곳까지
근접한 횃불로 두 아이티오피아인들[15]을 물들이는 곳까지
제압되지 않는 그의 용기가 숭배를 받고, 그는 온 세상에서
신이라 이야기되고 있지. 이제 내겐 남은 괴물이 없구나. 40
헤라클레스가 명령을 이행하는 것이, 내가 그에게 명을 내리는 것보다

---

14 제우스가 알크메네와 결합할 때 밤의 길이를 세 배로 늘였다고 한다. 〈아가멤논〉 815행에는 밤이 두 배로 길어진 것으로 되어 있다.

15 아이티오피아('얼굴이 탄 사람들의 땅')는 세상의 동쪽 끝과 서쪽 끝. 그곳 사람들은 태양이 가까이 있기 때문에 얼굴이 검게 탔다고 한다.

오히려 수월한 노역이구나. 그는 즐거워하며 지시를 받아들이는구나.
폭군[16]의 어떤 가혹한 명령이 저 격렬한 젊은이를
해칠 수 있으려나? 사실 그는 무기로 지니고 있지 않는가,
한때 두려워했던 것, 그렇지만 엎어버린 것을! 그는 사자와 휘드라로 45
무장하고 다니지.[17] 대지도 그에겐 충분히 넓지 않아.
보라, 그는 저승 윱피테르[18]의 문지방을 깨부수고,
제압된 왕의 최고노획물[19]을 윗세상으로 가져오는구나.
귀환한 건 오히려 작은 일이지, 혼령들의 법마저 스러졌으니.
나 자신이 보았지, 내가 보았지, 저승의 밤은 흔들려 버리고, 50
디스는 제압된 후, 그가 제 아비 앞에 그 형제[20]에게 빼앗은 것을
내던지는 걸. 왜 그는 디스 자신을 사슬로 조여 묶어
끌고 오지 않는 걸까? 윱피테르와 동등한 몫을 받은 그를?
또 왜, 점령된 에레부스[21]를 지배하고, 스튁스[22]를 뒤집어

---

16 에우뤼스테우스. 헤라클레스가 태어날 때 제우스는 기분이 좋아서, '이제 곧 태어날 페르세우스의 자손이 이 지역을 모두 다스릴 것'이라고 선언한다. 헤라는 얼른 다른 페르세우스의 후손, 에우뤼스테우스를 먼저 태어나게 만들고, 그래서 헤라클레스는 그의 지시를 받아야만 했다. 헤라클레스의 열두 가지 위업은 모두 이 왕의 지시에 의한 것이다.

17 헤라클레스는, 칼도 화살도 뚫지 못하는 네메아 사자의 가죽을 걸치고, 머리가 여럿인 독뱀 휘드라의 쓸개즙을 화살에 묻혀 지니고 다닌다.

18 하데스(디스, 플루토)는 자주 '저승의 제우스'라고 불린다.

19 '최고노획물'(*opima*)은 왕끼리의 단독대결에서 승자가 패자에게서 빼앗은 물건이다. 여기서는 저승 왕에게서 빼앗아 온 개, 케르베로스이다.

20 하데스는 제우스의 형제인데, 헤라클레스가 아버지 제우스 앞에 하데스를 제압하고 빼앗은 케르베로스를 보여주었다는 뜻이다.

21 저승의 별칭.

22 저승의 강.

보이지 않는 걸까?

저 깊은 혼령들로부터 다시 올라가는 길이 열렸고, 55
오싹한 죽음의 비밀들은 공개된 채 누워 있네.
반면에 그는, 혼령들의 감옥을 부순 데 기뻐 날뛰며,
나에 대한 승리를 만끽하면서, 거만스런 손으로
그 시커먼 개를 잡아끌고 아르고스 도시들을 두루 지나네.
케르베로스가 보이자 날빛이 가라앉는 것을 나는 보았지, 60
그리고 태양이 창백해지는 것을. 나에게까지 떨림이 닥쳐왔지,
제압된 그 괴물의 세 줄기 목을 보면서
내가 명했던 걸 두려워했지. 한데 사소한 걸 너무 불평하고 있구나.
오히려 하늘을 걱정해야 한다, 혹시 그가 가장 높은 영역을
차지하지 않을까 하여,
가장 낮은 곳을 이긴 그자가. 그는 아버지의 홀을 낚아채리라. 65
그는 박쿠스처럼 순한 길을 통해 별들로 올라가진 않으리라.
폐허를 통해 길을 찾고, 텅 비어버린 세계를
다스리고자 하리라. 시련을 버텨낸 강건함에 그는 한껏 부풀었고,
자기 힘으로 하늘을 이길 수 있음을, 그것을 떠받쳐 봄으로써[23]
알게 되었지. 그는 머리를 하늘 밑[24]에 대어 받쳤고, 70
하늘 축은 헤라클레스의 목 위에서 더 중심을 잘 잡고[25] 얹혔으며, 72

---

23 헤라클레스는 아틀라스 대신 하늘을 떠받친 적이 있다.

24 옛사람들은 하늘이 금속이나 돌로 된 일종의 뚜껑이라고 생각했다.

25 비교급이 쓰인 것은, '아틀라스의 목 위에 있을 때보다 더'라는 뜻이다.

측량할 수 없는 부피의 노역은 그의 어깨를 구부리지 못했지. 71
그의 목덜미는 별들과 하늘을 흔들림 없이 받쳤지,
그리고 찍어 누르는 나까지도. 그는 저 위의 신들께로
갈 길을 찾고 있어.

가라, 분노여, 가라, 큰일을 궁리하는 그를 으스러뜨려라. 75
닥쳐가서, 너 자신이 네 손으로 찢어발겨라!
그토록 큰 증오를 왜 남에게 떠맡기고 있는가? 야수들로 하여금
내려가게 하라.
명령하기에 지친 에우뤼스테우스 자신은 휴식하게 하라.
윱피테르의 권력을 감히 흔들려 했던 저 티탄[26]들을
풀어놓으라. 시칠리아 봉우리의 동굴을 열어라, 80
거인이 뒤흔들 때마다 떨리는 도리스 땅[27]이
공포심 일으키는 저 괴물의 짓눌린 목을 풀어주게 하라.
높이 뜬 달이 다른 야수들을 낳게 하라.[28]
하지만 그런 것은 그가 이겼지. 너는 알케우스 자손[29]과
대등한 자를 찾는가?
그 자신 말고는 아무도 없다. 이제 그가 자신과 전쟁하게 하라. 85

---

26 티탄들은 제우스를 비롯한 올륌포스 신들과의 전쟁에서 패해 타르타로스에 갇혔다.

27 시칠리아. 거기 도리스 민족의 식민도시가 많았기 때문에 이렇게 부른다. 시칠리아의 아이트나 화산 밑에 거인이 눌려있어서, 그놈이 나오려고 몸부림을 칠 때마다 화산이 폭발하고 지진이 일어난다고 믿었다.

28 달(Selene, Luna)에게서 태어난 괴물로는 헤라클레스가 제압한 네메아 사자가 있다.

29 알케우스는 헤라클레스의 할아버지.

타르타로스[30]의 가장 깊은 심연으로부터 에우메니데스[31]가 부름받아
오게 하라, 타오르는 머리카락이 불길을 흩뿌리게 하라,
잔인한 손들이 독사로 엮인 채찍을 휘두르게 하라!
이제 가라, 오만한 자여, 하늘 존재들의 거처를 추구하라,
인간에 속한 것들을 비웃으라. 너는 이제 스틱스와 사나운 혼령들을 90
완전히 피했다고 믿고 있느냐? 여기 저승 존재들을 네게 보여주마.
나는 불러올리리라, 죄인들의 징벌 장소 너머,
깊고 깊은 어둠 속에 숨겨졌던 불화의 여신을,
산으로 가로막힌 거대한 동굴이 지키고 있는 그녀를.
나는 인도하고 이끌어 내리라, 디스의 깊은 왕국에서, 95
무엇이건 남겨진 것들을. 밉살스런 범죄가 다가오리라,
또 친족의 피를 핥아먹는 포악한 불경이,
실성과 언제나 자신을 향해 무장하고 달려드는 광기가.
이것을, 이것을 나의 앙심은 시종으로 부리리라.
　시작하라, 디스의 시녀들아, 서둘러 불타는 소나무 100
횃불을 휘두르라. 뱀으로 머리털 삐죽이는 무리를
메가이라[32]가 이끌게 하라. 통곡을 불러일으키는 손으로
타오르는 화장단에서 굵직한 장작을 낚아 쥐게 하라.
이 일을 위해 나서라, 침해당한 스틱스를 위한 보상을 받아내라.

---

30 저승의 가장 깊은 곳, 또는 저승 자체.
31 복수의 여신들.
32 복수의 여신 중 하나.

그의 가슴을 뒤흔들어라, 아이트나산 도가니[33]에서 105
들끓는 것보다 더 날카로운 불이 그의 이성을 살라버리게 하라.
알케우스의 후손이 정신 나간 채, 크나큰 광기에 혼란되어
내몰리게 되자면, 내가 먼저 이성을
벗어나야 하리라. 유노여, 왜 아직 광란하지 않는가?
나를, 나를 제일 먼저, 자매들이여, 나의 이성을 110
내어던지게끔 휘돌리라, 혹시 내가 뭔가 걸맞은 일을
행하려 준비하고 있다면. 나의 소원이 변경되게 하라.
청하노니, 그가 돌아와서 자식들이 안전한 것을 보게 하라,
그리고 그가 손이 강건한 채로 돌아오게 하라. 나는 찾아냈노라,
내가 헤라클레스의 밉살스럽던 힘에 즐거워할 날을. 115
그는 나를 이겼지. 하지만 그는 자신을 이길 것이고,
죽기를 바랄 것이다,
죽은 자들에게서 돌아왔으면서도. 그가 윱피테르에게서
태어났다는 것,
바로 이것이 내게 도움이 될지라. 나는 곁에 서리라, 그리고 시위에서
보내진 화살이 확실히 날아가도록 손으로 균형 잡으리라.
그 미친 자의 무기를 내가 통제하리라. 이제야 나는 싸우는 120
헤라클레스에게 호의를 보이리라. 이 범죄가 완결되고 나면,
그의 아비가 그 손들을 천상으로 받아들여도 상관없으리라!
이제 전쟁이 시작돼야 하노라, 날이 밝아오며,

---

33 아이트나 화산은 헤파이스토스의 대장간이 있는 곳으로 알려져 있다.

빛나는 티탄[34]이 사프란 빛 동녘에서 올라오고 있으니.

합창단 이제 기우는 하늘에서 별들이 드물고 125

약하게 빛나는구나. 밤은 다시 생겨난 빛에

패하여, 방황하는 불빛들을 모아들이고 있구나.

빛을 가져오는 별[35]이, 반짝이는 무리를 몰아가는구나.

높은 북쪽 하늘의 얼음처럼 차가운 성좌,

아르카디아 곰들은 일곱 별과 함께, 130

바퀴 축을 돌려 빛을 부르는구나.[36]

벌써 검푸른 물로부터 마차에 실린 채

티탄이 오이타산[37] 정상을 비추고 있구나.

벌써 카드메이아[38]의 박쿠스 여신도들 때문에 유명해진[39]

거친 덤불들이 날빛에 붉게 변하고 있구나, 135

포이부스의 누이[40]는 되돌아오기 위해 달아나고 있구나. 136

나뭇가지 끝에 매달려 있구나, 높은 소리 지저귀며,[41] 146

---

34 가장 대표적인 티탄, 태양.

35 Phosphoros. 샛별.

36 큰곰자리와 작은곰자리는 아르카디아 출신 칼리스토와 그의 아들 아르카스가 변한 것이어서 '아르카디아 곰'으로 지칭되었다. 한편 이 별들은 마차로 여겨지기도 했기 때문에 바퀴 축 얘기가 함께 나온 것이다.

37 희랍 중동부 트라키스 지역에 있는 산. 나중에 헤라클레스가 이 산에서 장작더미에 스스로 올라 불타 죽는다.

38 테바이의 옛 이름.

39 디오뉘소스 숭배자들이 펜테우스를 찢어 죽인 사건을 암시한다.

40 포이베(아르테미스). 달의 여신.

41 츠비어라인의 제안에 따라 137~145행을 151행 뒤로 옮겼다.

새로운 태양에 깃털을 말기려
퍼덕이는구나, 재깔대는 새끼들 사이에서,
저 트라키아의 시앗[42]은.
주위에선 다양한 새들의 무리가 노래하는구나, 150
뒤섞인 지저귐으로 새날을 전하며. 151

고된 노역이 일어나서, 온갖 137
걱정을 들쑤시고, 집들을 열어젖히네.
목자는 짐승 무리를 흩어 보내고, 찬 서리로
희게 덮인 목초를 거둬들이네. 140
넓게 열린 초장에서 자유롭게 뛰노네,
아직 이마에 뿔이 뚫고 나오지 않은 젊은 황소는.
어미들은 빈 젖을 다시 채우네.
가벼운 새끼염소는 불확실한 걸음으로
부드러운 풀밭을 까불까불 돌아다니네. 145
돛을 바람에 맡기네, 삶을 152
확신할 수 없는 뱃사람은,
바람이 돛폭을 가득 채워 휘도록.
이쪽에선 물결에 파먹힌 바위에 올라앉은 이가, 155

---

42 아테나이 공주 필로멜라는 트라키아 출신인 형부 테레우스에게 겁탈을 당하고, 나중에 자기 언니 프로크네와 함께 새로 변했다. 세네카는 필로멜라가 나이팅게일로 변했다는 판본을 따르고 있는데, 그녀가 제비로 변했다는 판본도 있다.

더러는 속임 당한 바늘을 다시 채우고,
더러는 긴장하여 포획물을 오른손으로
누르며 들여다보네.
그 사이 낚싯줄은 떨리는 물고기를 느끼네.

이런 것이, 해 끼치지 않는 삶의
조용한 평온을 누리는 사람의, 160
그리고 그의 집이 자신의 작은 것에 만족하는, 그런 이의 삶이라네.
지나친 희망은 도시들을 떠돌아다닌다네,
그리고 떨리는 두려움도.
어떤 이는 왕들의 높직한 입구와
튼튼한 문들을 잠도 잊고 165
드나든다네. 다른 이는 끝도 없이 수많은
부를 쌓는다네, 보물을 향해 입을 벌리고,
모아들인 황금 속에서도 빈곤한 채로.
또 다른 얼빠진 이를 대중의 인기가,
그리고 물결보다 더 변덕스런 다중이, 170
허망한 공기로 부풀려 들어 올리네.
다른 이는 소음 가득한 광장에서 광기 어린
분쟁을 팔아,
부끄럼 모르고 분노와 언설을 쏟아내네.
걱정 없는 평화는 적은 사람만을 알고 있네, 175
이들은 빠른 세월을 유념하여

다시는 되돌아오지 않는 시간을 잡는다네.

그대들, 운명이 허락하는 동안 즐겁게 사시라.
삶은 속히 달려 지나가고,
곤두박질치는 한 해의 바퀴는 날개 돋친 180
하루하루에 의해 회전하나니.
엄격한 자매들[43]이 임무를 수행하며
자신들의 실을 거꾸로 되감는 적 없도다.
하지만 인간의 종족은 재빠른 운명에
맞서며 나아가도다, 자기 운명을 확신치도 못하면서.
우리는 스틱스의 물결을 제 스스로 찾는도다. 185
지나치게 용감한 가슴을 가진 알케우스의 자손이여,
당신은 서글픈 혼령들 방문하기를 서둘렀도다.
파르카이는 정해진 시간에 다가오도다,
명령받은 그 누구도 지체할 수 없도다,
적혀 있는 날짜를 미루는 것은 누구에게도 허용되지 않도다. 190
유골단지가 급히 떠나는 민족들을 받아들이도다.

영광이 누군가를, 많은 나라에
이름 전하게 하라, 수다스런 명성이 그를 온 세상
도시에서 찬양케 하고, 하늘과 같이

43 운명의 여신들 파르카이(Parcae).

높이게 하라, 또 별들과도 같이. 195
누군가는 마차 위에 높이 서게 하라.
하지만 나는 나의 땅이 외떨어진 집,
안전한 집에 보호하게 하라.
나서지 않는 이들에게 백발의 노년은 찾아오며,
나지막한, 그러나 확고한 터전에
작은 집의 소박한 행운이 자리 잡도다. 200
야심 넘치는 용기는 높은 데서 추락하도다.
한데 메가라께서 머리를 풀어헤치고 슬픈 모습으로
다가오는구나, 어린아이 무리를 동반하고서.
노령으로 느려진 헤라클레스의 부친도 오고 있구나.

암피트뤼온 오, 위대하신 올림푸스의 지배자여, 세계의 판결자여, 205
이제 그만 우리 심대한 고난에 제한을 가하소서,
재난을 끝맺으소서. 어느 하루도 결코 제게
걱정 없이 밝아온 적 없습니다. 한 고통의 끝은
미래의 다른 것의 첫 발짝입니다. 돌아온 그에게 곧장 새로운
적이 마련됩니다. 행복한 집에 닿기도 210
전에, 다른 것을 명받고 전쟁으로 나아갑니다.
어떤 휴식도, 어떤 여가도 없습니다,
명령받는 동안을 제외하고는. 출생 때부터 끈질기게 핍박하고
있습니다.
가혹한 유노가. 어린 시절조차도 해 받음 없이 지나진
못하지 않았던가요? 그는 괴물들을 제압했지요, 그것이 괴물이라 215

알 수 있기도 전에. 머리에 볏 달린 뱀들이
두 개의 입을 들이댔지만, 아기는 그것들을 향해 마주
기어가 독사들의 불타는 눈을
온화하고 평온한 마음으로 들여다보았죠.
단단한 똬리를 잔잔한 표정으로 잡아 올렸고, 220
부풀어 오른 목을 부드러운 손으로 으깨며
휘드라와 싸울 것을 연습했었죠. 마이날루스의 민첩한 산짐승[44]은,
많은 황금으로 장식된 머리를 높이 들고 다녔지만,
긴 추격 끝에 잡히고 말았지요. 네메아의 극심한 공포였던
사자는 헤라클레스의 팔에 짓눌려 신음을 토했죠. 225
말해 무엇 하겠습니까, 비스토니아 짐승 무리의 무시무시한 마구간과
자신의 가축들에게 먹이로 주어진 왕에 대해?[45]
또 에뤼만투스의 우거진 산등성이에 출몰하며
아르카디아 숲을 뒤흔들던 마이날루스의 털 부스스한 멧돼지에 대해?
또 백 개의 민족에게 가볍지 않은 두려움이었던 저 황소에 대해?[46] 230
멀리 헤스페리아[47] 종족의 가축 떼 사이에서
타르테수스 해안의 세 모습 목자[48]는

---

44 마이날루스는 아르카디아의 산줄기. 이 구절은 헤라클레스의 열두 가지 위업 중 하나인 케뤼네이아 사슴 사냥을 그리고 있다.

45 비스토니아는 트라키아의 별칭. 트라키아 왕 디오메데스는 사람을 잡아서 자기 말들에게 먹이로 주었는데, 헤라클레스는 주인을 말에게 먹이고서 말들을 끌어왔다.

46 크레테 황소에 대한 언급이다. 크레테에는 백 개의 도시가 있었다고 알려져 있다.

47 헤스페리아는 오늘날의 스페인. 타르텟소스(타르테수스)는 스페인 서쪽 해안의 도시다.

48 삼중인간 게뤼온. 그는 보통, 세상의 서쪽 오케아노스(오케아누스) 가운데 있는 섬에 사

죽임당했고, 해 지는 서쪽 끝에서 약탈물이 이끌려 왔지요.
오케아누스가 알고 있던 가축을 키타이론[49]이 먹였지요.
여름 해의 영역으로, 한낮이 태우는 그을린 235
왕국으로 들어가라 명받았을 때,
그는 양손으로 산들을 허물었고, 장벽을 부수어,
오케아누스가 쏟아져 들어오게 넓은 길을 만들었죠.[50]
그 후 그는 풍요로운 숲의 처소를 향해 가서,
잠들지 않는 뱀의 황금 약탈물을 가져왔습니다.[51] 240
또 왜 언급하겠습니까? 레르나의 사나운 괴물,[52] 다수의 해악을
마침내 불로써 이기고, 죽음을 가르치지 않았습니까?
또한 늘 가로막는 날개로써 날빛을 숨기던
스튐팔로스의 새떼를 바로 구름으로부터 잡아 내리지 않았던가요?
그를 이기지 못했습니다, 언제나 독신인 침상의 245
테르모돈 종족[53]의 남편 없는 여왕[54]도.
또한 온갖 영광스런 과업에 과감하던 그의 손을
아우게이아스[55] 외양간의 지저분한 노역도 달아나게 하지는

는 것으로 알려졌는데, 세네카는 그가 그냥 헤스페리아에 사는 것처럼 그렸다. 헤라클레스는 게뤼온을 제압하고 그의 가축들을 끌고 왔다.

49 테바이 남쪽의 산.

50 헤라클레스가 현재 지브롤터 해협 양쪽의 육지를 밀쳐서 바닷길을 냈다는 뜻이다.

51 헤라의 황금사과 나무를 지키는 뱀 라돈을 죽이고 황금사과를 가져왔다.

52 레르나의 물뱀 휘드라. 머리가 여럿이기 때문에 '다수'이다.

53 아마존. 테르모돈은 소아시아 반도에서 흑해로 흘러드는 강.

54 힙폴뤼테. 그녀의 허리띠를 구해오는 것이 헤라클레스에게 맡겨진 열두 과업 중 하나였다.

못했습니다.

하지만 그런 게 무슨 소용인가요? 그는 자신이 지킨 땅에 없습니다.

땅들은 자신의 평화를 제공한 이가 지상에서 250
사라진 것을 느꼈습니다. 죄악이 성공하고 번성하여
덕이라 불리고 있습니다. 선한 자는 악인에게 복종하며,
무력이 정의가 되고, 두려움이 법들을 억누르고 있습니다.
저는 보았습니다, 제 눈앞에서 사나운 손길에
아들들이, 아버지의 왕국의 수호자들이 쓰러지는 것을,[56] 255
그리고 왕 자신이, 고귀한 카드모스의 마지막 줄기가
죽는 것을. 저는 보았습니다, 그의 머리에서 제왕의 장식이,
머리와 함께 뜯겨 나가는 것을. — 누가 테바이를 위해 충분히

애곡할 수 있을까?

신들로 풍성한 땅이여, 너는 어떤 주인을 두려워하고 있는가!
그것의 들판과 비옥한 품으로부터 260
빼어든 칼을 들고 젊은이들이 솟아나[57] 섰던 그 도시,
그것의 성벽을 윱피테르에게서 태어난 암피온[58]이
음정 고운 노래로써 돌들을 끌어다 세웠던 그 도시,

---

55 헤라클레스에게 외양간 청소를 시켰던 엘리스의 왕.

56 테바이 왕 크레온의 자식들이 뤼코스에게 죽은 사건.

57 카드모스가 죽인 용의 이빨을 땅에 뿌리자 거기서 전사들이 솟아나서 서로 싸웠고, 그들이 다섯 남았을 때, 카드모스가 싸움을 말리고 이들과 함께 테바이를 세웠다.

58 제우스와 안티오페 사이에 태어난 아들. 뤼라의 명수여서, 그가 일곱 줄 뤼라를 연주하자 돌들이 저절로 날아와 쌓여서 일곱 성문을 가진 테바이가 되었다고 한다.

그것의 시내로 신들의 아버지가 한 번 아닌 여러 번
하늘을 버리고 방문했던 도시, 하늘의 신들을 영접했으며, 265
그들을 배출했고,[59] 이렇게 말해도 된다면,
아마 앞으로도 배출할[60] 도시가, 수치스런 멍에에 눌려있구나.
카드모스의 후손이여, 오피온[61]의 종족이여,
너희는 어디로 떨어져 버렸는가? 너희는 떨고 있구나,
겁 많은 망명자 앞에,
자신의 영토를 잃어버린, 우리에겐 짐스러운 자 앞에. 270
땅에서도 바다에서도 범죄를 징계하는 이,
정의로운 손으로 잔인한 왕홀을 꺾어버리는 이가,
지금은 떠나가 종살이하면서, 자신이 금하는 짓을 견디고 있구나.
헤라클레스의 테바이는 망명자가, 뤼코스[62]가 차지하고 있는데!
하지만 오래 차지하지는 못하리라. 그가 돌아오리라,
대가를 요구하리라, 275
갑자기 별들에게로 솟아오르리라. 길을 찾아내거나,
아니면 만들어 내리라. 그대가 안전하기를, 귀환하기를 기원하노라,
마침내 승자로서 패배한 집으로 돌아오기를!

---

59 디오뉘소스가 태어난 일.

60 헤라클레스가 신으로 모셔질 일을 암시한다.

61 원래 크로노스 이전에 세상을 다스렸다는 거대한 뱀인데, 여기서는 그냥 카드모스가 죽인 뱀의 이름으로 사용되었다.

62 뤼코스는 암피온, 제토스의 삼촌으로, 고향에서 살인죄를 저지르고 이곳으로 옮겨와 살고 있다. 그는 군사 지휘관이었다가, 랍다코스가 어린 아들 라이오스를 남기고 일찍 죽자 권력을 차지했다.

메가라 올라오소서, 남편이여, 어둠을 손으로 찢어
흩으소서. 돌아올 길이 전혀 없고, 280
행로가 막혔거든, 땅을 갈라 돌아오소서.
무엇이건 검은 밤에 붙잡혀 숨은 것이 있다면,
당신에게서 뿌리치소서. 마치 언젠가 등성이를 쪼개어
쏜살같은 강물에게 곧바른 길을 찾아주려,
당신이 굳게 서고, 엄청난 충격에 템페 계곡은 285
찢어져 열렸던 것처럼 (당신의 가슴에 밀쳐져
산이 이쪽과 저쪽으로 물러서며, 땅덩이가 부서져
텟살리아의 격류가 새로운 길로 내달렸지요.) **63**
그때처럼, 부모님과 자식들과 조국을 되찾기 위해
사물들의 한계를 무너뜨려요, 당신 몸으로 버텨서. 290
그리고 무엇이건 탐욕스런 세월이 그토록 많은 해들의
발걸음을 통해 숨긴 것들을 제자리에 돌려놓으세요. 자신을 잊은 채
빛을 두려워하는 백성들을 당신 앞에서 쫓아버리세요.
전리품들은 당신만한 가치가 없어요, 당신이 그저 명령받은
만큼만 가지고 온다면. 한데 저는 너무 큰 걸 얘기하고 있네요, 295
우리의 운명을 전혀 모른 채. 언제 저 날이 내게 올까요,
당신과 당신 오른손을 껴안고서, 너무 늦은,

---

63 템페 계곡은 희랍 중동부의 올륌포스와 옷사산 사이의 계곡. 원래 텟살리아는 전체가 호수였는데, 포세이돈이 바다로 통하는 길을 만들어서 물이 빠져나가고 평원이 생겼다고 한다. 대개는 지진이 일어나서 템페 계곡이 열렸다는 의미로 해석하는데, 여기서 세네카는 헤라클레스가 그 과업을 이룬 것으로 그리고 있다.

그리고 나를 전혀 기억해 주지 않았던 귀환에 대해 불평할 그날이?
당신께, 오, 신들의 지도자여, 길들여지지 않은 황소들이
백 개의 목을 바칠 것입니다. 당신께, 곡식들을 관장하시는 이[64]여, 300
비밀스런 의식을 바치겠습니다. 당신을 위해 조용한 신심으로써
고요한 엘레우시스가 긴 횃불행렬을 출렁일 것입니다.
그때에 저는 저의 형제들에게 생명이 다시 주어지고,
제 아버지 자신이 자기 나라를 다스리며
번영하는 것으로 생각하겠습니다. 하지만 만일 더 큰 권력이 당신을 305
가둬 두고 있다면, 우리는 당신을 따라갑니다. 당신의 귀환으로써
우리 모두를 안전하게 지키거나, 아니면 모두를 데려가세요.
데려가세요, 그 어떤 신도 스러진 우릴 다시 일으키지 않을 거예요.

암피트뤼온 오, 내 핏줄의 동반자여, 정조 깊은 신의로써
담대한 헤라클레스의 침상과 자식들을 지키는 이여, 310
마음에 더 나은 것을 품으라, 용기를 불러일으키라.
확실히 그는 돌아오리라, 온갖 노역에서 늘 그러했듯이,
더 큰 인물이 되어.

메가라 불행한 사람들은, 자신이 너무나도 원하는 것을,
그것을 쉽사리 믿지요.

암피트뤼온 하지만 사람들은, 자신들이 지나치게
두려워하는 그것이
옮겨지거나 제거될 수 없다고 생각하네. 315

---

64 곡물의 여신 데메테르(케레스).

두려움의 믿음은 언제나 더 나쁜 것으로 기우는 법일세.

메가라 그분이 가라앉고 파묻히고 온 세상 밑에

짓눌려 있으니, 위에 있는 자들에게 올라올 어떤 길을 가지고 있나요?

암피트뤼온 그때와 같은 길이네, 그가 목마른 영역과

풍랑 이는 바다처럼 출렁대는 320

모래밭을 가로질러 갔을 때, 그리고 두 번 물러가고

두 번 되돌아오는 바다를 건넜을 때와 같은 길. 또 그가 배를 버리고,

쉬르티스65의 얕은 여울에 붙잡혀 갇혔지만,

선미를 박아 둔 채 걸어서 바다를 이겨냈을 때와 같은 길이지.

메가라 불공정한 운수는 크나큰 덕들도 거의 325

아껴주지 않아요. 누구라도 그렇게 자주 닥쳐오는 위험에는

오랫동안 안전하게 맞설 수 없어요.

재난은, 자주 비껴갔던 사람과 언젠가는 마주치게 되지요.

(뤼코스가 다가온다.)

한데 보세요, 잔인하고, 얼굴에 위협을 담은 자가,

마음에 품은 것을 걸음걸이에 그대로 보이며 다가오네요. 330

오른손에 남의 것인 왕홀을 휘두르는 뤼코스예요.

---

65 북아프리카 해안. 얕은 웅덩이가 있는 모래밭이 끝없이 펼쳐져서 한 번 갇히면 빠져나올 수 없는 지역으로 알려져 있다. 아르고호 영웅들은 이곳에 갔다가 며칠 전 헤라클레스가 그곳을 통과했다는 소식을 듣는다.

뤼코스 테바이 도시의 풍요로운 영역과

비탈진 포키스가 비옥한 땅으로 에워싸고 있는 모든 것을
또 무엇이건 이스메노스강[66]이 물을 대는 것을,
무엇이건 우뚝한 봉우리의 키타이론이 내려다보는 것, 335
가느다란 이스트모스가 두 바다를 나누며 보는 것을 지배하지만,
나는 선조들 집안의 오랜 권리로서, 게으른 상속자로서
이를 소유한 것이 아니다. 나의 조상은 귀족이
아니며, 나의 종족은 높은 호칭들로 유명하지 않도다.
나의 자질이 뛰어날 뿐이다. 자기 혈통을 뽐내는 자는 340
타인에게 속한 걸 칭찬하는 것이다. 반면에 약탈한 왕홀은
떨리는 손이 움켜쥐고 있도다. 그의 모든 안전은 무기에 달렸도다.
시민들이 미워하는 가운데 차지하고 있다고 너 스스로 아는 것들을
뽑아 든 칼이 지켜야 한다. 낯선 땅에서
왕권은 안정되지 못하는 법. 하지만 한 여인이 내 권력을 345
든든하게 만들어 줄 수 있지, 왕가의 결혼횃불과
혼임 침상으로써, 메가라가. 신입자인 내 처지는 그녀의
유명한 가문으로 해서 존경을 이끌어 낼 것이다. 나는 그녀가
나의 침상을 거절하고 비웃는 일은 없으리라 생각하노라.
하지만 만일 설득되지 않는 마음으로 고집스레 거절한다면, 350
헤라클레스의 전 가문을 완전히 소멸시킬 것을 결심했노라.
대중의 미움과 구설이 내 행동을 억제할 것인가?

---

66 테바이 곁으로 흐르는 강.

통치의 첫째 기술은 미움 속에서도 버티는 것이다.

그러니 시도하자꾸나, 행운이 내게 기회를 주었구나.

바로 그녀가, 베일을 펼쳐 머리를 슬프게 355

감싸고서, 수호하는 신들의 제단 곁에 서 있고,

그 옆에는 알케우스 후손의 친부가 붙어 섰으니 말이다.

메가라 우리 가문의 파멸이자 역병인 저자가 대체 무슨

새로운 일을 꾸미고 있는 걸까? 무얼 시도하려는 걸까?

뤼코스 오, 왕의

줄기로부터

빛나는 이름을 취해 가진 여인이여, 온화하고 360

참을성 있는 귀로써 잠깐 내 말을 들어주시오.

만일 필멸의 인간들이 계속해서 지속적인 미움을 품고,

한 번 시작된 분노를 결코 마음에서 떠나보내지 않는다면,

그래서 승자는 무기를 계속 지니고, 패자는 그것을 준비한다면,

전쟁이 아무것도 남기지 않게 될 것이오. 그러면 농토는 훼손되어 365

들판이 황량하게 변할 것이며, 건물에 들이댄 횃불로 인해

깊이 쌓인 재가 묻혀버린 민족들을 압도할 것이오.

평화를 회복하고자 원하는 것은 승자에겐 이득이 되고,

패자에겐 필수적인 일이오. — 오시오, 왕권에 지분을 지닌 자로서.

영혼으로써 동맹합시다, 이 신뢰의 증거를 받으시오. 370

오른손을 잡으시오. 왜 침울한 표정으로 침묵하시오?

메가라 내가, 아버지의 피와 오라비들의 이중 살해로

더러워진 손을 잡는다고? 그러기 전에 동쪽의 빛이

꺼져버릴 것이오, 서쪽이 하루를 되돌려 줄 것이오.
그 전에 백설과 화염 사이에 신실한 평화가 이뤄질 것이며, 375
스퀼라가 시칠리아의 옆구리를 아우소니아[67]에 붙여 이을 것이오.
또 그 전에, 수없이 방향을 바꾸는 빠른
에우리푸스[68]가 에우보이아의 바다에서 느려져 멈출 것이오.
당신은 내게서 아버지, 왕국, 오라비들, 조상 전래의 저택을
빼앗았소. — 그 이상 무엇이 남았던가? 내게 한 가지가 남았네, 380
형제와 아버지보다, 왕국과 저택보다 더 소중한 것이.
바로 당신에 대한 미움이지, 그것을 시민들과 나눠야만 한다는 게
나로선 비통하오. 그중 얼마나 작은 만큼이 내 몫일까?
잔뜩 부푼 채 통치하시오, 높은 기세를 품으시오.
복수하는 신은 오만한 자들을 뒤에서 추격하지. 385
나는 테바이 왕국을 알고 있어. 왜 이야기하랴? 범죄를
당하거나 감행한 어미들에 대해? 왜, 이중의 죄악에 대해,
그리고 남편, 아들, 아비의 이름이 뒤섞인 것에 대해?[69]
왜, 형제의 두 진영[70]에 대해? 왜, 같은 숫자의 화장 장작에 대해?
탄탈루스의 딸, 오만한 어머니[71]는 애곡하다 굳어졌고, 390

---

67 아우소니아는 이탈리아의 별칭. 스퀼라는 이탈리아 남부의 '장화' 코 부분에 사는 괴물.

68 희랍 동쪽 에우보이아섬과 본토의 아울리스 사이의 해협. 이곳은 하루에도 여러 번 조류의 방향이 바뀌는 것으로 유명하다.

69 오이디푸스가 자기 어머니의 남편이 되고, 자기 자녀들의 형제가 된 사건.

70 오이디푸스의 두 아들이 왕권을 두고 싸울 때, 각기 군대를 거느리고 설치했던 두 진영. 이들은 서로를 찔러 동시에 죽었고, 나란히 화장되었다.

71 암피온의 아내 니오베. 아들 일곱, 딸 일곱이 하나같이 잘나서 그것을 자랑하다가 아폴론

프뤼기아의 시퓔로스에서 슬픈 돌이 되어 눈물을 흘리고 있지.
물론, 카드모스 자신은, 볏으로 험상궂은 머리를 치켜들고
도망쳐 일뤼리아 지역을 통과하면서
늘어난 몸의 긴 자취를 남겼지.[72]
이 일들이 모범이 되어 당신을 기다리고 있소. 좋을 대로 다스리시오, 395
우리 왕국의 익숙한 운명이 당신을 부를 때까지.

뤼코스 자, 미친 여인이여, 광적으로 내뱉은 말들을 치우고,
왕들의 명령을 견디는 법을 알케우스 자손에게서 배우시오.
내가, 승리한 오른손으로 빼앗아 낸 홀을
쥐고 있지만, 또 모든 것을, 무기가 제압한 법률에 대한 400
두려움 없이 다스리고 있지만, 나의 입장을 위해 조금만
이야기하겠소. 당신 아버지가 유혈 낭자한 전투에서 죽었다고?
형제들도 그렇게 쓰러졌다고? 무기는 절제를 지키지 않소.
쉽게 조절되거나 억눌러질 수 없소,
일단 뽑힌 칼의 분노는. 전쟁은 피투성이 되기를 즐기는 법이오. 405
한데 그는 자기 왕국을 위해 싸우고, 나는 불경스런
욕망에 휘둘렸다는 거요? 사람들은 전쟁의 결과를 묻지,
이유를 묻지 않소. 하지만 이제 모든 기억은 다 지나가게 합시다.
승자가 무기를 내려놓았으면, 패자도 미움을 내려놓는 게

과 아르템스에게 자녀를 모두 잃고, 슬퍼하다 돌로 변했다. 그녀는 고향인 프뤼기아로 돌아가서 산이 되었는데, 여전히 그녀에게서 눈물이 흘러나온다고 한다.

72 테바이 건립자 카드모스는 나중에 뱀으로 변했다.

합당하오. 당신이 무릎을 꿇고서 통치자인 나를 410
경배하라고 나는 요구하지 않소. 당신이 당당한 기백으로
자신의 파멸을 택하는 것, 바로 이것이 마음에 드오.
당신은 왕의 배우자 자격이 있소. 결혼침상으로 동맹자가 됩시다.

메가라 핏기 잃은 사지로 싸늘한 전율이 지나가는구나.
어떤 모욕이 내 귀를 때렸던가? 그때도 나는 무섭지 않았지, 415
평화가 깨지고 전쟁의 소음이 성벽을 둘러싸고
울릴 때에도. 모든 것을 나는 떨림 없이 견뎠지.
하지만 결혼에 대해서는 떨리는구나. 이젠 내가 포획된 것으로
보이는구나.
사슬이 내 몸을 짓누르게 하라, 긴 허기로 아래
죽음이 천천히 진행되게 하라. 하지만 그 어떤 폭력도 나의 정절을 420
이기지 못하게 하라. 알케우스의 자손이여, 저는 당신의 여자로
죽으렵니다.

뤼코스 저승에 가라앉은 남편이 그런 기백을 만들어 주고 있소?

메가라 그가 저승에 닿은 것은, 저 높은 데 다다를 수 있기 위해서요.

뤼코스 측량할 수 없는 땅의 무게가 그를 누르고 있소.

메가라 어떤 짐에도 그는 눌리지 않아요, 하늘을 떠받쳤던 사람이니. 425

뤼코스 당신은 강제를 당할 것이오.

메가라 강제될 수 있는 사람은 죽는 방법을
모르는 자요.

뤼코스 그보다는 이걸 말하시오, 내가 새 결혼을 위해 어떠한 왕다운
선물을 마련할지.

메가라 당신의 죽음이나 나의 죽음이오.

뤼코스 정신 나간 이여, 당신이 죽을 것이오.

메가라 그러면 나의 남편과 만나겠지요.

뤼코스 당신에겐 그 노예가 나보다 더 낫소? 430

메가라 그 노예가 얼마나 많은 왕들을 죽음에 넘겨주었던가!

뤼코스 그러면 그는 왜 왕에게 봉사하고 멍에를 견뎠소?

메가라 엄한 명령을 없애보시오. 그러면 용기는 무엇이 되겠소?

뤼코스 야수와 괴물에게 맞서는 게 용기라고 생각하시오?

메가라 모두가 두려워하는 것을 제압하는 일은 용기에 속하지요. 435

뤼코스 큰일을 지껄이는 그자를 타르타로스의 어둠이 짓누르고 있소.

메가라 땅에서 하늘에 이르는 편한 길은 없지요.

뤼코스 어떤 아비에게서 태어났는데 그는 하늘의 집을 바란단 말이오?

암피트뤼온 위대한 헤라클레스의 불행한 아내여, 입을 다물라.

알케우스 자손에게 참된 아버지와의 혈통을 복원해 주는 것은 440

나의 몫이니. (뤼코스에게) 그 거대한 인물의 그토록 많은

기억할 만한 업적 뒤에도, 그의 손에 이루어진 평화들,

티탄이 떠오르고 지면서 보는 만큼의 모든 평화들 뒤에도,

그에게 제압된 그토록 많은 괴물들 뒤에도, 불경스런 피로 흩뿌려진

플레그라[73] 뒤에도, 보호받은 신들 뒤에도 아직 그의 아버지에 대해 445

분명치 않단 말인가? 윱피테르에 대해 우리가 거짓을 말한단 건가?

---

73 올륌포스 신들이 플레그라 벌판에서 거인들과 싸울 때, 헤라클레스가 신들 편에 가담해서 도움을 주었다.

그렇다면 유노의 미움을 믿으라.

뤼코스 왜 윱피테르의 명예를 침해하시오?

필멸의 종족은 하늘과 결합할 수 없소.

암피트뤼온 하지만 그것은 많은 신들에게 공통의 근원이오.[74]

뤼코스 그들이 신이 되기 전에 종이었단 말이오?[75] 450

암피트뤼온 델로스의 신[76]은 목자로서 페라이의 가축을 먹였소.

뤼코스 하지만 그는 추방자가 되어 온 땅을 헤매 다니진 않았소.

암피트뤼온 도망친 어머니가 떠도는 땅에서 낳은[77] 건 대체 누구요?

뤼코스 포이부스가 사나운 괴물이나 야수를 겁주진 않았잖소?

암피트뤼온 제일 먼저 포이부스의 화살을 피로 물들인 건 용[78]이었소. 455

뤼코스 그가 어렸을 때 얼마나 큰 죄를 지었는지[79] 당신은 모르시오?

암피트뤼온 어머니 자궁으로부터 벼락에 의해 빠져나온 소년[80]은

곧 벼락 던지는 아버지 가장 가까이에 서게 되었소.

또 어떻소? 별들을 조종하고, 구름을 흔드는 분은

아기 때 이데산 바위 동굴에 숨지 않았소?[81] 460

---

74 인간이었다가 신이 된 존재가 많다는 뜻이다.

75 헤라클레스가 에우뤼스테우스 밑에서 종살이하는 것을 빈정거리는 말이다.

76 아폴론. 그는 페라이 왕 아드메토스 밑에서 가축을 돌본 적이 있다.

77 아폴론의 어머니 레토는 헤라의 질투를 피하여 방랑하다가 떠다니는 섬 델로스에서 아폴론과 아르테미스를 낳았다.

78 아폴론은 델포이로 가서 그곳을 차지하던 거대한 용(또는 뱀)을 화살로 죽였다.

79 헤라클레스가 어렸을 때, 음악선생 리노스를 때려죽인 사건을 암시하는 듯하다.

80 디오뉘소스. 그의 어머니 세멜레는 제우스의 원래 모습을 보고 싶어 하다가, 제우스가 벼락을 들고 나타나자 그 열기에 타서 죽고 말았다. 제우스는 얼른 아기를 어머니 뱃속에서 꺼내어 자기 허벅지에 심어 길렀고, 때가 되자 아기가 허벅지에서 나왔다.

그렇게 큰 탄생은 괴로운 대가를 요구하며,
신으로 태어난다는 것은 늘 비싼 값이 매겨진단 말이오.

뤼코스 누구든 그가 불행한 걸 당신이 본다면 그는 인간이라고 아시오.

암피트뤼온 누구든 그가 용감한 걸 당신이 본다면, 그를 불행하다 하지 마시오.

뤼코스 그의 어깨로부터 사자가죽과 곤봉이, 여자82를 위한 선물이 되어 465
벗겨졌던 인물을 우리가 용감하다고 불러야 하겠소?
그의 옆구리가 시돈의 의상으로 물들어 빛나던 그런 인물을?
그의 부스스한 머리가 향유로 젖은 자를
우리가 용감하다고 불러야 하겠소? 이름 높이 찬양받던 손을
남자답지 않은 팀파눔 소리에 맞춰 움직인 자를? 470
사나운 이마를 이방의 터번으로 묶어 두른 자를?

암피트뤼온 우아한 박쿠스는 흘러내린 머리카락에 향유를 흩뿌리고도
얼굴 붉히지 않았소, 또 부드러운 손으로 튀르소스83를
흔드는 것도. 그때 그는 별로 씩씩하지 않은 걸음걸이로,
이방의 황금으로 치장된 긴 옷을 끌었지만 말이오. 475
많은 노역 뒤에는 용기도 이완되는 법이오.

뤼코스 그것은 뒤엎어진 에우뤼투스84의 집이 증언하오,

---

81 제우스가 처음 태어났을 때, 그의 어머니 레아는 남편 크로노스의 위협을 피하여 아들을 크레테 이데산의 동굴에 숨겼다.

82 여왕 옴팔레. 헤라클레스는 그녀에게 종으로 팔려가서 여자 옷을 입고, 실 잣는 일을 해야만 했다.

83 디오뉘소스 숭배자들이 갖고 다니는, 솔방울 장식이 된 지팡이.

또 짐승 같은 방식으로 짓눌렀던 처녀들의 무리[85]도.
이것은 그 어떤 유노도, 그 어떤 에우뤼스테우스도 명하지 않았소.
이것은 그 스스로 부과한 짓이오.

암피트뤼온 당신은 모든 것을 알지 못하는군. 480
그의 권투장갑에 으스러진 에뤽스[86]도 그 스스로 부과한
위업이고, 에뤽스와 비슷한 운명인 리뷔아의 안타이우스[87]도 그렇소.
또 나그네의 피로 흥건하다가 정당하게
부시리스[88]의 피를 들이킨 저 제단들도 그렇소.
부상과 칼에서 안전한 퀴크누스로 하여금, 상처 없이 온전한 채 485
죽음을 겪도록 강제했던 일도 그 자신이 부과한 위업이오.
또 하나가 아니지만 하나의 손에 제압된 게뤼온[89]도 그렇소.
당신도 그중 하나가 될 것이오. — 하지만 그들은 음욕으로
침실을 침해하진 않았소.

뤼코스 윱피테르에게 허용된 건 왕에게도 허용되오.

---

84 활쏘기로 유명한 오이칼리아 왕. 활쏘기 시합을 열면서 자기 딸 이올레를 상으로 내걸었는데, 헤라클레스가 우승하자 상 주기를 거절했다. 나중에 헤라클레스는 그의 도시를 함락하고 이올레를 끌고 왔다.

85 헤라클레스는 여러 여자들과 결합했는데, 특히 테스피우스 왕의 50명의 딸 모두와 결합하여 50명의 아들을 얻었다고 한다.

86 게뤼온의 소떼를 몰고 오던 헤라클레스에게서 소를 빼앗으려다가 죽은 시칠리아 왕이다.

87 지나가는 사람을 죽여 그 뼈로 신전을 짓던 인물. 그는 대지의 여신의 자식이어서 땅에 닿을 때마다 새 힘을 얻기 때문에 헤라클레스가 그를 들어서 졸라 죽였다.

88 지나가는 사람을 죽여 신에게 바치던 이집트 왕. 헤라클레스가 황금사과를 얻으러 가던 길에 이집트에 들렀을 때 그를 죽이려다가 자신이 죽었다.

89 삼중인간이어서 '하나가 아닌' 존재다.

당신은 아내[90]를 윱피테르에게 바쳤소. 그도 왕에게 아내[91]를
바칠 것이오. 490
그리고 며느리도 당신을 선생으로 삼아, 새롭지 않은 이 일을
배울 것이오,
남편까지 동의하면, 더 나은 자를 따라가라는 것 말이오.
만일 솔가지 횃불에 의해 짝이 되기를 고집스레 거절한다면,
물론 나는 강제적으로 고귀한 자식을 출산시킬 것이오.

메가라 크레온의 혼령이여, 랍다코스[92] 집안의 신들이여, 495
그리고 불경스러웠던 오이디푸스의 결혼횃불이여,
이제 우리의 결합에 늘 있어 왔던 파멸을 내리소서.
이제, 이제, 아이귑투스 왕의 유혈의 며느리들[93]이여,
오소서, 손에 흥건히 피를 적신 채.
다나오스의 딸 하나[94]만 거기서 빠졌지. 내가 그 죄악을 채우리라. 500

뤼코스 당신이 나와의 결혼을 고집스레 거부하고, 왕을
위협하니, 당신은 왕홀이 무엇을 할 수 있는지 배우게 되리라.

---

90 알크메네.

91 메가라.

92 오이디푸스의 할아버지. 가장 널리 알려진 판본에 따르면 뤼코스는 랍다코스가 죽은 직후 권력을 차지한 것으로 되어 있는데, 이 작품에서는 시간을 훨씬 후대로, 랍다코스의 손자인 오이디푸스 다음 대로 설정했다.

93 다나오스의 딸들. 다나오스는 아이귑토스의 형제인데 딸이 50명 있었다. 아이귑토스가 이들을 자신의 50명의 아들과 강제로 결혼시키려 하자, 다나오스는 딸들과 함께 희랍으로 도망쳤다. 아이귑토스는 아들들과 함께 추격하여, 결국 강제로 결혼식을 치르지만 첫날밤에 신부들이 각기 자기 남편을 죽인다.

94 휘페름네스트라. 그녀는 자기에게 배정된 남편 륑케우스를 죽이지 않고 살려 준다.

제단을 끌어안으라. 그 어떤 신도 그대를 내게서
빼앗아 가지 못하리라, 설사 땅이 밀쳐지고 알케우스의 자손이
이 위의 신들에게로 되돌려질 수 있다 하더라도. 505
(하인들에게) 장작을 쌓아 올려라. 신전이 탄원자들과 함께
무너져 타오르게 하라, 신부와 온 무리를
불붙은 하나의 장작더미가 함께 소멸하게 하라.

암피트뤼온 알케우스 자손의 아비로서 이 선물을 당신에게 청하노라,
요구하는 게 어울리는 것을, 즉 나를 제일 먼저 죽게 하라고. 510

뤼코스 누구에게나 죽음으로써 죗값 갚으라 명하는 자는
왕 노릇이 어떤 것인지 모르는 자로다. 서로 다른 것을 부과하라,
비참한 자에겐 죽기를 금하고, 행복한 자에게 죽기를 명하라.
나는, 타오르는 장작이 화장단을 키우는 동안,
바다를 지배하는 분을 신성한 헌물로 경배하겠노라. 515

(뤼코스 퇴장)

암피트뤼온 신들 중 최고 권력의 이름으로, 하늘 거주자들의
아버지이자 지배자인 분의 이름으로, 그분의 창이 던져지면
인간들이 떠는 그분의 이름으로 비오니, 이 미친 왕의 불경스런
오른손을 제어하소서! — 한데 나는 왜 공연히 신들에게
기도하는 것일까?
그대가 어디 있든 간에, 들으라, 아들이여! — 그런데 왜 갑자기
신전이 520

움직임에 흔들려 떠는 걸까? 왜 땅이 울음소릴 내는 걸까?
저 깊은 근원에서 저승 깨지는 소리가 울려났도다.
우리 기도는 들어졌도다. 그것은, 그것은 헤라클레스의
발걸음소리로다.

합창단 오, 용감한 인간들을 질시하는 행운이여,
너는 뛰어난 자들에게 얼마나 불공정한 상급을 배분하던가! 525
"에우뤼스테우스로 하여금 편안한 여가 속에 통치하게 하라.
알크메네에게서 난 자는 온갖 전쟁 속에
하늘 떠받쳤던 손을 괴물들에게 휘두르게 하라.
뱀[95]의 사나운 목들을 찢어내게 하라,
그로 하여금 자매[96]들을 속이고 사과를 가져오게 하라, 530
신적인 사과를 지키도록 배치된 용이
결코 잠들지 않던 눈을 잠에 내어주었을 때."
그는 침략했네, 스퀴티아의 많이 떠돌아다니는 집들과,
조상의 정착지를 낯설게 여기는 민족들을.
단단히 굳은 바다의 등을 디뎠네, 535
침묵하는 해안의 고요한 바다를.
거기 굳어진 수면엔 파도가 없네,

---

95 예를 들면 머리 여럿 달린 물뱀 휘드라.

96 헤라의 황금 사과를 지키는 헤스페리데스. 그들이 헤라클레스에게 황금사과를 자진해서 주었다는 얘기도 있고, 헤라클레스가 그 사과를 지키던 뱀 라돈을 죽이고 빼앗았다는 설, 헤스페리데스의 아버지 아틀라스가 대신 얻어다 헤라클레스에게 주었다는 설 등이 있다.

거기서 예전엔 배들이 돛폭을 활짝 펼쳤었지만.
이제 머리 기른 사마르타이인들이 밟고 지나네.
거기 바다가 펼쳐져 있네, 계절이 번갈음에 따라 변화하여, 540
때로는 배를 쉽게 받아들이고, 때로는 말을 받아들이며.
거기서 금장식된 띠로써 허리를 두른 채,
결혼하지 않은 종족을 다스리던 여인[97]은,
고귀한 전리품을 몸에서 풀었네,
방패와 눈같이 흰 가슴의 보호대도 함께, 545
무릎을 꿇고서 승자를 우러르며.

되돌아올 수 없는 길로 가기를 결행한 자여,
대체 무슨 희망을 품고 그대는, 가파른 저승으로 돌진하여
시칠리아[98] 프로세르피나의 왕국을 보았던가?
거기서는 어떤 바다도 남풍에, 어떤 바다도 서풍에 550
부풀어 오른 물결로써 일어나지 않도다.
거기서는 튄다레오스의 한 쌍의 자손인
별[99]도 겁먹은 배들을 도우러 오지 않도다.
검은 소용돌이의 바다[100]는 느릿하게 서 있고,

---

97 아마존 여왕 힙폴뤼테. 그녀의 황금 허리띠를 구해오는 것이 헤라클레스의 열두 노역 중 하나였다.

98 페르세포네(프로세르피나)는 시칠리아 중심부의 헨나 부근에서 하데스에게 납치된 것으로 알려져 있다.

99 튄다레오스의 아내 레다에게서 태어난 쌍둥이 카스토르와 폴뤼데우케스(폴룩스). 이들은 풍랑에 시달리는 뱃사람들을 도와주는 수호신이며, 다른 설에 따르면 그들은 죽어서 하늘의 쌍둥이자리가 되었다고도 한다.

탐욕스런 이빨을 갖춘 창백한 죽음이 555
헤아릴 수 없는 종족을 혼령들에게로 가져오면,
그 많은 사람들이 단 하나의 뱃사공[101]에 의해 강을 건너네.
　그대가 잔인한 스튁스의 법을 이겨내었으면!
또 운명의 여신들의 취소할 수 없는 실톳대[102]도 이겼으면!
수많은 백성을 다스리는 저 왕[103]은, 560
그대가 네스토르의 퓔로스로 전쟁하러 쳐들어갔을 때,
그대에 맞서 역병을 가져오는 팔을 휘둘렀다네,
세 갈래 날을 지닌 창을 앞세우고서.
하지만 달아나 버렸네, 얕은 부상으로 다친 채.
그는 죽음의 주인이면서도 죽음을 두려워했네. 565
손으로 운명을 찢으라, 음울한 저승 종족에게
빛의 전망이 열리게 하라, 길 없는 문지방이
위에 있는 자들에게로 가는 쉬운 길을 열어주게 하라.
　오르페우스는 그림자들의 무자비한 주인들을
노래로써 굽힐 수 있었네, 그리고 탄원하는 기도로써, 570
자신의 아내 에우뤼디케를 돌려받고자 했을 때.
숲들과 새들과 바위들을 끌어모았던

---

100 저승의 강 스튁스.

101 저승의 뱃사공 카론.

102 운명의 세 여신이 각자 한 명은 실을 잣고, 한 명은 자로 재고, 다른 한 명은 실을 끊는 것으로 알려져 있다.

103 하데스(플루토). 그는 퓔로스를 도와주러 갔다가 헤라클레스에게 다쳤다.

저 재주는, 강물을 지체하게 만들고,
야수들이 그 소리를 듣고자 걸음을 멈췄던 그 재주는,
익숙지 않은 음향으로 저승존재들을 위로했으며, 575
귀먹은 그 장소에서 더욱 맑게 되울렸네.
에우메니데스조차도 트라키아의 신부를 위해 울었네.104
눈물에 흔들리지 않는 신들조차 울었네.
너무나도 가혹한 표정으로 죄악을
신문하며, 오래된 죄들을 털어내던 580
심판관들도 에우뤼디케를 위해 울면서 앉아 있었네.
마침내 죽음의 판결자가 말했네, "우리가 졌구나,
저 위의 세상으로 떠나라, 다만 이러한 조건에서다.
그대는 그대 남편의 등 뒤에서 동행자로서 따르라.
그대는 그 전에는 그대 아내를 돌아보지 말라, 585
밝은 날빛이 신들을 보여주기 전에는,
그리고 스파르타의 타이나루스105의 문에 닿기 전에는."
참된 사랑은 지체를 미워하고 참지 않는다네.
그는 자기 상을 눈으로 보기를 서두르다가 그것을 잃고 말았네.
　노래에 의해 제압될 수 있었던 저 왕국, 590
그 왕국은 힘에 의해서도 제압될 수 있으리라.

---

104 전해지는 사본에는 "트라키아의 신부들은 에우뤼디케를 위해 울었네"(*euridicen threiciae nurus*)로 되어 있으나, 슈미트(Schmidt)와 츠비어라인의 제안에 따라 *Eumenides Threiciam nurum*으로 읽었다.

105 스파르타 남쪽의 곶. 이곳에 저승 입구가 있는 것으로 알려져 있다.

(헤라클레스가 테세우스와 함께 케르베로스를 끌고 등장한다.)

헤라클레스 오, 사물을 성장시키는 빛의 조종자여, 하늘의 장식이여,
불을 실어 나르는 마차로써 두 개의 영역을 두루 돌면서
광대한 대지에 빛나는 머리를 보이는 이여,
포이부스여, 용서해 주소서, 혹시라도 허용되지 않는 것을 그대 595
눈길이 보았다면. 저는 지시를 받고서 빛으로 가져왔습니다,
이 세계의 비밀을. 그리고 당신도, 천상 존재들의 통치자이자,
아버지이신 분이여, 벼락 뒤로 얼굴을 가리소서.
또 당신도, 두 번째 왕홀로써 바다를 다스리는 이여,
깊은 물결 속으로 찾아드소서. 누구든 높은 데서 지상의 일을 600
내려다보는 분은, 기이한 광경에 오염될 것을 두려워하는 이는,
시선을 돌리고, 얼굴을 하늘 쪽으로 향하소서,
전조를 피하여. 입에 담을 수 없는 이것을 둘만이 보게 하시라,
그것을 가져온 자와, 그것을 명한 여신106만이. 내게 벌과 노역을
내리기에 땅은 충분히 넓게 펼쳐져 있지 않도다, 605
유노의 미움에 비하면. 나는 보았다, 누구도 접근할 수 없는 곳을,
포이부스에게도 알려지지 않은 곳, 더 낮은 세상이
저승의 윱피테르에게 넘겨준 컴컴한 영역을.
그리고 혹시 그 세 번째 몫의 장소가 내 마음에 들었더라면,
그것을 다스릴 수도 있었노라. 영원한 밤이 카오스와, 610

---

106 유노.

밤보다 더 무거운 어떤 것, 그리고 음울한 신들과
운명을 나는 보았노라. 하지만 죽음을 경멸하고 나는 돌아왔노라.
다른 남은 것이 무엇이랴? 나는 저승 존재들을 보고 목격했노라.
혹시 뭔가 더 있다면 주시라, 유노여, 그대는 이미 오래 내 손이
빈둥거리도록 버려두었으니. 그대 무엇을 제압하라고 명할 것인가? 615
한데 왜 적대적인 병사들이 신전을 지키며,
무구에 대한 공포가 신성한 문지방을 차지하고 있는 건가요?

암피트뤼온 나의 소망이 내 눈들을 속이는 것인가,
아니면 저 세계를 제압한 자, 그라이키아의 영광이
음울한 안개 속 침묵의 집을 떠나온 것인가? 620
저 사람이 내 아들이란 말인가? 행복감으로 사지가 마비되는구나.
오, 아들이여, 테바이의, 뒤늦게 나타난 확실한 구원이여,
내가 대기 속으로 돌아온 이를 잡고 있는 것이냐,
아니면 광기에 속아서
헛된 그림자를 잡은 것이냐? 진정 너란 말이냐? 나는 근육과
어깨와 거대한 곤봉으로 유명한 손을 알아보노라. 625

헤라클레스 아버님, 왜 이렇게 초췌해지셨나요? 왜 아내는 애곡을 위한
옷을 입었나요? 왜 아이들은 저렇게 역겨운 오물로
뒤덮였나요? 어떠한 재난이 집안을 짓누르고 있나요?

암피트뤼온 네 장인께서 살해되셨고, 왕권은 뤼코스가 차지하고 있으며,
그가 네 자식과 아비와 아내를 죽음에 넘기려 획책하고 있구나. 630

헤라클레스 아, 은혜를 모르는 땅이여! 그 누구도 헤라클레스의 집안을
도우러 오지 않았다는 말입니까? 이토록 큰 악행을 보고만 있었습니까,

내가 보호해 준 세상이? — 하지만 왜 불평으로 하루를 허비하랴?
희생제물이 도살되게 하라, 내 용기가 이것을 표식으로 지니게 하라,
뤼코스가 알케우스 자손의 마지막 적수가 되게 하라. 635
나는 원수의 피를 마시러 가겠소,
테세우스여, 여기에 머무시오. 어떤 예기치 않은 폭력이
덮쳐 올지 모르니.
전쟁이 나를 부릅니다, 포옹을 미루시죠, 아버님.
아내여, 당신도 포옹을 미룹시다. 뤼코스로 하여금 디스에게
알리게 하라,
이제 내가 돌아왔노라고.

(헤라클레스 퇴장)

테세우스 눈에서 서글픈 표정을 치우십시오, 640
왕비님. 그리고 당신도, 아드님이 안전하니,
떨어지는 눈물을 거두십시오. 제가 헤라클레스에 대해 뭔가 안다면,
뤼코스는 크레온에 빚진 죗값을 치르게 될 것입니다.
'치르리라'는 느슨하고, 치르는 중입니다. 이것도 느슨하고,
이미 치렀습니다.
암피트뤼온 그렇게 하실 수 있는 신께서 우리 기원에 호의를 베푸시고, 645
무너진 것들에 함께하시길! 오, 위대한 아들의,
큰 뜻 품은 동료여, 그의 용기를 순서 있게 펼쳐 보여주시오.
얼마나 먼 길이 슬픈 혼령들에게까지 뻗어 있었는지,

어떻게 타르타로스의 개는 저 강력한 사슬에 묶였는지를.

테세우스 당신은, 안전한 자의 마음에까지 으스스한 일들을 650
떠올리라 강제하시는군요. 저는 아직까지도, 생명을 주는 대기에 대한
믿음이 확실치 않습니다. 제 눈의 빛은 침침하고,
약해진 시각은 익숙지 않은 날빛을 간신히 견디고 있습니다.

암피트뤼온 이겨내시오, 테세우스여, 깊은 가슴속에 남아 있는
그 어떤 두려움이든. 그리고 자신에게 당신 노역의 최고 열매가 655
잃어 없어지게 하지 마시오. 겪기엔 힘들었던 일이라 해도
상기하기엔 달콤한 법이라오. 그 으스스한 이야기를 들려주시오.

테세우스 세상의 모든 신성들께 기원합니다, 그리고 당신께, 모든 걸
포용하는 영역의 지배자[107]여, 또 당신께, 엔나에서 납치된 당신[108]을
어머니는 헛되이 찾아다녔지요, 그런 분께, 멀리 숨겨지고 660
땅에 가려진 권력들에 대하여 대담하게 누설하는 것을
허용해 주십사 하고!

스파르타 땅은 이름난 산언덕을 높이 들어 올리고 있습니다,
빽빽한 숲을 가진 타이나루스가 바다로 돌출한 곳에서.
여기에 디스의 혐오스런 집은 입을 열어두었습니다.
높은 벼랑이 갈라지고, 가늠할 수 없는 동공으로 665
거대한 균열이 크나큰 목구멍을 벌리고 있으며,

---

107 하데스(플루토).

108 페르세포네. 그녀가 납치되자 어머니 데메테르(케레스)는 그녀를 찾아 온 세상을 떠돌아다녔다.

모든 인간에게 널찍한 통로를 펼쳐 두었죠.
처음에는 어두운 길이 완전히 암흑은 아닌 걸로 시작됩니다.
남은 빛의 약한 잔광이 등 뒤에서,
마치 일식 때의 햇빛 같은 불확실한 밝음이 내리비쳐, 670
눈을 현혹하지요. 그처럼 밤과 뒤섞인 빛은 하루가 시작될 때나
늦은 시간에 주어지는 게 보통인데 말입니다.
거기서부터 공간이 비어서 넓은 장소가 열립니다.
그쪽을 향해 몸을 돌려서 모든 인간 종족이 서둘러 가지요.
가는 건 힘들지 않습니다. 길 자체가 이끌어 내리니까요. 675
마치 원치 않는 배들을 물결이 채어가듯이,
그렇게 아래쪽으로 부는 바람이 몰아가고, 탐욕스런 허공이,
집착을 가진 영혼들에게 발길을 뒤로 돌리는 것을
결코 허용하지 않습니다. 그 안쪽으로 거대한 품을 가진
조용한 레테가 평온한 여울을 흘려 내리며 680
근심들을 떨쳐버리죠. 거기서 더는 되돌아갈
가능성이 열려 있지 않습니다. 그 강은 수많은 굴곡으로
느릿한 흐름을 휘어갑니다, 마치 방황하는 마이안데르강이
일관되지 않은 물길로써 장난치며, 때로는 자신에게 되돌아가고,
때로는 앞으로 내달으며, 바다로 갈지 수원지로 돌아갈지
불확실한 것처럼. 685
거기에 역겨운 코퀴투스의 게으른 늪이 펼쳐져 있습니다.
이쪽에는 독수리가, 저쪽에는 애곡을 보내는 부엉이가 울어대고,
불길한 비명올빼미가 음울한 전조를 울리고 있죠.

위협적인 주목(朱木)이 그늘 짙은 잎새로 검은
머리칼을 솟구치고 있으며, 거기 굼뜬 잠이 매달려 있습니다. 690
또 침울한 기근이 지친 턱을 벌리고 누워 있으며,
걸음 느린 수치심은 가책받은 얼굴을 가리고 있죠.
두려움과 어두운 떨림과 이를 가는 고통과
검은 통곡이 뒤따르며, 벌벌 떠는 질병과
칼을 두른 전쟁이 있습니다. 맨 끝에 숨은 느릿한 695
노령은 지팡이의 도움으로 걸음을 떼고 있죠.

암피트뤼온 거기 혹시 케레스나 박쿠스의 결실을 가져오는 땅은 없소?

테세우스 푸른 얼굴로 행복한 풀밭은 돋아나지 않습니다,
성숙한 곡식들이 부드러운 서풍에 물결치지도 않고요.
그 어떤 숲도 열매 맺힌 가지를 지니고 있지 못하죠. 700
심연 속 대지의 불모의 광대함이 황폐한 채로 펼쳐져 있고,
초라한 토양은 영원한 목마름으로 굳어져 있습니다.
〔사물들의 서글픈 한계와 세계의 끄트머리가.〕
대기는 움직임 없이 들어붙고, 어두운 밤이 게으른 세계에
내려앉아 있습니다. 모든 것이 슬픔으로 소름 돋아 있고, 705
죽음의 처소는 죽음 자체보다 더 나쁜 상태입니다.

암피트뤼온 홀을 들고 그 어두운 영역을 다스리는 자는 어떠하오?
어떤 곳에 자리 잡고 그 가벼운 백성들을 통치하고 있소?

테세우스 타르타로스의 컴컴한 구석에 한 장소가 있는데,
그곳을 빽빽한 안개가 무거운 그림자로 에워싸고 있죠. 710
거기 한 원천으로부터 서로 다른 두 흐름이 솟아나고 있습니다.

한 흐름은 (이것을 대상으로 신들이 맹세하는데) 고요한
강물처럼 침묵하며 신성한 스튁스를 실어 갑니다.
하지만 다른 흐름은 엄청난 소음으로써 거칠게 쓸려가죠,
물살로 바위를 굴리며, 다시 건너는 것을 허용치 않는 715
아케론이. 이중의 해자로 둘러싸인 채
디스의 왕궁이 맞은편에 있고, 거대한 궁궐은
그늘진 숲으로 덮여 있죠. 여기 광대한 동굴에
그 왕의 문지방이 높이 놓였는데, 이것이 그림자들의 통행로이며,
이게 왕국의 대문입니다. 그 주위에는 벌판이 펼쳐져 있습니다. 720
거기에 근엄한 표정으로 앉아서 새로 도착한 영혼들에게
몫을 나눠주고 있죠, 그 신의 무서운 권위가.
험상궂은 얼굴, 하지만 그의 형제가, 그리고 그 위대한 종족이
지닌 것과 같은 용모입니다. 저 윱피테르의 얼굴이긴 한데,
천둥 치는 윱피테르의 얼굴이죠. 그 사나운 왕국의 큰 부분은 725
바로 주인 자신입니다. 그의 표정을 무서워하니까요,
무엇이건 두려움의 대상인 것들이.

암피트뤼온 그 소문은 사실이오,
저승 존재들에게
늦게나마 정의가 갚아지고, 자신의 범행을 잊었던
악인들이 빚진 죗값을 치른다는 게?
그 진실의 조정자, 정의의 심판자는 누구요? 730

테세우스 단 한 명의 심문관이 높은 보좌에 앉아
떨고 있는 죄인들에게 뒤늦은 정의를 나눠주는 건 아닙니다.

저쪽 법정에서는 크놋수스의 미노스에게로 가고요,
다른 쪽엔 라다만투스,[109] 이쪽에선 테티스의 시아버지[110]의
판결을 듣죠.
각 사람은 자신이 했던 일을 당하게 됩니다. 행위자에게 악행이 735
되돌아오고, 죄인은 자기가 본을 보인 일에 짓눌리지요.
저는 보았습니다, 우두머리였던 자들이 피투성이가 되어
옥에 갇힌 것을,
그리고 무력해진 독재자의 등이 평민의 손에
찢기는 것을. 반면에 평온하게 통치하는 자들은 모두,
그리고 생명의 주인이지만 손을 무해하게 보존하는 이들, 740
또 온화하게 피 흘림 없는 통치를 행하며,
감정을 억제하는 이들은 오랜 세월에 걸쳐 행복한 삶의
긴 기간을 다 채우고는, 하늘로 올라가거나,
아니면 축복 속에 엘뤼시움 숲의 행복한 장소로 가서
재판관이 될 것입니다. 그러니 인간의 피를 멀리할지어다, 745
누구든, 그대 통치하는 자여! 너희의 죄는 더 심하게 징계되도다.

암피트뤼온 특정한 장소가 죄인들을 가두어
붙잡아 두고 있소? 그리고 소문이 전하듯, 잔인한 징벌이
불경스런 자들을 영원한 사슬로 묶어두고 있소?

---

109 희랍어식으로는 라다만튀스. 미노스의 형제로, 제우스와 에우로페 사이에서 태어났다.
110 아킬레우스의 할아버지이자, 펠레우스의 아버지인 아이아코스. 이 역시 제우스의 아들이다.

테세우스 익시온[111]은 날개 달린 바퀴에 의해 비틀리며

쓸려가고 있습니다. 750

시쉬푸스[112]의 목덜미에는 거대한 바위가 얹혀 있고요.

노인[113]은 강 한가운데서 메마른 입으로

물살을 계속 좇고 있으며, 흐름은 그의 턱을 씻으며 지나갑니다.

벌써 여러 번 속은 그에게 확신을 주는 순간,

물은 입에서 사라져 버리죠. 과일들은 그의 배고픔을 농락하고요. 755

티튀오스[114]는 새에게 영원한 만찬을 제공하며,

다나오스의 딸들[115]은 물로 채워진 항아리를 헛되이 나릅니다.

카드메이아의 불경스런 여인들[116]은 광기에 빠져 방황하며,

탐욕스런 새는 피네우스[117]의 식탁을 두렵게 만듭니다.

암피트뤼온 이제 내 아들의 유명한 싸움에 대해 말해주시오. 760

그가 가져온 것[118]은 삼촌의 자발적인 선물이오, 아니면 노획물이오?

---

111 감히 헤라를 넘본 죄로 영원히 하늘 나는 수레바퀴에 묶여 돌아가는 벌을 받고 있다.

112 신들을 속인 죄로 영원히 바위를 언덕 위로 굴려 올리고, 그것이 미끄러져 내려오면 다시 밀어 올리는 벌을 받고 있다.

113 탄탈로스. 자기 자식을 잡아 신들에게 대접한 죄로 먹고 마실 게 앞에 있어도 영원히 배고프고 목마른 벌을 받고 있다.

114 레토를 납치하려 했던 죄로 독수리에게 영원히 간을 파먹히는 벌을 받고 있다.

115 다나오스의 딸들은 결혼 첫날밤에 자기 남편을 살해한 죄로, 영원히 밑 빠진 독에 물을 채우는 벌을 받고 있다.

116 광기에 빠져 펜테우스를 찢어 죽인 테바이 여인들을 가리킨다.

117 보통 피네우스는 신들의 뜻을 인간에게 너무 많이 알려준 죄로 이승에서 하르퓌이아들에게 괴롭힘을 당하는 것으로 알려져 있다. 이 괴조들은 그의 음식을 빼앗아 가고 남은 것에는 배설물을 떨어뜨려서 먹지 못하게 만든다고 한다. 하지만 세네카는 피네우스가 이런 벌을 저승에서 받는 것으로 그렸다.

테세우스 저승 바위가 느린 흐름 위로 매달려 있답니다,
거기서는 물살이 마비되고 지체하는 호수로 굳어집니다.
이 강을 돌봅니다, 차림새와 용모가 무시무시하고 지저분한
노인이. 그리고 창백한 혼령들을 실어 나릅니다. 765
그의 수염은 가다듬어지지 않은 채 매달려 있고, 형태 잃은 옷자락을
노끈이 얽어 묶고 있지요. 우묵한 뺨에선 빛이 나고요.
그는 스스로 사공 역할을 맡아 긴 삿대로 배를 몰지요.
이제 그는 짐을 부린 배를 물가에 갖다 대면서, 다시 혼령들을
불러 모으는 참이었습니다. 알케우스의 자손이 건네주기를 요구했죠, 770
무리가 비켜서는 가운데. 카론이 무섭게 외쳤습니다,
"대담한 자여, 어디로 서둘러 가느냐? 성급한 걸음을 멈춰라."
알크메네의 아들은 그 어떤 지체도 참지 않고서,
바로 그 삿대로 사공을 제압하고 강압하며,
배에 올랐죠. 다중을 충분히 싣던 나룻배는 775
단 한 사람 밑에서 내려앉았죠. 그는 자리 잡았고,
평소보다 무거운 배는
양쪽 옆구리를 흔들거리며 레테 강물을 들이켰고요.
그러자 그에게 제압되었던 괴물들이 떨었죠, 사나운 켄타우로스들[119]과,
지나치게 술 취해서 전쟁의 열기로 타올랐던 라피타이족[120] 말입니다.

---

118 저승의 개 케르베로스.

119 헤라클레스는 에뤼만토스의 멧돼지를 잡으러 갔을 때, 켄타우로스들과 싸워서 독화살로 그들을 거의 전멸시켰다.

120 라피타이는 테세우스의 절친한 친구 페이리토오스(피리토우스)가 속한 민족으로, 페

스튁스 늪의 가장 먼 구석을 찾아서 780
풍성한 머리들을 물속에 담갔죠, 레르나의 노역[121]은.
그다음엔 탐욕스런 디스의 집이 나타납니다.
여기서 사나운 스튁스의 개는 혼령들에게 겁을 주지요.
그놈은 세 개의 머리를 흔들며 엄청나게 짖어서
이 왕국을 지키지요. 그것의 더께 앉은 머리들을 785
뱀들이 핥고 있으며, 갈기털엔 독사들이 일어서 있죠.
그것의 비틀린 꼬리에선 기다란 용이 쉭쉭대고 있고요.
그것의 분노는 그 모습에 걸맞습니다. 발걸음 진동을 감지하자마자
떨리는 뱀으로 그득한 머리카락을 치켜세우고는,
곧추세운 귀로써 전달된 소리를 포착합니다, 790
그림자까지도 감지하는 게 버릇되어서. 한데 윱피테르의 아드님이
바짝 다가서자, 그 개는 확신을 잃고 동굴 속에 주저앉아,
살짝 떨었죠. — 하지만 보십시오, 그놈은 엄청나게 짖어대며
침묵의 장소를 떨게 했습니다. 뱀들은 온 어깨에 걸쳐
위협적으로 쉭쉭댔습니다. 소름 끼치는 소리의 울림이 795
세 개의 입에서 튀어나와 심지어 행복한
혼령들까지도 두렵게 만들었습니다. 그러자 그분은 왼팔에
사나운 턱과 클레오나이[122]의 머리를

이리토오스의 결혼식 때 켄타우로스들과 큰 전쟁을 벌인 적이 있다. 하지만 세네카는 이들도 전에 헤라클레스에게 제압된 적이 있는 것으로 꾸몄다.

121 머리 여럿 달린 물뱀 휘드라.

122 네메아 부근의 지명. 이 구절은 네메아 사자의 가죽과 두개골을 일종의 방패로 사용했

늘어뜨리고, 자신을 이 거대한 방패로 가렸죠,
승리를 가져오는 오른손엔 거대한 곤봉을 들고서. 800
이번엔 이쪽, 이번엔 저쪽으로 채찍질하듯 쉬지 않고 휘둘렀습니다,
타격을 두 배로 만들며. 그 개는 압도되어 위협을 중단했고,
지쳐서는 머리를 모두 낮추고
동굴 전체를 내어주었습니다. 두 통치자[123]는
보좌에 앉은 채 겁에 질렸고, 그것을 끌고 가라고 명했습니다. 805
그가 저까지도 요구하자, 그들은 저를 선물로 알케우스 자손에게 주었죠.

그러자 그는 괴물의 묵직한 목을 손으로 쓰다듬으며
아다마스[124] 사슬로 묶었습니다. 자기 자신을 잊은 채,
그 어두운 왕국을 늘 주의 깊게 지키던 개는
겁먹어 귀를 늘어뜨리고서, 끌려가기를 감내하며, 810
주인을 인정하고, 주둥이를 아래로 박고 뒤따르면서,
뱀으로 된 꼬리로 양 옆구리를 때렸습니다.
하지만 그가 타이나루스의 경계에 당도하고, 이전에 몰랐던
빛의 낯선 광채가 그 개의 눈을 때렸을 때,
제압되었던 그 개가 다시 기백을 모았고, 광란하며 그 무거운 815
사슬을 뒤흔들었죠. 그것은 승리자를 거의 채어갈 뻔했습니다,

다는 뜻이다.

123 하데스와 페르세포네.

124 '제압되지 않는 것'이란 뜻이다. 대개 강철을 가리키는 표현이다.

몸을 젖혀서 다시 뒤로 끌어갔고, 걸음이 딸려가게끔 만들었죠.
그러자 알케우스의 자손은 제 손의 도움까지 돌아보며 청했습니다.
분노로 광란하는 그 개를 우리 둘이 이중의 힘으로
당겨서, 성과 없는 전쟁을 시도하는 그것을 820
지상으로 끌어냈습니다. 하지만 그것이 밝은 날빛을 보고,
빛나는 하늘의 찬란한 영역을 목격했을 때,
〔밤이 일어나고 눈길을 땅으로 박았습니다.〕
그 개는 눈을 굳게 닫아 감고, 보기 싫은 날빛을 피했죠.
고개를 뒤로 돌리고 목을 온통 825
땅으로 향했고요. 그러고는 헤라클레스의 그림자 속에
머리를 감췄습니다. 한데 사람들의 빽빽한 무리가
행복한 외침과 함께 다가오네요, 이마엔 월계수 가지를 두르고서.
그리고 위대한 헤라클레스에게 바쳐 마땅한 찬양 노래를 부르네요.

합창단 때 이른 출산에 의해 태어난 에우뤼스테우스는 830
세상의 기초를 뚫고 들어가라 명했었네.
이것 하나만 노역의 숫자에 결핍되어 있었네,
세 번째 몫을 차지한 왕에게서 약탈해 오는 것만이.
그대는 눈먼 행로로 들어서길 감행하였도다,
멀리 떨어진 혼령들에게로 길이 뻗어 있는 곳, 835
음울하고, 검은 숲으로 두려운 곳,
하지만 많은 무리가 동반하여 북적이는 길로.
　마치 많은 대중이 온 도시에 걸쳐
새로운 극장의 볼거리를 향해 탐욕스레 몰려들듯이,

마치 다섯 번째 여름[125]이 축제를 다시 소환할 때, 840
엘리스[126]의 천둥 치는 신[127]께로 다수가 쇄도하듯이.
마치, 밤이 길게 자라날 시기가 돌아오고,
균형 잡힌 천칭자리[128]가 평온한 잠을 갈망하여
포이부스의 마차를 붙잡을 무렵,
많은 무리가 케레스의 비밀제의[129]로 몰려들고 845
앗티카의 입회자들이 자기 집을 떠나서
야간행사를 축하하러 서둘러 달려갈 때처럼,
그만큼 큰 무리가 고요한 벌판을 가로질러
인도되고 있다네. 일부는 노령으로 천천히 걸어가네,
슬프게, 긴 생애를 다 누리고서. 850
일부는 아직도 달리네, 더 나은 나이를 지녀서.
아직 침실에 묶이지 않은 처녀들과
아직 머리카락을 자르지 않은[130] 청소년들과
엄마라는 호칭을 겨우 배운 아기들이.
이들에게만 허락되어 있네, 덜 두려워하도록, 855

---

125 고대 올림픽은 4년마다 열렸는데, 옛날 사람들은 '양편넣기'로 셈했기 때문에 올림픽이 있던 해를 첫 해로 쳐서 다섯 번째 해에 다시 경기대회가 열리는 것으로 보았다.

126 올륌피아 옆의 도시. 고대 올림픽 경기를 관장하던 도시이다.

127 윱피테르. 고대 올림픽은 제우스를 기리는 축제이다.

128 이 작품이 쓰일 무렵, 추분점이 이 별자리에 있었다.

129 데메테르와 페르세포네의 성역인 엘레우시스에서 거행되던 비밀의식.

130 옛사람들은 머리카락을 자르면 아이의 성장이 멈춘다고 생각해서 성장이 다 끝난 다음에야 머리를 잘랐다.

앞서가는 횃불로 밤을 누그러뜨리는 것이.
나머지는 우울하게 어둠 속을 걸어가네.
너희의 심정은 어떠하던가, 빛은 멀어지고
각자가 서글프게 자기 머리가
온 땅으로 덮였음을 느끼는 그때에? 860
거기 서 있도다, 빽빽한 카오스와 역겨운 어둠과
밤의 사악한 색깔과 고요한 세계의
나른함과 헛된 구름이.
  느린 노령이 우리를 그리로 데려가기를!
그 누구도 거기 너무 늦게 도착하진 않도다, 한번 가면 865
거기서 결코 되돌아올 수 없는 그곳에.
잔인한 운명을 향해 서두르는 데 무슨 즐거움이 있으랴?
광대한 대지를 방황하는 이 모든 무리는
혼령들에게로 향하고, 무기력한 코퀴투스에 돛을
펼칠 것이네. 모든 것이 그대를 위해 자라나도다, 870
일몰이 보는 것도 일출이 보는 것도.
앞으로 태어날 자들은 아껴주시라. 그대 위해, 죽음이여,
우리는 준비하노라.
설사 그대가 지체한다 해도, 우리 자신이 서두르도다.
처음에 삶을 주었던 그 시간이, 그것을 거둬 갔도다.

  테바이에 행복한 날이 왔구나. 875
제단을 붙잡아라, 탄원자들이여,

살진 제물짐승을 도살하라.
아내들은 남편들과 섞여
신성한 춤을 추기 시작하라.
멍에를 풀어놓고 휴식을 취하라, 880
비옥한 들판의 경작자들은.
　헤라클레스의 손에 의해 평화가 왔도다,
새벽과 저녁별 사이의 땅에,
그리고 태양이 중천을 차지하고
사물들에 그림자를 거절하는 곳에. 885
테튀스[131]의 길고 긴 순환에
씻기는 그 어떤 땅이든
알케우스 자손의 노역이 제압하였도다.
타르타로스의 여울을 건너
저승의 신들을 평정하고서 그는 돌아왔도다. 890
이제 그 어떤 두려움도 남아 있지 않도다.
저승 너머에는 아무것도 없도다.
　사제여, 일어선 머리털[132]을
사랑받는 포플러 가지로 장식하시라.

(헤라클레스가 들어온다.)

---

131 원초적인 바다의 여신 테튀스(Tethys).
132 신이 가까이 오셨다는 조짐이다.

헤라클레스 승리를 가져오는 나의 오른손에 맞아 뤼코스는 얼굴을 895
처박고 땅에 쓰러졌도다. 또한 압제자의 동료였던
그 누구든, 죗값 치르기의 동료로서 쓰러져 누웠도다.
이제 승리자로서 제물을 바치리라, 아버지께, 그리고 하늘 신들께.
희생물을 도살하여, 그걸 받아 마땅한 제단들을 높이리라.
당신께, 당신께, 내 노역의 동행이자 조력자시여, 기원합니다, 900
전쟁을 즐기시는 팔라스여, 그 왼팔에서 아이기스가
상대를 돌로 만드는 얼굴로 사나운 위협을 일으키는, 그런 분이여!
또 함께하시길, 뤼쿠르구스를 길들이고, 홍해를 길들인 분이![133]
창끝을 푸른 튀르소스로 숨겨 지니신 분이!
또 이중의 신격, 포이부스와 그분의 누이도 함께하시길, 905
(누이는 화살에 더 적합하고, 포이부스는 뤼라에 그러하시니.)
또한 누구든 나의 형제로 하늘에 거하시는 분도 함께하시길,
다만 계모에게서 난 형제는 제외하고. (하인들에게) 너흰 이리로 살진
가축들을 몰아오라. 무엇이건 인도의 들판이,[134]
또 무엇이건 아랍인들이 향기로운 나무로부터 모아들인 것을 910
제단으로 옮겨 쌓으라. 기름진 연기가 솟구쳐 오르게 하라.

---

133 디오뉘소스를 가리킨다. 뤼쿠르고스(뤼쿠르구스)는 디오뉘소스 숭배를 반대하다가 미쳐서 자기 자식들이 포도나무인 줄 알고 칼로 치고 도끼로 찍어서 죽였다고 한다. '홍해'는 오늘날의 페르시아만(灣). 디오뉘소스가 인도를 정복하고 돌아온 사건을 가리킨다.

134 레오(Leo)와 츠비어라인은 909행 다음에 적어도 한 행이 사라졌다고 본다. 츠비어라인은 "그리고 킬리키아의 곡창이 달콤한 잎들로부터 생산한 것을"(*Cilicumque messis dulcibus foliis creat*) 정도의 내용이 이 자리에 들어가야 한다고 보고 있다.

포플러 줄기가 우리 머리칼을 장식하게 하라.
(테세우스에게) 그리고 당신을 올리브 가지가 부드러운 잎으로
덮게 하시라,
테세우스여. 나의 손은 천둥 치시는 분을 높이리라.
(암피트뤼온에게) 당신은 도시의 설립자들을, 그리고 엄혹한 제투스의 915
숲 우거진 동굴들을, 이름 높은 샘물의 디르케를,
개척자 왕[135]의 튀로스 가문 신들을 불러 섬기시라.
그대들은 향에 불을 붙이라.

암피트뤼온 아들이여, 먼저 원수를 살육하여
핏덩이 방울지는 손을 정화하라.

헤라클레스 내가 미워하는 자의 머리에서 쏟은 피를 신들께 920
부어 바칠 수 있었더라면! 그 어떤 헌주도 그보다 더 기쁜 것으로서
제단을 적실 수 없었을 텐데! 그 어떤 희생도 그보다 더 풍요롭고,
더 훌륭한 것으로 윱피테르께 잡아 바칠 수 없었을 텐데,
불공평한 왕보다 더 나은 것은!

암피트뤼온 그대 아버님께서 그대의 노역을
끝내주시도록 기도하라. 지친 자들에게 마침내 여가와 925
휴식이 주어지기를.

헤라클레스 저 자신이 윱피테르와 제게
합당한 기원을 얻어내겠습니다. 하늘과 땅과 물은
제자리에 가만히 머물러 있기를! 영원한 별들은 침해받지 않는

---

135 페니키아 튀로스 출신의 테바이 설립자 카드모스.

행로를 유지하기를! 깊은 평화가 민족들을 키워주시길!
해 끼치지 않는 시골의 노동이 모든 쇠붙이를 차지하길, 930
그리고 칼들은 숨어 있기를. 그 어떤 폭풍우도 날뛰며
들판을 뒤집지 않기를, 윱피테르의 분노에서부터 그 어떤
불길도 뿜어져 나오지 않기를, 그 어떤 강물도 겨울 눈에
양육되어 농지를 뒤엎고 쓸어가지 않기를.
독약들은 쓰이기를 그치고, 그 어떤 쓰거운 약초도 935
해 입히는 즙으로 부풀지 않기를. 잔인하고 야만적인 그 어떤
독재자도 통치하지 않기를. 혹시 그 어떤 범죄라도 땅이
낳을 것이라면, 서두르시길, 그리고 그 어떤 괴물이라도
준비 중이라면, 그게 내 몫이 되기를! — 한데 이것은 무엇이냐? 한낮을
암흑이 둘렀구나. 포이부스는 어두운 구름으로 940
얼굴 없이 지나가는구나. 누가 낮을 뒤돌아 도망치게 만들고,
동쪽을 향해 몰아가는가? 겪은 적 없는 밤이 어디로부터
검은 머리를 쳐들어 올리는가? 어디로부터 저토록 많은 별들이 나타나
대낮에 하늘을 채우는가? 보라, 나의 첫 노역이었던
사자가 하늘의 작지 않은 부분에서 빛을 발하며 945
분노로 온통 달아올라 물어뜯으려 준비하는구나.
이제 어떤 별인가를 잡아채려 하는구나. 거대한 입으로 위협하며
서 있구나, 불길을 뿜어내는구나, 불그레한 목덜미로 갈기털을
뒤흔들며, 엄혹한 가을과 싸늘한 겨울이
얼어붙은 공간으로 다시 데려온 무엇에든 950
단번의 도약으로 건너뛰어, 봄날의 황소에게 달려들고,

그 목을 부러뜨리려 하는구나.

암피트뤼온 이 무슨 갑작스런 질병인가?

어찌하여, 아들이여, 사나운 얼굴을 이리저리 돌리며,

혼란된 눈길로 헛것인 하늘을 둘러보는가?

헤라클레스 땅은 모두 제압되었고, 부풀었던 바다는 가라앉았으며, 955

저승 왕국은 나의 힘을 느꼈도다.

하늘만이 공격을 벗어나 있구나, 알케우스 자손에게 걸맞은 노역이.

나로 하여금 세계의 높직한 영역으로 올라가게 하라,

창공이 목표가 되게 하라. 아버지께서는 별들을 약속하고 계시도다.

그분이 부정한다면 어찌하랴? 땅은 헤라클레스를 잡아두지 못하고 960

마침내 하늘 존재들에게 돌려보내고 있도다. 보라, 신들의 모임 전체가

스스로 나서서 나를 부르고, 문들을 열고 있도다,

한 여신이 반대하지만. 그대 나를 받아주고, 하늘 빗장을 풀 것인가?

아니면 내가 고집스런 하늘 문을 찢어 열 것인가?

아직도 의심스러운가? 그러면 나는 사투르누스에게서 사슬을 벗기고, 965

불경스런 아버지[136]의 고칠 길 없는 권력에 맞서

할아버지를 풀어드리리라. 티탄들[137]로 하여금 전쟁을 준비하게 하라,

나를 지도자로 삼아 광란하게끔. 난 숲과 함께 바위들을 옮기리라,

오른손으로 켄타우로스 가득한 산등성이를 낚아채리라.

---

136 제우스(윱피테르)는 자기 아버지 크로노스(사투르누스)를 타르타로스에 가두었기 때문에 '불경스러운' 것으로 그려졌다.

137 크로노스와 그의 형제들은 올림포스 신들과의 전쟁에서 패하여 타르타로스로 떨어져 갇혔다.

이제 두 개의 산으로써 신들에게 가는 통로를 만들리라. 970

키론은 자신의 펠리온산이 옷사산 밑에 놓인 걸[138] 보게 되리라,

그리고 올륌푸스는 세 번째 계단으로 놓여 하늘로

곧장 통하게 되리라, 아니면 그리로 던져지게 되리라.

암피트뤼온 입에 담을 수 없는

생각들은

멀리 던져버리라. 그리고 오만하고 온전치 않은

가슴의 정신 나간 충동을 억제하라. 975

헤라클레스 이것은 무엇이냐? 재앙을 가져오는 거인들이 무기를 드는구나.

티튀오스가 혼령들에게서 탈출했구나, 찢겨 텅 빈

가슴을 지닌 채. 그는 얼마나 하늘 가까이에 다가섰는가!

키타이론산이 흔들리고, 높직한 팔레네곶[139]이 떨리는구나,

그리고 말라버린 템페 계곡도. 이쪽에선 핀두스[140]의 등성이를

찢었구나, 980

또 저쪽에선 오이테산[141]을. 무서운 미마스[142]가 날뛰는구나.

불길을 나르는 에리뉘스[143]는 채찍을 휘둘러 소음을 일으키며,

---

138 희랍 중동부에, 북쪽부터 차례로 올륌포스, 옷사, 펠리온산이 놓여 있다. 펠리온산은 특히 켄타우로스 케이론(키론)의 거주지로 되어 있다. 옛날 거인들이 이 산들을 쌓아서 하늘 신들에게로 쳐들어가려 한 적이 있다.

139 희랍 북동부 칼키디케에서 남쪽으로 튀어나온 세 개의 반도 중, 제일 서쪽 것.

140 희랍 중서부의 산맥.

141 133행 주석 참고. 거기에는 '오이타'로 표기되었다.

142 가이아의 아들. 거인 중의 하나. 〈아폴로도로스 신화집〉 1권 6장 2절에는 그가 헤파이스토스의 모루에 맞아 죽은 것으로 기록되어 있다.

가까이 더 가까이 다가와 화장단에서 불붙인 횃불을
내 얼굴에 들이대는구나. 잔인한 티시포네는 머리에
뱀들로 담을 두르고, 저 개가 납치된 이후로 985
비어 있는 문을 횃불을 앞세워 지켜왔도다.

(자기 아이들을 보고서)

한데, 보라! 원수인 왕의 자식이 숨어 있구나,
뤼코스의 혐오스런 씨앗이! 보기 싫은 아비에게로
이 오른손이 이제 너희를 보내주마. 시위가, 날렵한
화살들을 날리게 하라, 헤라클레스의 무기는 이렇게 990
쏘아 보내지는 게 마땅하니.

암피트뤼온 눈먼 광기는 어디로 달려가는가?
그는 거대한 활을 활대 끝이 서로 맞닿을 정도로 굽혔구나.
화살통을 풀어 열었구나. 탄력에 날아가는 갈대가
쉭 소리를 내는구나. — 살촉이 목 한가운데를 뚫고 빠져나갔구나,
상처를 뒤에 남기고!

헤라클레스 나머지 자식을 찾아 드러내리라, 995
모든 은신처를. 왜 지체하랴? 더 큰 전쟁이
뮈케나이에서 나를 기다리고 있다, 나의 손들로
퀴클롭스의 바위들[144]이 엎어져 무너지게끔.

---

143 복수의 여신.

144 뮈케나이 성벽은 거대한 바위들로 이루어져 있어서, 예부터 퀴클롭스들이 지어준 것으로 알려져 있다.

빗장이 부서져 문짝이 이쪽저쪽으로 날아가게 하라,
문설주가 부서지게 하라. 용마루를 때려서 무너지게 하라. 1000
— 온 왕궁이 환히 밝아졌구나. 저기 사악한 아비의 자식이
숨어 있는 게 보이는구나.

(헤라클레스가 아이를 잡아 무대 안쪽으로 들어간다.)

암피트뤼온 보라, 아이가 달래는 손길을
무릎으로 뻗고서 불쌍한 목소리로 간청하는구나.
— 입에 담을 수 없는 범죄여, 슬프고 보기에 소름 끼치는 광경이여!
애원하는 아이를 오른손으로 잡아챘구나, 광기에 빠진 채 1005
두 번, 세 번 돌려서 던져버리는구나. 그의 머리가
소리 내며 깨지는구나, 뇌수가 흩어져 집 안을 적시는구나.
한데 불행한 여인 메가라는 작은아들을 품에
감추고, 미친 것처럼 은신처로부터 도망쳐 나가는구나.
헤라클레스 (무대 뒤에서) 네가 뛰쳐 달아나, 천둥 치는 분의 품 안에
숨는다 하더라도, 1010
그 어떤 곳에든 내 오른손은 추격하여, 너를 끌어내리라.
암피트뤼온 불쌍한 여인이여, 어디로 내달리는가? 어떤 도피,
어떤 은신처를 찾는가?
헤라클레스가 악의를 품으면 그 어떤 장소도 안전치 않도다.
그보다는 그를 껴안으라, 그리고 간청으로 달래어
가라앉히기를 시도하라.

메가라 (무대 뒤에서) 이제 아껴주세요, 남편이여,
간청합니다. 1015
메가라를 알아보세요. 여기 이 아들은 당신 모습과
태도를 그대로 닮았어요. 두 손을 어떻게 뻗고 있는지 보이지요?

헤라클레스 내가 계모를 잡았도다. 따라오라, 내게 빚을 갚으라,
흉측한 멍에에 짓눌린 유피테르를 풀어놓으라.
— 하지만 어미보다 먼저 이 작은 괴물을 죽게 하리라. 1020

메가라 정신 나간 이여, 그대 어디로 손을 뻗는 것이오? 자신의 피를
쏟으려는 거요?

암피트뤼온 어린 것이 아버지의 불타는 얼굴을 보고 겁에 질려
상처를 입기도 전에 죽었구나, 두려움이 영혼을 빼앗아 버렸구나.
이제 헤라클레스는 자기 아내를 향해 묵직한 곤봉을 겨누는구나.
뼈가 부서졌구나, 동체로부터 머리가 떨어져 나가, 1025
어디에도 없구나. (자신에게) 너는 이것을 참아 보고 있는가, 지나치게
정정한 노년이여? 만일 애곡에 질렸다면, 너는 이미 예비된 죽음을
가지고 있다. 자, 가슴에 칼을 박으라,
아니면 내 가족의 피로 흩뿌려진 저 몽둥이를
향해 가라. (헤라클레스를 향해) 가짜인 이 아비를,
네 이름에 수치스런 1030
자를 제거하라, 너의 명성에 요란스런 방해가 되지 않게끔.

합창단 노인이여, 왜 스스로 자신을 죽음을 향해 데려가시오?
정신 나간 자처럼 어디로 가는 것이요? 도망치시오,
몸을 감춰 숨으시오,

헤라클레스의 손에서 한 가지 죄라도 덜어주시오.

헤라클레스 일이 잘되었구나, 저 수치스런 왕의 집안이 완전히
소멸되었도다. 1035
가장 위대하신 윱피테르의 부인이시여, 당신을 위해 이 봉헌의
제물들을
도살하였습니다. 저는 기쁘게 서원을 모두 이뤘습니다,
당신께 걸맞은 것을. 그리고 아르고스가 다른 희생을 바칠 겁니다.

암피트뤼온 아들아, 너는 아직 제물을 다 바치지 못했다.
제의를 완결하거라.
보아라, 제물이 제단 곁에 서 있다. 타격을 기다리고 있다, 1040
목을 내밀고서. 나를 제공하노라, 마주 달려가노라, 추격하노라.
쳐서 죽여라. — 한데 이 무슨 일인가? 그 눈의 시선이 방황하고,
무기력이 시력을 둔하게 만드는구나. 내가 지금 헤라클레스의 손이
떨리는 걸 보고 있단 말인가? 그의 눈은 잠 속으로 빠져들고,
지친 목은 머리를 떨구고 기울어지는구나. 1045
이제 무릎이 구부러져 몸 전체가 땅으로 쓰러지는구나,
마치 숲에서 쓰러진 마가목 나무처럼, 혹은 바다에 포구를
만들어 주는 산사태처럼. (헤라클레스에게) 살아 있는 게냐,
아니면 네 가족을
죽음으로 보내버린 저 광기가 너도 죽음에 넘겨준 게냐?
잠들었구나. 숨결이 가슴에 오르내리는 움직임을 주고 있구나. 1050
휴식의 시간이 주어지게 하라, 깊은 잠에 의해,
질병에 제압된 힘이 억눌린 가슴을 풀어주도록.

하인들아, 무기를 치워라, 그가 광기에 사로잡혀 다시 찾지 않도록.

합창단 하늘이 애곡하게 하라, 높은 창공의

위대하신 아버지도, 풍요한 대지도, 1055

요동치는 바다의 쉼 없는 물결도.

또한 모든 이에 앞서 당신도, 온 땅 위에,

그리고 바다가 펼쳐진 곳마다 빛살을 쏟는 이여,

단정한 얼굴로 밤을 쫓아버리는 이여,

타오르는 티탄이여. 1060

당신과 마찬가지로 알케우스의 자손은 해 지는 곳을

보았습니다, 또 해 뜨는 곳도.

그리고 알았습니다, 당신의 양쪽 집을 모두.

풀어주소서, 그토록 큰 괴물로부터 그의 정신을,

풀어주소서, 위에 계신 신들이시여,

그의 마음을 바로잡아 더 나은 것으로 돌려주소서. 1065

그리고 그대, 고통을 없애주시는 잠이여,

영혼의 안식이여,

인간의 삶의 더 나은 부분이여,

오, 어머니 아스트라이아의 날개 달린 자손이여,

잔인한 죽음의 느릿한 형제여,

진실에 거짓을 뒤섞는, 미래 일에 대한 1070

확실하면서도 동시에 음울한 안내자여,

오, 일들의 평화여, 인생의 항구여,

날빛의 휴식이자 밤의 동반자여,

왕에게나 노예에게나 똑같이 다가오시는 이여,
지친 자에게 평온하고 온화하게 호의를 베푸시며, 1075
인간 종족에게 죽음에 떨면서
기나긴 밤을 배우도록 강제하시는 이여,
묵직한 마비로써 그를 묶어 누르소서.
수면이 그의 제압되지 않는 사지를 묶어두기를!
예전의 이성이 제 갈 길을 되찾기 전에는, 1080
그의 잔인한 가슴을 떠나지 말기를!

보라, 땅에 누운 채로 그는 격렬한 가슴속에
사나운 꿈을 돌리고 있도다. 아직은 그토록 큰
해악의 질병이 극복되지 못했도다.
무거운 곤봉에 지친 머리를 맡기는 데 1085
익숙한 저 사람은
허전한 오른손으로 무게를 찾아 더듬는구나,
헛된 움직임으로 팔을 꿈틀대며.
그는 아직 광기의 들끓음을 완전히 몰아내지 못하고,
엄청난 남풍에 일어난 물결이
긴 물마루를 유지하면서, 1090
이제 바람이 그쳤는데도 부풀었듯이. 145

---

145 학자들은 이 구절 다음에 한 행이 사라진 것으로 보고 있다. 레오는 사라진 구절이 "그와 똑같이 예전의 광기가 아직까지도 이 남자를 흔들고 있구나"(*sic pristina adhuc quatit ira virum*) 정도의 것이라고 본다.

물리치시라, 정신의 미친 출렁임을.
경건함과 남자에 걸맞은 덕이 돌아오기를!
— 아니면 차라리 그의 정신이 광적인 움직임에
더욱 흔들리길! 1095
눈먼 방황이 가기 시작한 그 방향으로 내쳐 가기를!
이제 오직 광기만이 그대를 무고한 자로
내세울 수 있으니. 깨끗한 손
다음으로 좋은 행운은 죄를 아예 의식하지 못하는 것이니.

이제 헤라클레스의 가슴이 자신의 손바닥에 1100
맞아서 울리게 하라.
우주를 떠받치는 데 익숙한 그 팔을
복수하는 손이 채찍으로 때리게 하라.
그의 깊은 신음을 창공이 듣게 하라,
듣게 하라, 어두운 세계의 여왕이, 1105
그리고 저 사나운 케르베로스, 거대한 사슬에 묶인
목을 지닌 개가.
깊숙한 동굴에 숨은 채로.
카오스가 슬픈 외침을 되울리게 하라,
그리고 광대한 바다에 펼쳐진 파도도,
또 그대의 화살을 못지않게 느껴본 1110
중간의 대기도.
그토록 큰 재난에 사로잡힌 가슴은

가벼운 타격에 맞아서는 아니 되도다.
하나의 애곡에 의해 세 왕국이 울려야 하리라.
그리고 너, 그의 목에 장식이자 무기로서 1115
오랫동안 매달려 있었던, 강력한 갈대 화살이여,
또한 묵직한 화살통이여,
그의 거친 등에 가혹한 채찍질을 가하라.
참나무 몽둥이가 그의 강한 어깨를 때리게 하라,
힘 좋은 회초리가 그의 가슴을 거친 매듭으로 1120
이겨 누르게 하라.
그의 무기들이 그토록 큰 고통을 애곡하게 하라. 1121

가라, 불행한 종족이여, 오, 아이들이여, 1135
이름 높은 위업의 서글픈 길을 따라, 1136
너희는 아버지가 받는 찬양의 동반자가 되지 못했구나, 1122
잔인한 왕들에게 복수의 상처를 입히고서.
너희는 아르고스의 레슬링장에서 사지를 유연하게
구부리는 법도 배우지 못했지, 권투장갑으로도 용감하고 1125
맨손으로도 용감하게끔.
하지만 벌써 대담하게 스퀴티아의 가벼운 투창을
확실한 손으로
균형 잡아 날릴 줄 알았지,
또 달아남으로 안전을 찾는 사슴을 꿰뚫을 줄 알았지,
아직 갈기 덮인 사나운 사자의 등까지는 아니지만. 1130

가거라, 스튁스의 항구로, 가거라,

해 끼치지 않는 혼령들아,

너희를 생의 첫 문지방에서

아버지의 광기와 범행이 으깨어 버렸구나. 1134

가거라, 분노한 왕들[146]을 찾아가거라. 1137

헤라클레스 여기는 어디인가? 어느 지역, 세계의 어느 영역인가?

나는 어디에 있는가? 태양이 떠오르는 곳에 있는가, 아니면 싸늘한

암곰[147]의 축 아래 있는가? 혹시 이곳은 서쪽 바다 1140

끝단에 놓인, 오케아누스를 한정 짓는 땅인가?

나는 어떤 공기를 들이켜고 있는가? 지친 내 몸 밑엔 어떤 땅이 놓여 있는가?

분명히 나는 저승에서 돌아왔는데. — 왜 내 집 앞에 피투성이로

쓰러져 누운 시신이 보이는 걸까? 내 정신이 아직도 저승의 환각을

벗어던지지 못한 걸까? 돌아온 이후에도 여전히 1145

내 눈앞에 죽음의 무리가 오락가락하는 것일까?

말하기 부끄럽지만, 떨리는구나. 나의 마음은 뭔가 거대한,

뭔가 큰 재앙을 예감하는구나.

아버님은 어디 계시나? 자식들의 무리로 자랑스럽던

아내는 어디 있는 걸까? 왜 내 왼쪽 옆구리엔 사자에게서 얻은 1150

전리품이 없는 것일까? 나의 그 방패는 어디로 간 걸까,

---

146 헤라클레스의 침입 때문에 여전히 화가 나 있는 저승의 지배자들.

147 큰곰자리.

동시에 헤라클레스의 수면을 위한 부드러운 침상이기도 한 것이?
창은 어디에? 활은 어디? 내가 여전히 살아 있는데, 대체 누가
그걸 치울 수 있었을까? 누가 그토록 엄청난 전리품을 챙겼는가,
누가, 잠들었다 하더라도 헤라클레스인데, 그를 겁내지 않고서? 1155
나를 이긴 자를 기꺼이 보고 싶구나, 기꺼이.
일어나라, 용맹한 자여, 내 아버지가 하늘을 버려두고
새로이 낳은 자여, 그의 잉태에 밤이,
내 경우보다 더 오래 멈췄던 자여! — 나는 무슨 끔찍한 걸 보는가?
내 자식들이 유혈의 살육에 쓰러져 누워 있구나, 1160
그리고 살해된 아내도. 대체 어떤 뤼코스가 권력을 잡고 있는 것이냐?
대체 누가 테바이에서 그토록 큰 범죄를 감행할 수 있었단 말인가?
헤라클레스가 돌아왔는데? 누구든 이스메노스의 땅에,
누구든 악테[148]의 들판에, 누구든 두 개의 바다가 때리는,
다르다니아 출신 펠롭스의 왕국[149]에 거주하는 자는 1165
도우러 달려오라, 이 잔인한 살해의 범인을 밝히라.
나의 분노가 모든 인간을 향해 일어나게 하라! 누구든 내 원수를
지적하지 않는 자는 나의 원수로다. 알케우스 자손을 이긴 자여,
숨어 있는가?
앞으로 나서라. 혹시 네가 잔인한 트라키아인[150]의 사나운 말들을 위해

---

148 아테나이 주변 앗티케의 옛 이름.

149 펠로폰네소스('펠롭스의 섬'). 펠롭스는 소아시아 서북쪽에서 왔는데, 그 땅은 조상 이름을 따서 다르다니아라고 불린다. 한편 펠로폰네소스의 동쪽에는 에게해, 서쪽에는 이오니아해가 있어서 양쪽에서 파도치는 땅이다.

복수하자는 것이라면, 혹은 게뤼온의 가축 떼나, 1170
리뷔아의 지배자들[151]을 위한 것이라면, 지체 없이 싸우리라.
보라, 나는 무장 없이 서 있노라, 너는 내 무장으로 비무장의 나를
공격해도 좋다. — 대체 왜 테세우스와 나의 아버지가
내 눈을 피하는 걸까? 왜 자신들의 얼굴을 감추는 것일까?
그대들은 눈물을 그치시오. 대체 누가 내 가족을 죽음에 넘겨주었소, 1175
한꺼번에 모두를? 말하시오. — 아버님, 왜 침묵하시나요?
아니, 당신이 말하시오, 테세우스여! 아니, 당신의 신의에 부탁하오,
테세우스여.
— 둘 다 말없이 부끄러운 듯 얼굴을 감추는구나.
남몰래 눈물을 쏟아내는구나. 이렇게 큰 재난 속에
대체 무엇이 부끄럽단 말이오? 혹시 아르고스 도시의 어쩔 길 없는 1180
지배자가, 아니면 혹시 죽어가던 뤼코스의 적대적인 군대가
그토록 큰 살육으로 나를 덮친 건 아니겠지요?
저의 업적에 대한 찬양을 걸고 당신께 부탁드립니다,
아버님, 그리고 늘 제게 두 번째인 당신 호칭[152]의
거룩함에 걸고서. 말해주십시오. 대체 누가 집을 뒤엎었나요? 1185
저는 누구의 희생자로서 쓰러졌나요?

암피트뤼온 그렇게 침묵 속에 재난이

---

150 디오메데스. 227행 주석 참고.

151 안타이오스(안타이우스), 부시리스.

152 '아버지'라는 호칭. 헤라클레스에게는 제우스가 첫째 아버지고, 암피트뤼온은 둘째 아버지이다.

지나가게 하라.

헤라클레스 제가 복수도 못 하게 말인가요?

암피트뤼온 복수는 흔히 해가 되곤 했지.

헤라클레스 대체 누가 그토록 큰 고통을 무기력하게 참았던가요?

암피트뤼온 더 큰 것을 두려워하는 사람은 누구나 그랬지.

헤라클레스 아버님,

대체 어떤 두려움의 대상이 이보다 더 크고 더 심중할 수 있겠습니까? 1190

암피트뤼온 너의 재난 중에서 네가 아는 부분은 얼마나 작은가!

헤라클레스 불쌍히 여기소서, 아버님, 탄원하는 손을 뻗습니다.

이 무슨 일인가? 내 손길을 피하시네! — 여기에 죄가 맴도는구나,

이 핏덩이는 어디서 온 것인가? 저 갈대화살은 무엇인가, 아이의

죽음으로 핏방울 떨구는 저것은? 그것은 레르나의 독액153을

바른 것이지. 1195

이제 나의 무기들을 알아보겠구나. 나는 이제 그걸 사용한 손을

찾지 않노라.

대체 누가 그 활을 구부릴 수 있었겠는가, 혹은 어떤 오른손이

시위를 당길 수 있었겠는가, 내게조차 겨우 굴복하는 그것을?

당신께로 다시 돌아섭니다. 아버님, 이것은 저의 죄악이지요?

— 침묵하시는구나. 나의 짓이로구나!

암피트뤼온 이 고통은 너의 것이나, 1200

죄악은 저 계모의 것이다. 이 불운엔 누구의 잘못도 없다.

---

153 헤라클레스는 자기 화살을 레르나 늪지 휘드라의 쓸개즙에 적셔 독화살로 만들었다.

헤라클레스 이제, 아버지시여, 분노하여 온 사방에서 천둥 치소서,

나를 잊었던 이여, 뒤늦은 손길로라도 최소한

손자들을 위해 복수하소서! 별들을 나르는 하늘이 울리게 하소서,

이쪽과 저쪽 극이 불길은 던지게 하소서. 1205

카스피해의 절벽154이 내 몸을 묶기 위해 끌어가게 하소서,

그리고 탐욕스런 새가. — 왜 프로메테우스의 벼랑은

비어 있는가? 준비되게 하라, 거대한 봉우리로 야수들과

새들을 먹이는, 카우카수스의 가파르고 나무 없는

옆구리가. 스퀴티아의 바다를 닫아거는 저 1210

쉼플레가데스155가 깊은 바다 위로, 묶인 나의 손을

이쪽저쪽 잡아당기게 하라. 그리고 되풀이되는 변화에 따라

바위들이 서로에게로 마주 달리게 될 때, 양쪽에서 절벽이 움직여

중간에 놓인 바다를 하늘로 밀쳐 올릴 때,

나는 쉼 없이 그 산들을 막는 존재로 거기 놓이게 하라. 1215

아니, 나는 왜, 숲을 모아들여 장작더미를 얽어 쌓고,

불경스런 피로 흩뿌려진 몸뚱이를 태우지 않는 것일까?

그렇게, 그렇게 해야 하리라. 저승 신들에게 헤라클레스를 다시

돌려주리라.

암피트뤼온 그의 가슴은 아직도 광적인 혼란을 벗어나지 못하고,

---

154 그 부근 카우카소스(카우카수스) 산 절벽에 프로메테우스가 묶여 독수리에게 간을 파먹히던 것을 헤라클레스가 풀어주었다.

155 흑해 입구에 있는 한 쌍의 바위: 평소에는 서로 떨어져 있다가 무언가 지나가면 갑자기 서로 부딪쳐 지나가는 것을 으깨어 버린다.

분노를 돌리어, 광기의 특징이 그러하듯, 1220
자기 자신을 향해 사납게 날뛰는구나.

헤라클레스 푸리아이[156]의 끔찍한 처소와
저승존재들의 감옥과 죄지은 무리에게
특정된 영역이여, 혹시 어떤 추방지가 에레부스 너머에
숨어 있다면, 케르베로스와 나도 모르는 곳이 있다면,
거기에 날 숨겨주오, 땅이여. 타르타로스의 가장 먼 경계까지 1225
가로질러 나는 가리라. 오, 지나치게 격렬한 가슴이여!
아이들아, 대체 누가 온 집 안에 흩어진 너희를 위해
적절한 애곡을 베풀 수 있으랴? 고통들로 굳어진 이 얼굴은
눈물 흘릴 줄을 모른단다. (하인들에게) 활은 이 아이에게 주라,
이 아이에겐 창들을 주라, 거대한 곤봉은 이 아이에게 주라. 1230
(아이들 각자에게) 너를 위해서는 창들을 분지르마. 너를 위해서는, 아이야,
활을 부러뜨리마. 그리고 너의 혼령을 위해서는 무거운 곤봉이
불타게 될 것이다. 레르나의 화살들로 가득한
화살통은 너의 화장단으로 가게 될 것이다.
무기들이 죗값을 치르게 하라. 그리고 너희도, 나의 무기에 1235
악의적이었던, 계모 같은 손들이여, 너희도 태워버리리라.

암피트뤼온 실수에다 죄라는 이름을 갖다 붙인 자가 대체 어디 있더냐?

헤라클레스 크나큰 실수는 자주 죄의 자리를 차지해 왔습니다.

암피트뤼온 이제 이것이 헤라클레스의 과업이다. 이 고통의 무게를 짊어져라.

---

156 복수의 여신의 다른 이름.

헤라클레스 나의 수치심은, 광기로 꺼지긴 했지만 그렇게까지
멀리 가진 않았습니다, 1240
불경스런 얼굴로 모든 사람을 쫓아버릴 정도까지는요.
무기를, 무기를, 테세우스여, 청하노니, 내게서 치운 것을
얼른 돌려주시오. 만일 내 정신이 온전하다면,
이 손에 창들을 돌려주시오. 만일 광기가 여전히 머물러 있다면,
아버님, 물러서십시오. 나는 죽음의 길을 찾아내리라. 1245

암피트뤼온 혈연의 지극 신성함에 걸고, 나의 양쪽 이름의
권리에 걸고, —네가 나를 양육자로 부르든,
아니면 아버지로 부르든 간에—, 또 경건한 자녀라면 존중해야 하는
흰 머리에 걸고 청하노니, 나의 황폐한 노령을 불쌍히 여겨다오,
그리고 지쳐버린 내 나이를. 무너진 집안의 유일한 1250
버팀목, 재난에 상처받은 나에게 유일한 빛인
너 자신을 보존해 다오. 네게서, 네 노역의 그 어떤 즐거움도
내겐 도달하지 않았었지. 나는 늘 불확실한 바다나,
아니면 괴물들을 두려워했지. 그 누구든 온 지구에서
사납게 날뛰는 왕들이, 손이나 제단으로 해를 끼치는 자들이 1255
내 두려움의 대상이었지. 아비로서 나는 언제나 떠나 있는 네게서
즐거움을, 접촉을, 얼굴 보기를 바라고 있단다.

헤라클레스 내 영혼을 이런 빛 속에 더 머물게 할 이유가,
지체할 이유가 전혀 없습니다. 저는 이미 소중한 모든 것을
떠나보냈습니다,
이성, 무기, 명성, 아내, 자식들, 나의 힘, 1260

심지어 광기까지도. 오염된 영혼을 누구도
치유할 수 없습니다. 죄악은 죽음으로써 치료되어야 합니다.

암피트뤼온 그럼, 너는 아비를 죽이는 셈이 될 거다.

헤라클레스 그러지 않기 위해,
저는 죽으렵니다.

암피트뤼온 아비의 눈앞에서 말이냐?

헤라클레스 저는 이미 그분께 끔찍한 꼴
보는 법을 가르쳤죠.

암피트뤼온 그보다는 모든 이가 기억할 업적에 눈길을 주고서 1265
너 자신에게서 이 단 한 가지 죄에 대한 용서를 구하거라.

헤라클레스 누구도 용서하지 않았던 자가, 자신을 용서하겠습니까?
제가 칭찬받을 일들을 한 것은 명령을 받아서였습니다. 이 하나만은
제 것입니다.
도와주십시오, 아버님, 경건한 의무감이 당신을 움직여서든,
아니면 슬픈 행위가, 혹은 훼손돼 버린 저의 용기의 1270
영광이 그래서든. 무기를 가져다주십시오, 제 오른손에 의해
운명이 제압될 것입니다.

테세우스 물론 그대 아버님의 탄원이
충분히 효과가 있겠지만, 또한 나의 눈물도 그대를
움직이게 하십시오. 일어서서, 늘 가졌던 박력으로
역경을 분쇄하십시오. 이제 그 어떤 고통에도 지지 않는 1275
당신의 기백을 되찾으십시오. 이제 당신은 크나큰 용기로
싸워 나가야 합니다. 헤라클레스가 분노하는 것을 막으십시오.

헤라클레스 내가 계속 산다면, 나는 죄를 저지른 것이다. 죽는다면,
당한 것이다.
땅을 정화하기를 서두르자. 벌써 오랫동안 내 앞에
불경스럽고 사납고 거칠고 포악한 괴물이 1280
떠돌고 있다. 자, 오른손이여, 거대한 과업에
달려들기를 시도하라, 열두 고역보다 더 큰 것에.
비겁한 자여, 물러서느냐, 어린아이들에게만 용감한,
떨고 있는 어미들에게만 용감한 자로서? 내게 무기가
주어지지 않는다면,
트라키아 핀두스의 모든 높은 숲을 쓰러뜨리리라, 1285
박쿠스의 수풀과 키타이론의 등성이를
나와 함께 태워버리리라. 모든 집을 가구들과
주인들과 함께, 테바이 신전들을
모든 신과 함께 내 몸 위에 무너뜨리리라,
뒤엎어진 도시에 묻히리라. 그리고 만일 내 강건한 1290
어깨 위에 내던져진 성벽이 너무 가벼운 짐으로 떨어진다면,
또 일곱 성문에 덮이고도 내가 충분히 눌리지 않는다면,
세계의 중심에 자리 잡고 신들을 인간에게서 나눠주는
그 모든 질량을 내 머리 위로 엎어 쏟으리라.

암피트뤼온 무기를 돌려주마.

헤라클레스 헤라클레스의 아버지에게 어울리는
목소리로군요. 1295
보십시오, 아이가 이 창날에 살해되어 쓰러졌습니다.

암피트뤼온 유노가 너의 손을 통해 이 무기를 날린 것이란다.

헤라클레스 이제는 제가 직접 그걸 사용하겠습니다.

암피트뤼온 보라, 나의 비참한 심장이

두려움에 얼마나 고동치는지, 그리고 불안한 가슴을 얼마나 때리는지.

헤라클레스 갈대화살이 시위에 맞춰졌도다.

암피트뤼온 보라, 이제 너는 죄를 행할 것이다, 1300

자의로, 알면서.

헤라클레스 말씀하십시오, 제가 뭘 하라고 명하실지.

암피트뤼온 난 아무것도 간청하지 않겠다. 나의 고통은 확실하니까.

너 하나만이 내 아들을 지켜줄 수 있다,

하지만 네가 그를 빼앗는 건 불가능하지. 나는 가장 큰 두려움은 벗어났단다.

너는 나를 비참하게 만들 순 없고, 행복하게 만들 순 있단다. 1305

무엇이건 네가 결정하는 대로 결정해라, 하지만 알아라, 네 대의와

명성은 위험과 흔들림 가운데 놓여 있단 것을.

네가 살든지, 아니면 나를 죽이든지 해라. 이 가볍고 노령에 지친,

그리고 못지않게 고통에 지친 영혼을

나는 입술 끝에 겨우 부지하고 있단다. 다른 누가 그토록 마지못해 1310

아비에게 삶을 허용해 준단 말이냐? 내 더는 지체하지 않으련다,

늙은 가슴에 칼을 박아 묻으련다.

여기에, 여기에 정신 온전한 헤라클레스의 죄가 머물게 될 것이다.

헤라클레스 아버님, 이제 그만, 그만, 이제 손을 물리십시오.

굴복하라, 기백이여, 아버님의 명을 받아 견디라. 1315

이 고역 또한 헤라클레스의 고역들에 덧붙게 하라.
살자꾸나. 아버님의 쇠약한 사지를 바닥에서
일으켜 드리시오, 테세우스여. 나의 오른손은 범죄하여
경건한 접촉을 회피하니.

암피트뤼온 하지만 나는 이 손을 기꺼이 붙드노라,
이 손 의지해 나는 가겠노라, 아픈 가슴에 이 손을 갖다 대고서 1320
고통들을 몰아내리라.

헤라클레스 나는 망명자로서 어디로 갈 것인가?
어디에 나를 숨길 것인가, 혹은 어떤 땅에 묻힐 것인가?
어떤 타나이스[157]가, 혹은 어떤 닐루스[158]가, 혹은 페르시아의
물결로 사나운 어떤 티그리스가, 혹은 광포한 레누스[159]가,
혹은 보석이 뒤섞여 흐르는 이베리아의 타구스가 1325
내 손을 씻어 줄 수 있으랴? 차가운 마이오티스가
나에게 북쪽 바다를 쏟아붓는다 해도,
온 테튀스가 내 손을 거쳐 흐른다 해도,
죄악은 깊숙이 달라붙어 있으리라. 불경스런 너는 어떤 땅으로
물러갈 것이냐? 해 뜨는 곳, 아니면 해 지는 곳을 찾을 것인가? 1330
나는 어디에나 알려짐으로써 망명할 장소를 잃었구나.
세계가 나를 피하고, 별들이 비끼어 길 벗어난

---

157 스퀴티아에서 흑해로 흘러드는 강. 현재의 돈강.
158 나일강.
159 라인강.

행로로 운행하는구나. 티탄 자신도 나보다는 케르베로스를
더 온화한 표정으로 보고 있구나. 오, 신실한 머리여,
테세우스여, 어두컴컴하고 멀리 떨어진 은신처를 찾아주시오. 1335
그대는 다른 이의 범행을 목격하고서도 언제나
죄인들에게 애정을 주는 사람이니, 내가 베푼 호의에 걸맞은
호의와 보답을 베풀어 주시오. 청하노니, 나를 저승 혼령들에게
다시 이끌어 데려다 주시오. 당신을 대신하여 나를
당신 사슬 밑에 세워두시오. 그 장소가 나를 숨겨줄 것이오. 1340
— 하지만 그곳도 나를 알고 있구나.

테세우스 저의 영토가 당신을
기다리고 있습니다.
거기서 그라디부스160가 자기 손을 살인으로부터 정화하여
무기를 다시 잡았습니다. 그 땅이, 알케우스의 자손이여,
그대를 부릅니다,
하늘 신들을 무죄하게 만드는 데 익숙한 땅이.

---

160 아레스의 별칭. 그는 자기 딸 알킵페를 겁탈한 할리로티오스를 죽이고서, 아테나이에서 재판을 받고 풀려났다. 그 재판 받은 장소는 '아레스의 언덕'(Areios pagos)으로 불리게 되었다.

트로이아 여인들

Troades

등장인물

헤카베(트로이아 왕비)

탈튀비오스(아가멤논의 전령)

퓌르로스(아킬레스의 아들)

아가멤논(희랍군 전체 지휘관)

칼카스(희랍군 예언자)

안드로마케(헥토르의 아내)

노인(안드로마케의 하인)

아스튀아낙스(헥토르의 아들)

울릭세스

헬레네

전령

폴릭세네(트로이아 공주, 대사 없는 등장인물)

합창단(트로이아 여인들)

배경

트로이아

헤카베 누구든 자기 권력에 확신을 품고서, 거대한 궁정에서 강력히
통치하는 자, 그리고 변덕스런 신들을 두려워하지 않으며,
행복한 상황에 신뢰하는 마음을 주었던 자라면,
나를 보게 하라, 그리고 너를, 트로이아여. 행운은 결코 더 큰 보증을
주지 않았도다, 얼마나 연약한 지반 위에 5
오만한 자들이 서 있는지에 대해. 부강한 아시아의 기둥이
엎어져 쓰러졌도다, 하늘 신들의 이름 높은 노역[1]이.
그 도시를 돕기 위해 왔었지, 일곱 개의 하구로 펼쳐져 나가는
차가운 타나이스 강물을 마시던 이[2]도,
그리고 다시 태어난 하루를 제일 먼저 받아들이며 10
미지근한 티그리스 강물이 홍해에 섞여들게 하던 이[3]도,
또 자신의 이웃에서 방랑하는 스퀴티아인들을 멀리 바라보며,
남편 없는 무리들로 폰투스 해안을 휩쓸던 여인[4]도.
그녀도 칼날에 쓰러지고 말았구나. 페르가뭄[5]은 자신 위에 넘어졌구나.
보라, 높직하던 벽의 장식도, 무너져 쌓인 건물과 함께 15
불타서 누워 있구나. 불길이 왕궁을 에워싸고

---

1 트로이아 성벽은 아폴론과 포세이돈이 세웠다.

2 스퀴티아 출신 레수스. 그의 말이 트로이아 강물을 마시면 트로이아가 함락되지 않는다는 예언이 있었다. 하지만 레수스는 트로이아를 도우러 온 첫날 밤에 오뒷세우스와 디오메데스에게 죽었다.

3 에티오피아인들의 왕 멤논. 그의 땅에 해가 처음 뜬다. 그는 트로이아를 도우러 왔다가 아킬레우스(아킬레스)에게 죽었다.

4 아마존 여왕 펜테실레이아. 그녀도 트로이아를 도우러 왔다가 아킬레우스에게 죽었다.

5 트로이아의 성채.

앗사라쿠스[6]의 집안 전체가 온통 연기를 뿜고 있구나.
하지만 불길조차도 승자의 탐욕스런 손길을 막지 못하는구나,
불타면서도 트로이아는 약탈을 당하는구나. 하늘도 가리어
보이지 않는구나,
뿜어 나오는 연기에. 마치 빽빽한 구름에 가린 듯, 20
낮은 어둡고, 트로이아의 불티에 더럽혀지고 있구나.
분노한 승자는 탐욕스레 마주서서, 뒤늦게야 차지한 일리움을
눈으로 훑어보며, 여전히 사납긴 하지만 지나간 십 년을
용서하고 있구나. 멸망한 도시를 보면서도 소름 돋고 있구나.
그것이 패배했음을 보면서도, 자신을 믿지 못하는구나, 25
그것이 정복될 수 있었다는 것에 대해. 약탈자는 다르다니아[7]의 노획물을
채어가는구나. 천 척의 배조차도 빼앗은 걸 다 싣지 못하는구나.
신들의 권능을, 내게 적대적인 그들을 나는 증인으로 부르노라,
또 내 조국의 잿더미와 그대, 프뤼기아의 지배자,[8]
트로이아가 온 왕국으로 묻어 덮은 그대를, 30
그리고 너[9]의 혼령을, 네가 서 있던 동안 일리움도 서 있었던
그런 이여,
또 너희들, 내 자식들의 거대한 무리여,
그만큼 크지 않은 혼령들을. 내게 들이닥친 그 어떤 역경이든,

---

6 트로이아의 조상.
7 트로이아의 별칭. 그들의 조상 다르나노스(다르나누스)에서 파생된 말이다.
8 프리아모스.
9 헥토르.

포이부스의 애인[10]이, 누구도 믿지 않게 그 신이 금하는 가운데,[11]
광란하며 신들린 입으로 예언했던 그 어떤 재난이든, 35
이전에 나, 헤카베는 보았소, 임신한 채로. 두렵다고 침묵하지도 않았소.
그리고 나도 캇산드라 이전에 헛된 예언자였소.
야음을 틈타 그대들 가운데 불길을 흩뿌린 것은 교묘한 이타카인[12]이나,
그 이타카인의 동료,[13] 또는 거짓말쟁이 시논[14]이 아니오.
저 불은 나의 것이오, 그대들은 나의 횃불에 불타고 있소.[15] 40

하지만 왜 너는 뒤엎어진 도시를 애곡하고 있는가,
너무 정정한 노년이여? 뒤돌아보라, 불행한 여자여, 이 모든
최근의 통탄할 일들을. 트로이아 함락은 이미 오래된 재난이로다.
나는 보았지, 국왕 살해라는 저주받을 악행을,
그리고 그보다 더 사악하게 자행된 범죄, 바로 제단 가에서 휘둘러진 45
아이아쿠스 자손[16]의 무기를. 그때 그 잔인한 자는 사나운 왼손으로

---

10 캇산드라.

11 트로이아 공주 캇산드라는 아폴론의 애인이 되기로 약속하고 예언 능력을 얻은 다음, 약속을 지키지 않았다. 그래서 아폴론이 저주해 그녀의 예언을 아무도 믿지 않게 했다.

12 희랍 서부의 섬 이타케(이타카) 출신인 오뒷세우스(울릭세스).

13 디오메데스. 그는 오뒷세우스와 많은 작전을 수행했다.

14 원래 희랍군이었는데 거짓으로 트로이아군에게 포로가 되어, 목마를 트로이아 성안으로 끌어들여야 한다고 주장했던 인물.

15 헤카베는 파리스를 임신했을 때, 자신이 횃불을 낳아서 도시가 불타는 꿈을 꾸었다. 그래서 파리스가 태어났을 때 아이를 산에 가져다 버렸지만, 그는 목자들에게 구원되어 나중에 왕자로 인정받고 도시로 돌아왔다. 그 파리스가 헬레네를 데려오는 바람에 전쟁이 나서 도시가 불타게 되었고, 결국 헤카베의 꿈이 실현된 것이다.

16 아이아코스(아이아쿠스)는 아킬레우스의 할아버지. 여기 그려지는 것은 아킬레우스의 아들 네옵톨레모스(퓌르로스)의 악행이다. 그는 자기 아버지가 죽은 뒤에 전쟁터로 불

머리칼을 비틀어 잡아, 왕의 머리를 뒤로 젖히고는
그 불경스런 칼날을 상처 깊숙이 찔러 넣었지.
그자가 흥겨워하며 깊이 박힌 칼을 뽑아냈을 때,
그것은 노인의 목에서 피도 묻지 않은 채 뽑혀 나왔지. 50
그로 하여금 잔인한 살해를 피해 누그러지도록 만들 순 없었던가,
필멸의 인생의 마지막 문간에 다가간 것을 보고서,
악행의 목격자인 하늘 신들도, 무너져 버린 왕국의
그 어떤 신성한 제단도? 저분은, 프리아모스는 그토록 많은 왕자들의
아버지이면서도 장례식을 잃었구나, 화장 불길조차 없구나, 55
트로이아는 불타는데. 하지만 신들은 만족하지 않았지.
보라, 항아리[17]가 프리아모스의 며느리들과 딸들에게 주인을
뽑아 배정하는구나, 나도 헐값의 약탈물로 따라가야겠구나.
이자는 헥토르의 아내를 자기와 결혼시키고,
저자는 헬레누스의 아내를 원하고, 다른 자는 안테노르의 아내를. 60
캇산드라여, 너의 침상을 원하는 자도 없지 않구나.
날 뽑을까 하여 겁들을 내지, 나만이 다나이들[18]에게 두려움이로다.
애곡이 끝났는가? 나의 포로 무리여,
손바닥으로 가슴을 때려라, 애통의 소리를 높여라,
트로이아를 위해 합당한 의례를 행하라. 이제 운명의 이데산이 65

려 와서, 트로이아 함락 과정에서 잔인한 행동을 많이 했다.

17 추첨용 항아리.

18 다나오스는 희랍 고대의 조상. 다나오이는 희랍인 전체를 가리키는 표현.

울리게 하라, 끔찍한 판정자[19]의 고향이.

합창단 그대는 훈련되지 않은 무리에게, 눈물이 낯선 자들에게
애곡하라 명하는 게 아니어요.
우리는 그 일을 여러 해 계속해서 행해왔지요,
프뤼기아 손님[20]이 그라이키아의 아뮈클라이[21]에 70
당도한 이래로, 어머니 퀴베베[22]의
신성한 소나무가 바다를 가른 이래로.
열 번이나 이데는 눈 덮여 희게 되었지요,
열 번이나 우리의 화장 장작을 위해 숲이 벗겨졌지요.
그리고 열 번이나 시게움 들판[23]에서 75
수확하는 농부가 몸을 떨며 곡식을 베었지요,
어느 하루도 슬픔 없는 날이 없을 만큼.
하지만 이제 새로운 이유가 눈물을 흘려보내네.
너희는 애곡을 향해 나아가라.
왕비시여, 당신은 비참한 손을 들어 올리세요. 80
우리들 신분 낮은 대중은 여주인을 따르겠어요.
우리는 애곡하는 법을 안 배운 게 아니니까요.

---

19 파리스는 이데산에서 양을 치다가 자기 앞에 나타난 세 여신 중 누가 가장 아름다운지 판정했었다. 이 판정에서 승리한 아프로디테가 파리스로 하여금 '세상에서 가장 아름다운 여인' 헬레네를 얻도록 도와주어, 결국 트로이아 전쟁이 일어났다.

20 파리스.

21 스파르타의 도시.

22 이데산의 여신 퀴벨레.

23 트로이아 해변의 벌판.

헤카베 내 재난의 충실한 동반자들이여,
머리 타래를 풀어헤치라,
머리칼이 슬픈 목덜미 위로 흘러내리도록. 85
트로이아의 미지근한 먼지로 더러워진 것을. 86
손을 가득 채워라, 102
이것만큼은 트로이아에서 가져갈 수 있으니. **24** 103
무리로 하여금 팔을 뻗어 준비하게 하라. 87
품을 늦추고 옷자락을 묶어라,
몸이 허리까지 드러나게 하라,
대체 어떤 남편을 위해 가슴을 가리는가, 90
포로가 된 수치심이여?
겉옷으로 하여금 느슨해진 투니카를 받쳐 묶게 하라,
미친 듯한 손길이 잦은 두드림으로 가슴을 때릴 수 있도록,
자유롭게 하라.
좋구나, 이러한 차림새가 좋구나. 이제야 알아보겠구나, 95
트로이아 여인들의 무리를.
다시금 예전의 애곡이 돌아오게 하라,
익숙하던 통곡의 방식을 이겨 넘어서라.
우리는 이제 헥토르를 위해 애곡하노라.

합창단 우리 모두는 풀었어요, 수많은 장례로
뜯겨 나간 머리칼을.

---

24 하스(Haase)와 츠비어라인의 제안에 따라 102～103행의 위치를 변경했다.

머리털을 풀어헤쳤어요, 머리끈을 풀고서. 100
뜨듯한 재가 얼굴에 뿌려졌어요. 101
옷이 어깨에서 흘러내려 어깨가 드러났어요. 104
밑에 걸리어 깊은 허리만 가렸어요. 105
이제 드러난 가슴이 오른손을 부르도다.
이제는, 이제는 너의 힘을 쏟아내어라, 슬픔이여.
로이테움 해안[25]이 애곡소리로 울리게 하라.
우묵한 산에 사는 에코[26]로 하여금,
늘 그러하듯 마지막 말만 110
짧게 되돌려 주지 말고,
트로이아를 위한 애곡 전체를 되울려 보내게 하라.
온 바다와 하늘이 듣게 하라.
사납게 움직이라, 손들이여,
강한 타격으로 가슴을 두드리라,
나는 익숙한 소리로는 만족하지 못하노라. 115
우리는 헥토르를 애도하노라.

헤카베 너를 위해 내 오른손은 팔을 때리노라,
너를 위해 피 맺히도록 어깨를 때리노라.
너를 위해 내 오른손은 머리를 치노라,
너를 위해 어미의 젖가슴은 손바닥에 맞아 120

---

25 트로이아 서북쪽의 해안.
26 나르킷소스를 사랑하다 메아리로 변했다는 요정.

멍들어 놓여 있노라.
피가 한껏 배어나고 흐르게 하라,
내가 너의 장례 때 만든
찢긴 상처에서.
조국의 기둥이여, 운명을 지체시킨 이여,
너는 지친 프뤼기아인들의 울타리였고, 125
너는 방벽이었지. 너의 두 어깨에 떠받쳐져
조국은 온 십 년 동안이나 서 있었지.
그것은 너와 함께 쓰러졌고, 헥토르의 마지막
날이 바로 조국의 마지막 날이었지.
이제 애곡의 방향을 바꾸어라, 130
이제 그대들의 눈물을 프리아모스를 위해 쏟으라,
헥토르는 이제 충분히 가졌으니.

합창단 애곡을 받으소서, 프뤼기아의 통치자여.
눈물을 받으소서, 두 번 잡힌 노인[27]이여.
그대가 통치할 때 트로이아는 무엇도 한 번만 겪진 않았도다.
다르다니아 성벽은 그라이키아의 무기에 135
두 번 타격되었으며,
헤라클레스의 화살통을 두 번 겪었도다.[28]

---

27 프리아모스는 어려서 헤라클레스에 의해 도시가 함락되는 것을 보았고, 자신이 왕일 때 다시 도시가 함락되었다.

28 트로이아 왕 라오메돈은 자신의 딸 헤시오네가 바다괴물에게 먹힐 것을 헤라클레스가 구해주었는데, 그 값을 치르지 않았다. 그래서 헤라클레스가 군대를 이끌고 와서 그때 한 번

헤카베에게서 태어난 이들이 장례로 실려나간 후에,
그 왕자들의 무리 뒤에,
그대는 아버지로서 마지막 장례를 닫아 끝내고,
위대한 윱피테르를 위한 희생으로 도살되어 140
머리 없는 시신으로 시게움 해안을 누르고 있도다.

헤카베 그대들의 눈물을 다른 데로 돌리라.
내 남편 프리아모스의 죽음은 불쌍히 여길
필요 없도다, 일리움의 여인들이여.
그대들은 모두 '프리아모스는 행복하다'고 외칠지어다. 145
그는 자유인으로서 저 깊은 혼령들에게로 떠났으며,
결코 정복된 목덜미로 그라이키아의 멍에를
지게 되지 않으리라.
그는 아트레우스의 두 아들을 보지 않으며,
속임수를 쓰는 울릭세스를 목도하지도 않도다.
그는 아르골리스[29] 개선식의 노획물로서 150
승전비 아래 목을 내려놓지도 않으리라.
왕홀을 잡는 데 익숙하던 손들을
등 뒤에 묶이게 되지도 않으리라.
아가멤논의 수레를 뒤따르며,

도시가 함락되었다. 헤라클레스는 죽으면서 자기 활과 화살을 필록테테스에게 (또는 그의 아버지 포이아스에게) 남겼는데, 필록테테스가 그것을 들고 트로이아로 와서 싸웠다.

29 아가멤논이 다스리는 아르고스 주변 지역.

오른손에 황금사슬을 차고서

넓은 뮈케나이[30]에서 구경거리가 되지도 않으리라. 155

합창단 '프리아모스는 행복하다'라고 우리 모두 외치노라.

그는 쓰러지면서 자신과 함께 자기 왕국을 가져갔도다.

이제 그는 엘뤼시움의 안전한 숲에서

혼령들 사이를 떠돌며, 경건한 영혼들

사이에서 행복하게 헥토르를 찾고 있도다. 160

프리아모스는 행복하도다,

행복하도다, 그 누구든 전장에서 죽으면서

자신과 함께 상실된 모든 것을 가져가는 자는.

(탈튀비오스 등장)

탈튀비오스 오, 길고 긴 지체여, 늘 다나이인들에게 항구에서 벌어지는 일이여,

전쟁을 추구할 때건, 조국을 찾고자 할 때건! 165

합창단[31] 어떤 이유가 배들과 다나이인들에게 지체를 일으키는지,

말해주시오, 어떤 신이 되돌아가는 길을 가로막고 있는지.

탈튀비오스 내 영혼이 두려워하오, 소름 끼치는 떨림이 사지를 흔드오.

진실을 넘어서는 기이한 일을(그런 것은 신뢰를 얻기 힘든데)

---

30 아가멤논이 다스리던 아르고스의 중심 도시.

31 이 합창단이 앞에 나와 있던 트로이아 여인들인지, 아니면 탈튀비오스와 함께 온 희랍군 병사들인지에 대해 학자들 사이에 논란이 있다.

보았소, 나 자신이 보았소. 티탄이 산꼭대기를 막 170
떠오르는 빛살로 건드리고 있었고, 낮이 밤을 이긴 참이었소.[32] 170
그때 갑자기 땅이, 보이지 않는 신음으로 울부짖으며,
갈라져 저 깊은 곳의 모든 품을 드러내 보였소.
숲은 우듬지를 흔들고, 높은 수풀과
신성한 원림은 거대한 소음으로 천둥소리를 냈소.
산등성이가 무너져 이데산의 바위가 굴러 떨어졌소. 175
〔땅만 떨린 게 아니었소. 바다도 자신의 아킬레스가
다가온 것을 느끼고서 수면을 펼쳤소.〕
  그런 다음 계곡이 찢어져 거대한 동굴을 열어 보였소,
땅이 쪼개져 에레부스의 심연이 위의 세계로
다다르는 길을 제공하였고, 그 무덤을 열어젖혔소. 180
거기서 텟살리아 지도자의 거대한 그림자가 뛰쳐나왔소,
마치, 트로이아여, 너의 운명을 예고하면서, 트라키아의
무기를 흩어버렸을 때[33]와 같은 모습으로, 혹은 넵투누스의 아들[34]을,
흰 깃털 장식으로 빛나던 젊은이를 내리치던 때와 같은 모습,
혹은 격렬한 전투 중에 전열들 사이에서 광란하며 185
시체들로 강을 막아버리고, 느려진 크산투스강[35]이

---

32 전해지는 사본들에 170행이 두 번 나온다.

33 트라키아에서 트로이아를 도와주러 왔던 킷세우스(헤카베의 아버지)를 아킬레우스가 죽인 사건을 암시한다.

34 퀴크누스. 그는 트로이아 전쟁 중에 아킬레우스에게 죽었다.

35 트로이아 앞으로 흐르는 강. 별칭은 스카만드로스.

길을 찾으며 핏덩이 엉긴 물길로써 방황하던 때와 같은 모습,
혹은 승자로서 오만한 전차에 올라서서, 헥토르와
트로이아를 끌고 가며 고삐를 놀리던 때와 같은 모습으로.
분노한 그의 목소리가 온 해안을 가득 채웠소. 190
"어서, 어서, 게으른 자들아, 나의 혼령에게 빚진
명예를 갚으라. 고마운 줄 모르는 배들을 풀어라,
나의 바다36를 가로질러 가게끔. 예전에 그라이키아는 작지 않은 것으로써
아킬레스의 분노를 풀었으며, 앞으로도 큰 것으로 풀게 되리라.
나의 재를 위해 약속되었던 폴뤽세네가 195
퓌르로스의 손에 도살되어 무덤을 적시게 하라."
이렇게 말하고서 그는 깊은 밤으로써 낮을 밀치고,
디스를 다시 찾으며 잠겨들었고, 거대한 구렁을,
땅이 함께 붙는 것과 동시에, 닫았소. 대양은 고요하게
움직임 없이 가만히 있었고, 바람도 위협을 내려놓았으며, 200
평온한 바다는 부드러운 물결로써 중얼거렸소.
트리톤들의 합창단은 깊은 바다로부터 결혼축하곡을 노래했소.

(퓌르로스와 아가멤논 등장)

퓌르로스 (아가멤논에게) 귀향을 위해 당신이 바다에 행복한 돛을
말기려 했을 때,

---

36 아킬레우스의 어머니 테티스가 바다의 여신이므로.

아킬레스는 잊혔던 건가요? 그 한 사람의 손에 의해
트로이아가 타격을 받아, 그분이 세상 떠난 뒤 다소 지체되긴 205
했지만, 그것이 어느 쪽으로 쓰러질지 흔들리며 서 있었는데 말입니다.
이제 그가 요구한 것을 당신이 주고자 하고, 또 그러기를
서두른다고 해도,
당신은 너무 늦게 주는 셈일 겁니다. 벌써 모든 지휘관들이 자신의
상을 취했으니까요. 그보다 못하나마 어떤 상급이 그 큰 뛰어남에
주어질 수 있긴 한 걸까요? 혹은 그는 그 정도 가치뿐이었던가요? 210
그는, 전쟁을 피하라는 그리고 가만히 앉아서 긴 노년으로서
장수를 누리며 퓔로스 노인[37]의 수명을 능가하라는
충고를 받았지만, 어머니의 계략과 거짓된 의상을
벗어던지고, 무기를 잡음으로써 남자임을 선언했는데[38] 말입니다.
한편 손님을 박대하는 왕국의, 당해 낼 수 없는 자 텔레푸스는, 215
사나운 뮈시아로 그가 지나가는 것을 거부하다가,
전례 없이 자기 오른손을 고귀한 피로 물들였고,
같은 손이 강하고도 부드럽다는 것을 알게 되었죠.[39]

---

37 트로이아 전쟁에 참가했던 영웅 중 가장 나이 많은 네스토르. 그는 왕이 된 지 벌써 두 세대가 지나서, 세 번째 세대를 다스리는 중이라고 〈일리아스〉에 소개되어 있다.

38 아킬레우스의 어머니 테티스는 아들이 전쟁에 나가면 죽을 것을 알고서, 아들에게 여자 옷을 입혀 여자들 사이에 숨겨두었다. 거기에 오뒷세우스가 방물장수로 변장하고 나타나서 여자들 앞에 아름다운 물건들을 늘어놓았을 때, 아킬레우스는 거기 있던 칼을 집어 들어 남자임이 들통났다고 한다. 여기서 퓌르로스는 아킬레우스가 자진해서 여자 옷을 벗어던지고 스스로 남자임을 밝힌 것으로 미화하고 있다.

39 트로이아를 향해 떠난 희랍군은 길을 잘 몰라서 소아시아 땅, 뮈시아에 상륙하고, 그곳

테바이[40]는 쓰러졌고, 패배한 에에티온은 자기 왕국이
점령되는 걸 보았죠. 비슷한 재난에 무너졌죠, 220
높은 산등성이에 붙어 섰던 작은 도시 뤼르네소스,[41]
포로가 된 브리세이스 때문에 유명한 땅도요.
왕들 사이에 분쟁의 원인이 된 크뤼세[42]도 납작하게 누웠습니다,
뛰어난 명성을 지닌 테네도스[43]도, 풍요한 목초로
트라키아의 가축 떼를 먹이는 비옥한 225
스퀴로스[44]도, 에게해를 둘로 나누는 레스보스도,
포이부스에게 소중한 킬라도. 봄의 홍수로 격류를
부풀리는 카위쿠스강[45]이 쓸고 지나가는 땅들은 또 어떠합니까?

왕 텔레포스와 싸우게 된다. 이때 그는 아킬레우스의 창에 부상을 당하는데 나중까지 낫지 않자 신의 뜻을 묻는다. 신께서는 '다치게 한 사람만이 낫게 할 수 있다'는 신탁을 내린다. 그래서 텔레포스는 희랍 땅에 찾아가서 아킬레우스를 만나고, 그가 창의 녹을 갈아서 상처에 붙여주어 치유를 얻는다. 따라서 텔레포스는 '아킬레우스의 손이 강하면서도 부드럽다'는 걸 느끼게 된다.

40 이 테바이는 희랍 땅에 있던 '일곱 성문의 테바이'가 아니라, 소아시아 땅, 트로이아 남동쪽의 도시국가다. 이 도시는 아킬레우스에 의해 함락되는데, 그곳을 다스리던 에에티온은 안드로마케의 아버지이고, 헥토르의 장인이다. 이 부분에 언급되는 지명은 대체로 아킬레우스가 공격했던 곳들이다.

41 아킬레우스에게 배당되었던 여인 브리세이스가 이 도시 출신이다.

42 아가멤논에게 배당되었다가 고향으로 보내어진 여인 크뤼세이스의 고향이다. 아가멤논은 그녀 대신 다른 여자를 얼른 내놓으라고 고집을 부리다가 아킬레우스와 다투게 되고, 결국 아킬레우스는 전투를 거부하여 희랍군을 곤경에 빠뜨린다.

43 트로이아 바로 서쪽의 섬. 트로이아에 목마를 만들어 놓고 떠나간 희랍군은 이 섬 뒤에 숨어 있다가 다시 돌아왔다.

44 아킬레우스가 여자 옷을 입고 숨어 있던 섬. 퓌르로스의 고향이기도 하다.

45 카이쿠스(Caecus)라고도 한다. 소아시아 서해안으로 흘러드는 강. 현재의 바크르샤이

이 모든 민족들의 그토록 큰 재난과 그토록 큰 공포,
마치 거대한 돌풍에 휩쓸린 듯 그토록 많은 도시의 흩어짐은 230
다른 사람에게라면 영광과 최고의 명예였겠습니다만,
아킬레스에게는 그저 지나는 길이었죠. 이렇게 제 아버지는 오셨고,
그토록 큰 전쟁을 치렀죠, 아직 전쟁을 준비하던 참이었는데 말입니다.
다른 업적은 제가 말하지 않더라도, 헥토르 하나만으로 벌써
충분하지 않을까요? 제 아버지는 일리움을 정복했습니다, 235
당신들은 약탈했을 뿐입니다. 저로서는 위대한 아버지의
높은 칭송과 빛나는 행적을 따르는 것이 즐겁습니다.
헥토르는 자기 아버지 눈앞에서 죽어 넘어졌고,
멤논은 자기 삼촌 앞에 그랬죠. 그를 애도하기 위해 그의 어머니는
창백한 낯으로 음울한 날을 데려왔고요.[46] 240
한편 승자는 자기 행동이 드러내 준 가르침에 떨었죠,
아킬레스는 여신의 자식들도 죽는다는 걸 배웠으니까요.
그 후에 사나운 아마존이, 마지막 남은 두려움[47]이 쓰러졌죠.
— 당신은 아킬레스에게 빚지고 있습니다, 당신이 그의 가치를
합당하게 평가한다면,
설사 그가 뮈케나이와 아르고스의 처녀를 요구한다 하더라도 말이죠. 245
아직 망설이시나요? 이제 갑자기 평화를 지지하여,[48]

강. 뤼디아, 뮈시아, 아이올리스를 지나 흘러간다.

46 멤논의 어머니는 새벽의 여신 에오스. 아들이 죽자 어머니의 낯이 창백해져서 그날 하루가 컴컴했다는 말이다.

47 아마존 여전사들을 이끌고 트로이아를 도우러 왔던 펜테실레이아.

프리아모스의 딸을 펠레우스의 아들을 위해 도살하는 게
잔인하다 믿는 건가요? 하지만 당신은 아버지이면서도 자기 딸을
헬레네를 위해 없앴습니다. 저는 이미 행해졌던 익숙한 일을
요구합니다.

아가멤논 충동을 통제할 줄 모르는 것이 젊음의 약점이로다. 250
다른 사람들이라면 이것이 그 생애 첫 열기로서 휩쓸고 지나가지만,
퓌르로스의 경우엔 아버지에게 물려받아 그러하구나. 나는 예전에
오만한 아이아쿠스 후손의 거친 기백과 위협을 동요 없이 받아냈노라,
권력이 강할수록, 더 인내심 있게 참아야 하는 법이니.
왜 그대는 끔찍한 살인으로써 저 이름 높은 지도자의 고귀한 255
혼령을 더럽히려 하시오? 먼저 이것을 알아두는 게 합당하오,
승자는 무엇을 행해야 하는지, 패자는 무엇을 겪어야 하는지를.
사납게 날뛰는 권력은 누구도 오래 유지하지 못한다오,
절제된 것이 오래가는 법이오. 행운이 인간의 힘을
더 높이 띄우고 올려주면 줄수록, 260
행복한 사람은 그만큼 더 많이 자신을 낮추는 게 합당하오,
또 지나치게 호의적인 신들을 두려워하면서 변화무쌍한 운명을
무서워하는 것이 그렇소. 거대한 것도 한순간에 무너진다는 걸
나는 승리하며 배웠소. 트로이아가 우리를 너무 팽창시키고

48 이 부분을 어떻게 읽을지 학자들 사이에 의견이 엇갈린다. 다른 유력한 독법은 '이미 약속된 것을 갑자기 부정하며'인데, 이 번역에서는 매드빅(Madvig)과 츠비어라인의 의견을 좇았다.

잔인하게 만든 것 아니오? 우리 다나이인들은 저 도시가 265
떨어져 버린 바로 그 높은 곳에 서 있소. 고백하건대, 때로는 나도
다스리는 데 우악스러웠고, 너무도 오만하게 처신했었소.
하지만 그 오만함을 저것이 부숴버렸소, 다른 이들에게라면
그것을 만들어 주는 원인이 될 수도 있었던 것이, 즉 행운의 호의 말이오.
프리아모스여, 그대 나를 오만하게 만드는가? 그대는 나를
겁 많게 만들었소. 270

내가 왕홀을 달리 무엇이라 생각하겠소? 공허한
광채로 덮인 이름일 뿐이고, 거짓된 사슬로 치장된
머리칼일 뿐인 게 아니라면? 가벼운 우연이 이것들을 채어갈 것이오,
아마 천 척의 배나 십 년의 세월이 없이도.
모든 사람 위에 운명은 그다지 느리지 않은 것으로 매달려 있소. 275
진심으로 고백하겠소, (아르고스 땅이여, 이렇게 말하는 것을
평온하게 받아들이길!), 나는 프뤼기아인들이 징벌받고
정복되기를 바랐었소. 하지만 무너지고 평평한 땅이 되는 것은,
내가 그걸 막을 수 있었더라면! 그러나 재갈로써 통제할 수 없었다오,
분노도, 격렬한 적들도, 밤에 얻은 280
승리도. 누가 보더라도 존엄에 어울리지 않고 잔인하다
할 수 있는 것이라면 무엇이든, 그 일을 저질렀소, 앙심과
어둠이, 어둠 속에서는 광기가 스스로 자신을 부추기는 법이니.
그리고 또 승리를 누리는 칼날이, 일단 피가 묻으면 그것의 욕망은
이성을 잃는 법이니. 무엇이건 뒤엎어진 트로이아로부터 285
살아남을 수 있는 게 있다면, 남게 되기를! 죗값은 충분히

치러졌고, 그 이상이었소. 그러니 왕가의 처녀가 죽임당하고,
무덤에 제물로 바쳐지고, 재들을 적시는 것은,
그리고 사람들이 잔혹한 살인 행위를 결혼이라 부르는 것은
나는 참지 않겠소. 모두의 잘못은 내게로 돌아온다오. 290
막을 수 있는데도 죄짓는 걸 막지 않는 자는, 그걸 명하는 셈이오.

퓌르로스 그럼, 아킬레스의 혼령은 아무런 상급도 얻어가지 못한단 말입니까?

아가멤논 얻어갈 것이오, 모두가 찬가로써 그를 노래할 것이고,
알려지지 않은 땅들도 그의 위대한 이름을 듣게 될 것이오.
하지만 만일 피를 쏟아야만 그의 재를 달랠 수 있다면, 295
프뤼기아 가축들의 살진 목이 베이게 합시다,
어떤 어머니도 눈물 흘릴 일 없는 피가 흐르게 합시다.
한데 이건 무슨 관행이오? 대체 언제 인간의 혼령을 위해
인간이 희생되었단 말이오? 그대 아버님을 질시와 미움으로부터
이끌어 내시오, 값을 치러 섬기라고 그대가 요구하는 그분을. 300

퓌르로스 오, 순조로운 상황이 기세를 살려줄 때는 오만하고,
두려움이 경고를 발할 때는 소심하신 자여,
왕들의 지배자여! 이제 그대 가슴은 갑작스런 사랑에,
새로운 베누스에 불이 붙었소?[49]
당신 혼자서 그토록 자주 우리의 전리품을 빼앗으려는 거요?[50] 305

---

49 라틴어 원문 304행을 직역하면 "가슴은 갑작스런 사랑에, 그리고 새로운 베누스의" (*amore subito pectus ac veneris novae*)로 되어 있어서 문법적으로 맞지 않는 구절이다. 이 구절을 어떻게 고칠지 학자마다 다른 제안을 하고 있는데, 츠비어라인은 그로노비우스(Gronovius)의 제안을 따라, 304행 다음에 한 줄이 사라진 것으로 표시했다.

이 오른손이 아킬레스에게 그의 것인 희생을 바치겠소.
혹시 그대가 그녀를 내주길 거부하고 숨겨둔다면,
나는 더 큰 걸 바치겠소,
퓌르로스가 바칠 만한 가치가 있는 것을. 그리고 내 손은
너무 오랫동안 왕들을 쳐 죽이는 걸 지체하고 있소,
프리아모스가 동행을 구하는데 말이오.

아가멤논 물론 난 부정하지 않네, 310
그것이 이 전쟁에서 퓌르로스의 최고의 영예라는 것을.
즉, 프리아모스가 그의 사나운 칼에 끝장나 쓰러졌단 것 말일세,
그의 아버지에게 탄원했던 이가.[51]

퓌르로스 그가 내 아버지의 탄원자이긴 했지만,
같은 자가 적이기도 했단 것을 난 잘 알고 있소. 한데 프리아모스는
직접 나타나서 사정했지. 반면 당신은 크나큰 두려움에 떨면서, 315
스스로 사정할 용기가 없어서, 아이아스와 이타카인[52]에게
탄원을 맡겼소, 본인은 숨어서, 적수를 무서워하면서.

아가멤논 물론 자네 아버지가 겁이 없긴 했지, 나도 인정하네.
그는 그라이키아인들의 시체 더미와 불타는 배들 사이에서

---

50 아가멤논이 예전에 아킬레우스에게서 브리세이스를 빼앗았던 것을 암시한다.

51 프리아모스는 자기 아들 헥토르의 시신을 되찾기 위해 아킬레우스를 찾아가서 탄원했었다. 고대의 관행에 탄원자를 해치는 것은 불경스러운 일이어서, 아가멤논은 퓌르로스를 칭찬하는 척하면서 빈정거리는 것이다.

52 이타케 출신의 오뒷세우스(울릭세스). 아가멤논은 아킬레우스가 전투를 거부해서 희랍군이 곤경에 빠지자, 아이아스와 오뒷세우스를 사절로 파견하여 아킬레우스를 달래려 했다.

느긋하게 누워 있었지, 전쟁과 무기를 잊고서, 320

가벼운 술대로 음률 좋은 거북껍질 뤼라를 울리면서[53] 말일세.

퓌르로스 그때 위대한 헥토르는 당신의 무구는 비웃으면서도

아킬레스의 노래를 두려워했소. 그리고 전적인 두려움 속에서도

텟살리아의 정박지[54]에는 깊은 평화가 깃들었었소.

아가멤논 물론 같은 그 텟살리아 정박지에서 325

헥토르의 아버지에게도 깊은 평화가 깃들었었지.[55]

퓌르로스 왕을 살려주는 것은 고귀한 왕이 마땅히 할 일이오.

아가멤논 그러면 왜 그대의 오른손은 왕의 목숨을 빼앗았나?

퓌르로스 자비심을 품은 자라면 자주 삶 대신 죽음을 줄 것이오.

아가멤논 그럼 그대는 지금 자비심을 품고서 무덤에 처녀를

바치려는 것인가? 330

퓌르로스 이제 와서[56] 처녀들을 제물로 바치는 게 죄라고 믿는 거요?

아가멤논 자식보다 조국을 앞세우는 게 왕에게 적절하지.

퓌르로스 그 어떤 법도 포로를 방면하지 않고, 죗값 받아내는 걸

막지도 않소.

아가멤논 법이 금하지 않는 짓이라도 수치심이 금한다네.

---

53 사절단이 아킬레우스를 찾아갔을 때, 그는 악기를 연주하며 영웅들의 행적을 노래하고 있었다.

54 아킬레우스의 선단을 가리킨다. 아킬레우스의 고향 프티아는 텟살리아 지역에 있다.

55 전쟁 중에 적국 왕이 찾아왔는데도 그를 무사히 돌려보냈다고 비난한 것이다.

56 아가멤논은 트로이아로 떠날 때, 좋은 바람을 얻기 위해 자기 딸 이피게네이아를 제물로 바쳤다.

퓌르로스 승자라면, 하고 싶은 일은 무엇이든 해도 괜찮소. 335

아가멤논 많이 허용받은 자라면 최소로 원하는 게 합당하네.

퓌르로스 저들에게 그따위 말을 던지는 것이오? 십 년 동안 가혹한 통치하에

종속되어 있었는데, 퓌르로스가 멍에로부터 구해준 그 사람들에게?

아가멤논 스퀴루스[57]가 그런 오만함을 주었는가?

퓌르로스 그래도 거기엔 형제간의

범죄[58]는 없소.

아가멤논 파도로 에워싸여서겠지.

퓌르로스 물론 바다가 친족이긴 하오. 340

한데 나도 아트레우스와 튀에스테스의 고귀한 집안에 대해 안다오.

아가멤논 처녀의 비밀스런 수치에 의해 잉태된 자여,

아직 남자도 아니었던 아킬레스에게서 난 자여!

퓌르로스 저 아킬레스에게서 났소, 자기 혈통에 의해 온 세계로

뻗어 나가 하늘 신들의 왕국을 차지하는 그 사람에게서, 345

테티스에게서 바다, 아이아쿠스[59]에게서 저승, 윱피테르에게서

하늘을 얻은 이.

아가멤논 저 아킬레스에게서겠지, 파리스의 손에 쓰러진 자.

퓌르로스 그와는 신들 중 그 누구도 직접 맞싸우지 못했소.

---

57 아킬레우스가 여자 옷을 입고 숨어 있던 섬. 퓌르로스의 고향이기도 하다.

58 아가멤논의 아버지 아트레우스는 자기 동생 튀에스테스의 자식들을 잡아서 아비에게 먹였다. 그 이전에 튀에스테스는 아트레우스의 아내와 정을 통하고, 왕권이 걸린 황금양털을 훔쳐냈었다.

59 제우스의 아들이자 아킬레우스의 할아버지. 그는 저승의 세 심판관 중 하나로 꼽힌다.

아가멤논 나는 벌로써 자네 말을 막고, 그 대담함을
제압할 수도 있었네. 하지만 나의 칼은 포로까지도 350
아껴줄 줄을 알지. 그보단 신들의 통역자
칼카스를 부르기로 하세. 만일 운명이 요구한다면, 나도 양보하겠네.

(칼카스 등장)

그대, 펠라스기[60] 함선들에게서 사슬을 풀어주고,
전쟁으로부터 지체를 풀어준 이여, 기술로써 하늘 빗장을 여는 자여.
그대에게 내장들은 비밀을 드러내고, 하늘의 천둥과 355
긴 꼬리를 끄는 별도
운명의 조짐을 전하며, 그대 입은 내게 큰 대가를
요구하도다.[61] 대체 신께서 무엇을 명하시는지
말하라, 칼카스여, 그리고 지혜로써 우리를 인도하라.
칼카스 운명은 다나이인들에게, 늘 받았던 대가를 받고 귀향을
허용합니다, 360
처녀가 텟살리아 지도자의 무덤에 바쳐져야 합니다.
한데 텟살리아 여인들이 결혼 때 입곤 하는 그 의상을 입혀서,
혹은 이오니아 여자나, 뮈케나이 여자들이 그러하듯 입혀서,

---

60 펠라스고이. 희랍의 원주민이라고도 하고, 아테나이에 살다가 밀려난 옛 종족이라고도 한다. 여기서는 희랍인 전체를 가리키는 말로 쓰였다.

61 트로이아로 가기 위해 좋은 바람을 얻으려면, 아가멤논의 딸 이피게네이아를 아르테미스에게 바쳐야 한다고 밝힌 예언자가 바로 칼카스이다.

퓌르로스가 자기 아버지에게 아내로서 넘겨주게 하십시오.
그러면 그녀는 적절히 바쳐진 겁니다. 하지만 이 한 가지 이유만 365
우리의 배꼬리를 붙든 게 아닙니다. 폴뤽세네여, 그대의 피보다
더 고귀한 피가 빚으로 잡혀 있도다.
운명이 요구하는 그가 탑 꼭대기에서 떨어지게 하십시오,
프리아모스의 손자, 헥토르의 아들이. 그리고 거기서 죽음을
만나게 하십시오.
그런 다음 천 척의 배로 바다가 채워지게 하십시오. 370

합창단 그 말은 사실인가, 아니면 겁 많은 사람들을 이야기가 속이는
것인가,
땅에 묻힌 시신 속에 혼령이 살아 있다는 말은?
아내가 손 얹어 눈을 감기고,
마지막 날이 해를 가려버리며,
서글픈 단지가 재들을 에워 가뒀을 때에도? 375
영혼을 장례에 넘기는 게 아무 쓸모없고,
비참한 인간들에겐 계속 살아가는 일이 기다린단 말인가?
아니면 우리는 완전히 죽으며, 우리의 어떤 부분도
남지 않게 되는 것인가? 숨결이 떠나면서 혼백이
증기와 섞이고, 공기 속으로 스며들며, 380
벌거벗은 옆구리에 불붙은 횃가지가 다가드는 그때에?
　무엇이건 뜨는 해가, 무엇이건 지는 해가
아는 모든 것은, 무엇이건 푸른 물결의 오케아누스[62]가
두 번 다가오고 두 번 달아나며 씻기는 모든 것은,

세월이 페가수스 같은 발걸음으로 채어 간다네. 385
그렇게 빠른 회전으로 열두 개의 성좌는 날아 지나고,
그러한 달음질로써 세기를 서둘러 돌린다네,
별들의 주인[63]은. 그러한 방식으로 서둘러
달린다네, 헤카테[64]는 비스듬히 굽은 길로.
우리는 이렇게 운명을 좇으며, 그 이상은 아니라네. 390
하늘 신들의 맹세 대상인 저 호수[65]에 닿은 자는
더는 살아 있지 않다네. 뜨겁게 타는 불에서 연기가
짧은 순간 지저분한 모습을 보이다 스러지듯,
방금 우리가 무겁게 내려앉는 것을 본 구름을
북쪽 보레아스의 힘이 흩어버리듯, 395
우리를 지도하는 그 혼백도 그렇게 흘러가리라.
죽음 뒤에는 아무것도 없으며, 죽음 자체도 아무것도 아니고,
그저 빠르게 지나는 시간의 마지막 결승점일 뿐이네.
탐욕스런 자들은 희망을, 걱정 많은 자들은 두려움을 버리게 하라.
탐욕스런 시간과 카오스가 우리를 삼키도다. 400
죽음은 쪼개지지 않는 것,[66] 육체에는 해를 입히고,
영혼도 아껴주지 않는다네. 타이나루스[67]도, 잔혹한 왕 아래

62 땅을 두루 도는 거대한 강. 바다.
63 태양.
64 달의 여신.
65 스틱스.
66 마치 원자처럼.

지배받는 왕국도, 쉽게 통과할 수 없는 입구에
문지방을 깔고 앉은 지킴이, 케르베로스도,
텅 빈 헛소문이며 공허한 지껄임, 405
뒤숭숭한 꿈과 마찬가지인 이야기일 뿐이네.
그대는 죽음 뒤에 자신이 어디 누울 것인지 묻는가,
바로 태어나지 않은 자들이 누워 있는 곳, 거기라네.

(안드로마케, 아스튀아낙스, 노인 등장)

안드로마케 프뤼기아의 슬픈 무리들이여, 그대들은 왜 머리카락을 뜯으며,
불쌍한 가슴을 때리고, 쏟아지는 눈물로 410
뺨을 적시나요? 눈물 흘릴 만한 것을 겪었다면,
우리는 가벼운 일을 당한 셈이겠죠. 일리움은 당신들에겐 방금
쓰러졌지만, 내겐 오래전에 그랬죠, 저 잔인한 자가 날랜 전차로
나의 것인 몸을 채어갔을 때,[68] 그리고 펠리온산[69]의 창자루가
헥토르의 무게로 떨면서 무거운 소리로 신음했을 때 말이죠. 415
저는 그때 무너지고 쓰러져, 그 이후 어떤 일이 일어나든 그것을,
고통 때문에 무뎌지고 뻣뻣한 상태로 감각 없이 견디고 있어요.
저는 벌써 다나이인들을 피해서 제 남편을 따라갔을 거예요,

---

67 펠로폰네소스 반도 남단의 지명. 이곳에 저승 입구가 있다고 알려져 있다.
68 아킬레우스는 헥토르를 죽이고 그의 발목을 꿰어 전차에 묶어서 끌고 갔다.
69 아킬레우스가 어려서 키워진 곳. 그의 창은 케이론이 이 산에서 난 물푸레나무로 만들어 아킬레우스에게 선물한 것으로 알려져 있다.

이 아이가 잡아두지 않았더라면 말이죠. 이 아이가 제 격정을 누르고,
죽는 걸 막고 있어요. 아직도 신들께 뭔가를 청하도록 420
이 아이가 저를 몰아가고 있어요, 고통의 시간을 잡아 늘렸어요.
이 아이가 제게서 재난의 최고 이득을 앗아가 버렸어요,
아무것도 두려워하지 않음을요. 좋은 일이 일어날 여지는
모조리 사라졌지만, 무서운 일은 들이닥칠 길을 여전히 갖고
있으니까요.
아무것도 희망할 수 없을 때, 두렵다는 건 가장 비참한 일이죠. 425

노인 대체 어떤 두려움이 이미 타격받은 당신을 갑작스레 흔들었나요?

안드로마케 큰 고통으로부터 더 큰 고통이 올라오고 있어요.
일리움의 운명이 무너지려 흔들리고 있어요.

노인 또 어떤 재난을 신이, 설사 그가 원한다고 하더라도,
찾아내겠습니까?

안드로마케 깊고 깊은 스틱스의 빗장이, 어두운 동굴들이 430
열리고, 이미 넘어진 우리에게 두려움이 없을세라,
묻혀 있던 원수들이 디스[70] 밑바닥에서 나오고 있어요.
다나이인들에게만 다시 돌아오는 길이 있는 걸까요?
죽음은 확실히 공평해요. — 저 공포는 공통되게 프뤼기아인들을
뒤흔들어 혼란시키고 있어요. 반면에 이것은 유독 저의 마음만을 435
겁에 질리게 해요, 소름 끼치는 밤의 꿈 말이에요.

노인 어떤 환상을 말씀하시는 건가요? 모두 앞에 두려움을 밝히세요.

---

70 저승의 신, 또는 저승 자체.

안드로마케 온화한 밤이 거의 두 부분만큼 지났고,[71]

일곱 개의 별[72]은 빛나는 멍에를 돌린 참이었죠.

마침내 전에 없던 안식이 이 상처받은 여인에게 찾아왔고, 440

짧은 잠이 지친 뺨에 살며시 스며들었어요.

만일 저 놀란 정신의 마비가 잠이라면 말이죠.

그때 갑자기 제 눈앞에 헥토르가 서 있었어요,

더 이상 아르고스인들에 맞서 전쟁을 수행하며

이데산의 횃불로 그라이키아인들의 배를 공격할 때 같지 않았어요. 445

많은 살육으로써 다나이인들을 격하게 치며,

거짓으로 꾸민 아킬레스[73]로부터 진짜인 전리품을 취했을 때

같지도 않았죠.

그의 얼굴은 타오르는 빛을 뿜지도 않았고,

오히려 지치고 피곤하며, 눈물로 무거웠고,

우리와 비슷하게 더러워진 머리털로 덮여 있었어요. 450

하지만 그를 보는 것은 즐거웠죠. 그러자 그는 머리를 흔들며

말했어요. "잠을 떨쳐내고, 아이를 빼돌리시오,

오, 신실한 아내여. 그를 숨기시오, 이게 유일한 구원의 방책이오.

눈물을 치우시오. 트로이아가 쓰러졌다고 해서 신음하는 거요?

---

71 밤을 네 조각으로 나눴을 때 두 조각만큼 지난 시간, 즉 자정쯤 되었다는 말이다.

72 북두칠성. 이 부근의 별들은 마차로 여겨지기도 했다.

73 파트로클로스. 희랍군이 너무 불리하게 되자 아킬레우스의 절친한 친구 파트로클로스는 친구의 무장을 빌려 걸치고 전장으로 뛰어든다. 하지만 그는 결국 헥토르에게 죽어 무장을 빼앗기고 만다.

그건 차라리 완전히 드러눕기를! 서두르시오, 옮기시오, 455
어디로든, 우리 집안의 작은 줄기를."
싸늘한 공포와 떨림이 제게서 잠을 떨쳐냈어요.
떨면서 눈길을 이번엔 이쪽으로, 이번엔 저쪽으로 돌리며,
아이를 잊어버리고 비참하게 헥토르를 찾았죠.
하지만 거짓된 그림자는 저의 포옹을 벗어나 사라져 버렸죠. 460

오, 아들이여, 강력한 아버지의 확실한 후손이여,
프뤼기아인들의 유일한, 상처 입은 집안의 하나뿐인 희망이여,
오래된, 그리고 너무나도 유명한 혈통의 새싹이여,
너무나도 아버지를 닮은 아이여, 이런 얼굴을 나의
헥토르는 지녔었지, 걸음걸이는 이와 같고, 465
자세는 이러했었지. 강력한 손은 이렇게 움직였고,
어깨는 이렇게 높았지, 이마는 그렇게 위엄 있고 위협적이었지,
목을 뒤로 젖혀 흘러내린 머리카락을 흔들 때면.
오, 프뤼기아인들에게는 너무 늦게, 어미에게는 너무 일찍 태어난 아이야,
저 행복한 날과 시간은 오게 될 것인가? 470
네가 트로이아 땅의 수호자, 복수자로서
페르가마[74]를 다시 세워 올리고, 도망쳐 흩어진
시민들을 다시 모을 날이? 조국과 프뤼기아인들에게
그들의 이름을 되돌려 주게 될 날이? 하지만 내 운명을 생각하면,
그렇게 큰 소망은 두렵구나. 포로에게 충분한 건 이것이니, 475

---

74 트로이아 내부의 성채.

살아남자꾸나.

아, 나의 불행이여, 어떤 장소가 내 두려움에
신뢰를 줄 것인가, 어떤 자리에 너를 숨길 것인가?
저 성채, 한때는 부(富)로 그리고 신들이 지은 성벽으로 강대하고,
모든 민족들 사이에 유명하며, 부러움으로 무겁던 것이
이제는 깊은 먼지 되어, 불길에 모든 것이 평평해졌구나. 480
그 넓던 도시에서, 거기 어린아이 하나 숨지 못할 정도밖에
남지 않았구나. 저들을 속일 장소로 어딜 택하랴?
내 소중한 남편의 거대하고 신성한 무덤이 있구나,
적들도 존중하는 것이. 그것을 아버님께서 엄청난 흙더미와
막대한 비용으로 축조하셨지, 자신의 애곡에 485
인색치 않은 왕께서. 그를 제 아비에게 맡기는 게 최선이로다.
온몸에서 차가운 땀이 떨어지는구나.
불행한 나는 죽음의 처소가 주는 전조에 몸이 떨리는구나. 488

노인 비참할 땐 아무 피신처나 차지하고, 안전할 땐 선택하는 법입니다.[75] 497

안드로마케 큰 두려움 없이 숨을 수 없다면 어쩌죠, 496
누군가 배신할지 모르는 걸?

노인 계략의 목격자가 없게 하십시오. 492

안드로마케 혹시 적이 수색한다면?

노인 그는 무너진 도시에서 죽은 겁니다. 493
이 이유 하나가 많은 사람을 파멸로부터 구했습니다, 489

---

75 489~498행은 레오와 츠비어라인의 제안에 따라 순서를 재정렬했다.

죽었다고 믿어짐으로써.

안드로마케 거의 아무 희망도 남아 있지 않아요. 490

그의 큰 존귀함이 그를 무거운 무게로 누르고 있어요. 491

그들의 손아귀에 다시 떨어질 거라면 숨은 게 무슨 이득이겠어요? 494

노인 승자는 첫 번째 타격을 가장 세게 가하는 법입니다. 495

안드로마케 어떤 장소가 너를, 어떤 외지고 접근로 없는 지역이 498

안전하게 숨겨줄 것인가? 곤경에 빠진 우리에게 누가 도움을 줄 것인가?

누가 보호해 줄 것인가? 늘 자기 사람들을 지켰던 헥토르여, 500

이번에도 그대 사람들을 지켜주세요. 경건한 아내의 도둑질을

보호해주세요, 이 아이가 살게끔, 당신의 충실한 재에 받아주세요.

무덤 밑으로 들어가라, 아이야. — 왜 뒤로 피하며,

안전한 은신처를 거부하느냐? 너의 천성을 알아보겠구나,

너는 두려움을 부끄러워하는구나. 크나큰 기백을 내려놓아라, 505

옛적의 용기도. 불행이 가져다준 것을 받아들여라.

자, 보아라, 얼마나 작은 무리로 우리가 남아 있는지.

무덤, 아이, 포로여인뿐이란다. 불행 앞에선 양보해야 한단다.

어서 아버지가 묻힌 신성한 처소로

용기 있게 들어가거라. 만일 운명이 불행한 자들을 돕는다면, 510

너는 구원을 가진 것이다. 만일 운명이 삶을 거절한다면,

너는 무덤을 가진 것이다.

(아스튀아낙스가 무덤 안으로 들어간다.)

노인 맡겨진 아이를 빗장이 보호하고 있습니다.
당신의 두려움이 그를 밖으로 불러내지 않도록,
이곳으로부터 멀리 물러나시고, 몸을 돌려 떠나십시오.
안드로마케 더 가까이서 걱정하는 사람은 더 적게 걱정하는 법이지요. 515
하지만 그게 좋다면, 여기서 다른 데로 발길을 옮기십시다.

(멀리서 울릭세스가 다가온다.)

노인 잠깐 조용히 하시고, 탄식을 억누르십시오.
케팔라니아76인들의 우두머리가 저주받은 발길을 옮기고 있습니다.
안드로마케 땅이여 입을 열어라, 그리고 남편이여, 그대는 갈라진
땅을 저 깊은 동굴까지 찢으세요, 내가 맡긴 아이를 520
깊고 깊은 스튁스의 품 안에 숨겨주세요.
울릭세스가 왔어요, 종잡을 수 없는 걸음걸이와
표정으로써. 그는 가슴속에서 교묘한 술책을 짜내지요.
울릭세스 모진 운명의 조수로서 나는 우선 이것을 청하겠소,
내 입을 통해 어떤 말이 전해지더라도, 그게 내 말이라고 525
여기지 말라는 것이오. 그것은 전체 그라이키아인들의,
그리고 지도자들의 목소리요. 한데 헥토르의 자녀가 그들을
막고 있소,

---

76 펠로폰네소스 서쪽에 있는 섬. 케팔로니아라는 이름이 더 많이 쓰인다. 바로 그 곁이 오뒷세우스의 고향 이타케이고, 그가 이끄는 부대는 〈일리아스〉 2권 '배들의 목록'에 케팔레네스족으로 기록되어 있다.

뒤늦게나마 귀향하려는 것을. 운명이 그를 찾고 있는 것이오.
불확실한 평화에 대한 편치 않은 불신이 다나이인들을
언제나 사로잡게 될 것이고, 언제나 두려움이 그들로 하여금 530
등 뒤를 돌아보게 만들 것이며, 무기를 내려놓지 못하게 할 것이오,
당신들의 아들이 프뤼기아인들에게 용기를 주고 있는 한 말이오,
안드로마케여. 이것을 예언자 칼카스는 노래로 전하고 있소.
그리고, 설사 예언자 칼카스가 이에 대해 침묵했다 하더라도,
헥토르가 그렇게 말하곤 했으니, 나로서는 그의 자손도 두렵소. 535
혈통 좋은 씨앗은 자신의 근본에 충실하게 자라나는 법이오.
꼭 그와 같이 거대한 가축무리의 작은 동행은
아직 첫 뿔이 그 피부를 뚫고 나오기도 전에,
갑자기 어깨를 높이 세우고 이마를 당당히 치켜세워,
아버지의 무리를 이끌고, 무리를 지배한다오. 540
또 베어버린 둥치에서 돋아난 연약한 가지는
짧은 사이에 어미 나무와 같이 솟아올라
땅에는 그림자를 드리우고, 하늘에는 성림을 돌려준다오.
마찬가지로 거대한 화재에서 잘못 남겨진 재는
힘을 다시 얻어 가진다오. 물론 슬픔은 사태를 공정하게 545
판단하지 못한다는 걸 알고 있소. 하지만 당신도 혼자 잘 생각해 본다면,
용서하게 될 거요, 열 번의 겨울과 같은 만큼의 수확 철을
보낸 뒤에, 이미 늙어버린 병사가 두려워한다 하더라도 말입니다,
전쟁을, 또 다른 살육을, 그리고 제대로 쓰러지지 않은
트로이아를 말이오, 큰 문제가 다나이인들을 움직이고 있소, 550

미래의 헥토르가. 그라이키아인들을 두려움으로부터 풀어주시오.
이 이유 하나가 이미 끌어낸 배들을 잡아두고 있소,
이것에 선단은 들어붙어 있소. 그리고 나를 잔인하다 여기지 마시오,
나는 제비뽑기에 의해 명을 받고서 헥토르의 아들을 찾는 것이니.
나는 오레스테스를 찾으라 해도 갔을 것이오. 승자도 겪은 일[77]이니
견디시오. 555

안드로마케 아들이여, 네가 어미의 손안에 있다면 얼마나 좋을까,
그리고 어떤 사고가 너를 내게서 빼앗아 붙들고 있는지,
아니면 어떤 장소가 그랬는지 안다면! — 적대적인 창들에
가슴을 마구 뚫렸다 해도, 물어뜯는 사슬에 손들이
묶였다 해도, 사나운 불길이 양 옆구리를 560
두르고 있다 해도, 나는 어미로서의 신의를
결코 벗어던지지 않았을 텐데! 아들아, 어떤 장소가 지금 너를,
어떤 불운이 차지하고 있느냐? 길 없어 지나지 못할 곳으로
들판을 헤매며 떠돌고 있는 것이냐? 아니면 조국의 광대한 화재가
네 육신도 삼켜버린 것이냐? 아니면 잔인한 정복자가 네 피를 565
즐겼던 것이냐? 어떤 거대한 야수의 입질에
희생되어 이데산의 새들에게 먹이가 된 것이냐?

울릭세스 지어낸 말들을 치우시오. 당신이 울릭세스를 속이기란
쉽지 않소. 나는 어미들의 속임수를 이겼소,
심지어 여신들의 속임수까지도.[78] 헛된 계략을 치우시오. 570

---

77 아가멤논이 자신의 딸인 이피게네이아를 신께 바친 일을 암시한다.

아들은 어디 있소?

안드로마케 헥토르는 어디 있나요? 모든 프리기아인들은 어디에?

프리아모스는 어디에 있죠? 당신은 한 사람만을 찾는군요. 저는 모두를 찾아요.

울릭세스 당신은, 자진해서 말하길 거부하는 그것을, 강제로라도 말하게 될 거요.

금방 자백할 걸 숨길 수 있다 믿는 것은 어리석은 짓이오.[79] 587

안드로마케 죽을 수 있고, 죽어야 하고, 그러길 원하는 여자는 안전해요. 574

울릭세스 가까이 다가온 죽음은 위엄 있는 발언을 흔들어 떨군다오. 575

안드로마케 혹시 원한다면, 울릭세스여, 안드로마케를 겁주어 강제하시오,

목숨을 위협하시오. 죽는 것은 내가 기원하는 바이니까요.

울릭세스 채찍, 불, 죽음, 고문을 통해서 고통이,

무엇이든 그대가 숨기는 것을, 원치 않아도 말하게끔 강제할 거요.

깊은 가슴속에 묻혀 있는 비밀을 토설시킬 것이오. 580

불가피함은 흔히 충실함보다 더 많은 일을 해낼 수 있다오.

안드로마케 가져오세요, 불길을, 상처와 무서운 고통의

끔찍한 기술과 굶주림, 잔인한 목마름,

그리고 온갖 질병을 사방에서 모아서, 또 이 내장 속으로

---

78 아가멤논의 아내 클뤼타임네스트라를 속여서 이피게네이아를 아울리스로 데려가고, 여신 테티스의 계략을 꿰뚫어 보고 아킬레우스를 트로이아로 데려왔다.

79 대개의 학자들이 지우고자 하거나 다른 데로 옮기는 구절인데, 츠비어라인의 제안에 따라 이 자리로 옮겼다.

깊이 찌르는 칼을, 캄캄한 감옥의 고초를, 585
또 무엇이든 분노한, 오만하게 부푼 승자가 감행하는 것을.
용감한 어미는 그 어떤 두려움도 용납하지 않아요. 588

울릭세스 당신이 고집스레 견지하는 바로 그 사랑이
다나이인들로 하여금 어린 자식들을 고려하라고 충고하는구려. 590
그토록 긴 전쟁 뒤에, 십 년의 세월 뒤에
나로선 칼카스가 경고하는 저 위협이 별로 두려울 것 없소.
나 자신을 위해서라면 말이오. 당신은 텔레마코스를 향해 전쟁을 준비하는 거요.

안드로마케 원치 않지만, 울릭세스여, 나는 다나이인들에게 기쁨을 주겠네요,
하지만 줘야겠죠. 발설하라, 슬픔이여, 네가 억누르고 있는 애곡을. 595
기뻐하라, 아트레우스의 아들들이여! 그대는 늘 그랬던 것처럼, 기쁜 소식을
펠라스기인들에게 전하세요. — 헥토르의 자손은 소멸되었어요.

울릭세스 그럼, 당신은 어떤 맹세로써 이게 사실임을 다나이인들에게 입증하겠소?

안드로마케 정복자가 위협할 수 있는 가장 나쁜 것이
내게 떨어지기를, 운명이 나를 즉각적이고 쉬운 600
죽음으로 소멸시켜, 나의 나라가 나를 묻어버리기를,
조국 땅이 헥토르를 가볍게 누르기를, 마치
그가 빛을 잃고, 꺼져버린 자들 가운데 누워 있는 것처럼 그렇게 확실히,

무덤에 묻혀, 죽은 자에게 응당 바치는 것을 취한 것처럼 그렇게!

울릭세스 헥토르의 줄기가 제거되어 운명이 완결되었음을, 605

평화가 굳건함을 나는 기쁘게 다나이인들에게 전하겠소.

(혼잣말로) 무슨 짓을 하는가, 울릭세스여? 다나이인들은 네 말을 믿을 것이다,

하지만 너는 누구를 믿는가? 어미를? 한데 어떤 어미든 이런 것을 지어내고,

혐오스런 죽음의 전조도 겁내지 않을 것인가?

두려워할 더 큰 게 없는 사람이라면 전조를 두려워하지. 610

그녀는 맹세로써 자신의 신뢰성을 잡아 묶었어.

— 그녀가 거짓 맹세하는 거라면, 그녀가 더 크게 두려워할 만한 것은 무엇일까?

나의 마음아, 이제 명민함을 불러올려라, 이제 기만과 속임수를,

이제 온 울릭세스를! 진실은 결코 사라지지 않아.

어미를 자세히 보아라. 슬퍼하고, 눈물을 쏟고, 신음한다. 615

하지만 이리로 저리로 걱정스런 걸음을 옮기며,

귀를 긴장하여 들리는 소리들을 포착하고 있다.

이 여인은 슬퍼하기보단 오히려 두려워하고 있어. 교묘함이 필요해.

(안드로마케에게) 다른 부모들이라면 애곡 중에 위로가 어울리오.

하지만 당신은, 불행한 여인이여, 자식 잃은 걸 축하받아야 하오. 620

그를 잔인한 죽음이 기다리고 있었으니 말이오, 탑에서 거꾸로

던져져서죠, 무너진 성벽 가운데 유일하게 남은 그 탑에서.

안드로마케 (혼잣말로) 정신이 사지를 떠나는구나, 사지가 떨리고

무너지는구나.

싸늘한 냉기에 제압되어 피가 굳어지는구나.

울릭세스 (혼잣말로) 그녀가 떨었어. 이것을, 이 대목을 나는

캐물어야 해. 625

두려움이 엄마의 마음을 드러냈어. 이 위협을 되풀이하자.

(부하들에게) 가라, 얼른 가거라. 어미의 속임수에 의해 빼돌려진

원수를, 펠라스기라는 이름을 향한 최후의 질병을,

그게 어디 숨어 있든 간에, 끌어내어 여럿 앞에 데려오라.

— 잘됐다! 잡혔구나! 빨리 와라, 서둘러라, 끌고 와라. 630

(안드로마케에게) 왜 뒤돌아보고 몸을 떠는 거요?

그는 이미 확실하게 죽었는데.

안드로마케 진짜로 두렵다면 얼마나 좋을까! 이건 그저

오래 습관화된 두려움이요.

정신은 오랫동안 배운 것을 뒤늦게야 내려놓으니까요.

울릭세스 성벽에 바쳐야만 하는 신성한 정화의식을 아이가

앞질러 가버렸고, 더 나은 운명에 잡혀가 버려 예언자의 지시를 635

따를 수 없게 되었으니, 칼카스가 말하길, 배들이 귀향하려면

이 방법에 의해서만 보속될 수 있다 하오.

즉, 헥토르의 유골을 바다에 뿌림으로써 그것을 달래고,

그의 무덤이 완전히 대지와 같게 평평해져야 한다는 거요.

이제 그 아이가 빚졌던 죽음을 피해 버렸으니, 640

신성한 그 안식처에 손을 대야만 할 것이오.

안드로마케 (혼잣말로) 어떻게 하랴? 두 가지 두려움이 나를

양쪽으로 당기는구나,
이쪽에선 아들이, 저쪽에선 소중한 남편의 유골이.
어느 쪽이 이겨야 하는가? 나는 신들을, 불친절한 그들을
증인으로 부르노라,
그리고 참된 신, 내 남편의 혼령을. 645
헥토르여, 내 아들 속에 있는 당신보다 더 제게 즐거울 것은
달리 없어요. 그가 부디 살아남기를! 그래서 당신의 얼굴을
상기시킬 수 있기를! — 하지만 그의 유골이 무덤에서 끌려나와
물속에 가라앉는단 말인가? 그의 뼈가 광막한 바다에 흩어지는 걸
나는 용인할 것인가? 그보다는 이 아이가 죽는 게 나을 것이다. 650
— 하지만 너는 어미로서 그가 참혹한 죽음에 넘겨진 것을
참아 볼 수 있을 것인가? 높직한 박공 너머로 빙빙 돌려 던져진 것을
참을 수 있겠는가? 난 할 수 있으리라, 견디리라, 참으리라,
나의 헥토르가 죽은 뒤에마저 승자의 손에 의해
내동댕이쳐지지만 않는다면. — 하지만 이 아이는 자기가 치르는 값을 655
느낄 수 있다, 반면에 저이는 벌써 운명이 안전한 곳에 놓아두었다.
— 너는 왜 흔들리는가? 결정하라, 누굴 보복으로부터 구해낼지를.
은혜를 모르는 여인이여, 망설이는가? 너의 헥토르는 저쪽에 있다.
— 아니, 그건 잘못이다. 헥토르는 양쪽에 다 있다. 이 아이는
아직 느낄 수 있고,
아마도 나중에, 스러진 아비의 복수자가 될 것이다. 660
— 둘 다 구하는 건 불가능하다. 너는 어찌할 것인가?
나의 마음아, 둘 중에 다나이인들이 두려워하는 자를 구하라.

울릭세스 신의 말씀을 나는 이행하겠소. 무덤을 기초부터 엎겠소.

안드로마케 그것을 당신들이 이미 팔아넘겼는데도?[80]

울릭세스 나는 당장 달려들어,

봉분 꼭대기부터

묘를 끌어내리겠소.

안드로마케 저는 하늘 신들의 신의를 불러 청합니다, 665

아킬레스의 신의를. 퓌르로스여, 그대 아버지의

선물을 지켜주세요.

울릭세스 이 무덤은 곧 온 들판과

똑같이 평평해질 거요.

안드로마케 실로 그런 만행까지는 다나이인들이

감히 저지르지 않았어요. 그대들은 신전은 훼손했죠, 심지어

호의적인 신들 것까지도. 하지만 그 광기도 무덤은 그냥 지나쳤어요. 670

나는 저항할 거예요, 무장한 이들을 향해 비무장의 손을 내밀 거예요.

분노가 힘을 줄 거예요. 아르고스의 군대를 맹렬한

아마존이 쓰러뜨렸듯, 혹은 신에 의해

격동된 마이나스[81]가 튀르소스[82]로 무장한 채

신들린 발걸음으로 숲에 공포를 안기며, 스스로 의식하지 못한 채 675

---

80 프리아모스가 아킬레우스의 막사로 찾아가서, 많은 선물을 주고 헥토르의 시신을 찾아 온 것을 가리킨다. 값을 받고 시신을 넘겨주었으니, 그 시신이 들어 있는 무덤 값도 이미 받은 셈이고, 그래서 이 무덤의 권리는 희랍군에게 없다는 말이다.

81 박쿠스를 숭배하는 여인.

82 박쿠스 숭배자들이 지니고 다니는, 솔방울 장식이 된 지팡이.

상처를 입히고도 그것을 알지 못하듯이, 당신들 한가운데로 달려들어
유골의 동맹자로서 무덤을 지키다가 쓰러질 거예요.

울릭세스 (부하들에게) 물러섰느냐? 한 여인의 울음 섞인 외침과
헛된 광기가 너희를 움직였단 말이냐? 얼른 명령을 실행해라!

안드로마케 나를, 나를 먼저 여기서 칼로 쓰러뜨리시오. 680
아, 나의 슬픔이여, 밀쳐졌구나. 죽음의 봉쇄를 떨쳐버리세요,
땅을 찢으세요, 헥토르여, 울릭세스를 제압하기 위해.
당신이 혼령이 되었어도 충분해요. ―그가 손으로 무기를 휘둘렀도다,
불을 던지고 있도다. ― 보고 있나요, 다나이인들이여, 헥토르를?
아니면 나 혼자 보는 것일까?

울릭세스 나는 바닥부터 모든 것을 뒤엎으리라. 685

(울릭세스의 부하들이 무덤을 파괴하기 시작한다.)

안드로마케 무슨 짓이어요? 당신은 하나의 잔해 더미로 남편과 아들을
동시에 깔아뭉갤 건가요? 아마 당신은 간곡한 말로 다나이인들을
달랠 수 있을 거예요. ― 숨은 아이를 금방이라도 으깨버리겠구나,
무덤의 엄청난 무게가. ― 차라리 불쌍한 그 아이가
어디서든 죽게 하라, 아비가 아들을 압살하지 않고, 690
아들이 아비를 짓누르지 않게끔.
(울릭세스의 무릎을 껴안고서) 울릭세스여, 저는 탄원자로서
당신의 무릎 앞에 엎드립니다. 그 누구의 발에도
닿아본 적 없는 손을 당신 발에 가져다 댑니다.

아이의 어미를 불쌍히 여기고 경건한 기원을 평온하고
참을성 있게 받아주세요. 하늘 신들께서 그대를 695
더욱 높이신 것처럼, 쓰러진 자들을 그만큼 더 온화하게 대하세요.
무엇이건 불쌍한 자들에게 베푼 것은, 행운의 여신에게
바쳐진 것입니다.
그리하여, 정숙한 아내의 침상이 그대를 다시 보게 되기를,
라에르타[83]께서 그대를 다시 맞이할 때까지, 자기 수명을
길게 연장하시길! 그리하여 당신의 젊은 아들이 당신을 맞이하기를, 700
그리고 당신의 기원을 넘어설 정도로 좋은 자질을 타고나서
수명에 있어서 할아버지를, 재능에 있어서 아버지를 넘어서기를!
이 애 엄마를 불쌍히 여겨주세요. 그 아이는 상처 입은 저의
유일한 위안이니.

울릭세스 아이를 끌어내고서나 간청하시오.

안드로마케 (아이를 부르며) 이리로 나오너라, 너의 은신처에서, 705
불행한 어미의 슬픈 도둑질 대상이여!

(아이가 무덤 밑에서 나온다.)

여기 있어요, 여기 있어요, 울릭세스여, 천 개의 용골의
공포의 대상이.
(아이에게) 손들을 낮춰라, 주인의 발에

---

83 오뒷세우스의 아버지. 희랍어로는 대개 '라에르테스'로 적는다.

탄원하는 오른손을 뻗고서 존경을 바쳐라,
무엇이건 험하다고 여기지 말아라, 불행한 자들에게 710
불운이 명하는 것을.
마음에서 내려놓거라, 조상 전래의 왕통을,
위대한 할아버지의, 온 땅에 유명하던
권력도. 헥토르도 떨어져 나가게 하라,
노예의 태도를 취해라, 무릎을 꿇고서. 715
—너의 죽음을 아직 느끼지 못하겠다면,
네 어미의 눈물을 흉내 내거라.
(울릭세스에게) 소년 왕의 눈물을 보았죠,
예전의 트로이아도.[84] 그리고 어린 프리아모스는
성질 격한 알케우스 자손의 위협을 돌려세웠죠. 720
그 사람, 그 험악한 사람, 그의 강력한
힘에 모든 야수들이 굴복한 사람,
디스의 문을 박살 내고, 캄캄한 길을
다시 되돌아올 수 있는 것으로 열어놓은 그 사람도,
원수인 꼬마의 눈물에 굴복하여 725
말했지요. "통치자로서 고삐를 받으라,

---

84 트로이아 왕 라오메돈은, 헤라클레스가 자기 딸 헤시오네를 바다괴물로부터 구해주었는데도, 약속했던 사례를 지불하지 않았다. 헤라클레스는 분노하여 군대를 몰고 트로이아로 쳐들어와서 도시를 함락하고 라오메돈을 죽였다. 하지만 헤시오네가 자기 베일을 주고서 자기 동생 프리아모스를 사서 구해냈다고 한다. 지금 이 구절에서는 헤라클레스가 어린 프리아모스의 탄원에 마음이 움직여서 그를 살려준 것으로 설정했다.

그리고 아버지의 보좌에 높이 앉으라.
하지만 더 나은 신의로써 왕홀을 간직하라."
저 정복자에게 포로가 된다는 건 이런 것이었죠.
헤라클레스의 온화한 분노를 배우세요. 730
— 아니면 그저 헤라클레스의 무기만이 그대 마음에 드는 건가요?[85]
그대 발 앞에 저 탄원자보다 작지 않은
탄원자가 엎드려서, 삶을 간청하고 있어요.
— 트로이아의 권력은, 행운의 여신이 원하는
어디로든 가져가라 하세요. 735

율릭세스 사실 타격 입은 어머니의 슬픔이 나를 흔들긴 했소,
하지만 펠라스기 어머니들이 나를 더 크게 흔들고 있소.
이 아이는 그들의 크나큰 애곡을 향해 커가고 있소.

안드로마케 이것을, 먼지가 되어버린 이 도시의 잔해를
이 아이가 일깨울 거라고요? 이 손이 트로이아를 다시 세운다고요? 740
트로이아는 아무 희망이 없어요, 이런 모습인 한 말이죠.
우리 트로이아인들은 그렇게 쓰러져 있어요, 그 누구에게도 위협이
될 수 없는 상태로. 아비가 그에게 용기를 심어 넣는다고요?
하지만 질질 끌려간 아비인 걸요.[86] 그 아비조차도 트로이아
멸망 이후엔
용기를 내려놓았어요, 그 도시는 거대한 불운이 무너뜨려 버렸고요. 745

---

85 오뒷세우스도 헤라클레스처럼 명궁이다.
86 아킬레우스는 헥토르를 죽인 뒤에 그의 발목을 뚫어서 마차에 묶어 끌고 갔다.

혹시 복수를 원한다면, 이보다 더 큰 복수를 찾을 수 있을까요?
굴종의 멍에를 고귀한 목에 놓이게 하세요,
노예로 봉사하는 걸 허용하세요. 어느 누가 왕에게 이것을 거절하던가요?

울릭세스 울릭세스가 아니라, 칼카스가 이것을 그대에게 거절한다오.

안드로마케 오, 기만의 발명가, 범죄의 장인이여, 750
그대의 전사로서의 덕목 때문에 쓰러진 사람은 하나도 없고,
그대 속임수와 악의적인 심성의 교활함에 펠라스기인마저
죽어 넘어졌는데,[87] 예언자와 무고한 신들을
핑계 삼는가? 이것은 당신 가슴에서 나온 악행이오.
밤에 활동하는 병사여, 아이를 죽이는 데나 용감한 자여, 755
그대는 이제 뭔가를 혼자서도, 그리고 훤한 대낮에도 감행하는구려.[88]

울릭세스 울릭세스의 덕목은 다나이인들에게도 충분히 알려졌고,
프뤼기아인들에게는 너무나 많이 알려졌소. 한데 우리는 헛된 말로
시간을 보낼 여유가 없소. 선단이 닻들을 끌어올리고 있소.

안드로마케 조금만 더 지체를 허락해 주세요, 어미로서 아들에게 760
마지막 할 일을 해줄 수 있도록, 최후의 포옹으로
격한 슬픔을 만족시키도록.

---

87 오뒷세우스에게 희생된 대표적 인물은 팔라메데스다. 그는 오뒷세우스가, 전쟁에 가는 것을 피하기 위해 미친 척하는 것을 적발하고, 그것 때문에 보복당해 죽었다. 오뒷세우스는 증거를 조작하여, 팔라메데스가 적과 내통한 것으로 몰아 처형되게 했다.

88 오뒷세우스가 디오메데스와 함께 야간에 정찰을 나갔다가, 트로이아 정탐꾼 돌론을 잡아 정보를 뽑아내고 죽인 일, 그 정보를 이용하여 적진을 도륙한 일을 주로 암시한다. 그 밖에도 오뒷세우스는 디오메데스와 함께 트로이아에 잠입해서, 하늘에서 떨어진 아테네 여신상을 훔쳐냈다고도 한다.

울릭세스 나도 당신에게 동정을

베풀 수 있었더라면 좋았겠소. 하지만 내게 유일하게 허용된 것,
시간과 지체를 주겠소. 마음껏
울어 마음을 채우시오. 눈물은 고통을 가볍게 해주는 법이니. 765

안드로마케 (아들에게) 오, 달콤한 사랑의 담보여, 오, 무너져 버린
가문의 영광이여,
트로이아의 최후의 손실이여, 오, 다나이인들의 공포여,
오, 어미의 헛된 희망이여, 나는 정신이 나가서 너를 위해
아버지가 전쟁에서 얻었던 것 같은 칭찬과 할아버지의 장년의 나이를
기원하곤 했었지. 하지만 신이 그 기원을 무너뜨려 버렸구나. 770
너는 왕에 걸맞은 궁정에서 위엄 있게, 일리움의 왕홀을
들지 못하리라. 여러 민족들을 향해 법을 시행하지도 못하고,
너의 멍에 아래 정복된 족속들을 풀어주지도 못하리라.
그라이키아의 배후를 치지도 못하고, 퓌르로스를 끌고 오지도 못하리라.
너의 부드러운 손으로 작은 무기를 들지도 못할 것이고, 775
넓은 숲에 이리저리 흩어진 야수들을
용감하게 쫓지도 못하리라. 또 정해진 축제일에
트로이아 놀이[89]의 신성한 의식을 치르며
지체 높은 소년으로서 흥분한 무리를 이끌지도 못하리라.
제단들 사이에서 유연한 발로써 재빠르게 움직이며, 780

89 소년들이 말을 타고 벌이는 모의 전투. 베르길리우스는 〈아이네이스〉 5권에서 이 행사를, 트로이아 유민들이 이탈리아로 이주하던 중 시칠리아에서 처음 치른 것으로 그렸다.

구부러진 나팔이 자극적인 음률을 메아리치게 할 때,
예스러운 무용으로 이국적인 신전을 높이지도 못하리라.
오, 끔찍한 죽음보다 더 슬픈 살해의 방식이여!
위대한 헥토르의 전사보다도 더 눈물겨운 어떤 것을
성벽은 보게 되겠구나.

울릭세스 이제 울음을 그치시오, 아이 어머니. 785
거대한 슬픔은 자신에게 한계를 부여하지 않는 법이오.

안드로마케 울릭세스여, 눈물을 위해 제가 청하는 것은 그저 작은 지체일 뿐이어요.
약간의 눈물을 허용하세요, 내 손으로 아직 살아 있는 눈을
가릴 수 있도록. (아이에게) 너는 죽기에도 어린데,
벌써 두려움의 대상이 되었구나. 너의 트로이아가 너를 기다리고 있다, 790
가라, 자유인으로서 가거라, 가서 자유인인 트로이아인들을 만나보렴.[90]

아스튀아낙스 엄마, 저를 불쌍히 여겨주세요.

안드로마케 왜 너는 내 품에 매달려,
엄마 손에서, 있지도 않은 보호를 찾고 있느냐?
마치 사자의 포효를 듣고서 어린 황소가
겁먹은 허리를 어미에게 갖다 붙이듯. 795
하지만 저 사나운 사자는 어미를 떨쳐내고
더 작은 사냥감을 거대한 입으로 잡아

---

90 이미 죽은 트로이아인들은 노예가 되기 전에 죽었으므로 자유인들이다.

으깨고 가져가 버리지. 꼭 그처럼 나의 품으로부터
너를 채어갈 것이다, 너의 원수가. 입맞춤과 눈물을, 아이야,
그리고 뜯어낸 머리카락을 받으렴, 나를 네게 가득 담은 채, 800
아빠에게로 달려가렴. 하지만 엄마의 탄식 몇 마디만
더 가져가렴. "만일 혼령들도 예전의 걱정을 여전히
품고 있다면, 그리고 불길에 사랑이 소멸되지 않았다면,
당신은 안드로마케가 그라이키아 주인에게 종살이하는 것을
참으시려나요,
잔인한 헥토르여? 당신은 무심하고 게으르게 누워 있나요? 805
아킬레스는 돌아왔어요." 이제 다시 머리카락을 받으렴,
그리고 눈물을 받으렴, 무엇이건 불쌍한 남편의
장례를 치르고 남은 것을. 네가 아빠에게 전달해줄
입맞춤을 받으렴. 이 옷은 엄마에게 위로가 되게끔
남기고 가렴. 나의 무덤[91]이 이 옷에 닿았었지, 810
그리고 소중한 혼령이. 혹시 여기에 재의 일부라도 숨어 있다면,
나는 입으로 그것을 찾아내리라.

울릭세스 (부하들에게) 눈물 흘리는 데는
절제가 없는 법이다.
아르고스 선단을 붙잡아 놓는 이것을[92] 얼른 치워버려라.

---

91 안드로마케는 남편의 무덤을 자신의 무덤으로 여기고 있다.

92 원문을 직역하면 '아르고스 선단의 지체를(*moram*)'이어서, 이 말이 안드로마케를 가리키는 것인지 아스튀아낙스를 가리키는 것인지 불분명하다. 학자들의 의견도 엇갈리고 있다.

(울릭세스와 부하들이 아스튀아낙스를 데리고 퇴장한다.)

합창단 어떤 자리가 거기 살라고 포로여인들을 부르는가?

텟살리아의 산들과 그늘진 템페 계곡인가, 815

아니면 광대한 바다의 지배자인 이올코스인가?[93] 819

자그마한 귀르토네와 불모의 트릭케인가,[94] 821

아니면 작은 강들로 붐비는 모토네인가? 822

아니면 호전적인 남자들을 기르기에 816

적합한 땅 프티에와 힘센 가축 무리를

키워내는 데 뛰어난, 바위 많은 트라킨인가? 818

오이테산 수풀 아래, 숨을 곳 많은 그곳은 823

트로이아를 무너뜨리려 적대적인 활을 보낸 게

한 번만이 아니라네.[95] 825

집들이 드문드문 떨어져 있는 올레노스인가,

처녀신이 적대하는 플레우론인가,[96]

---

93 리히터와 츠비어라인의 제안에 따라 816~818행을 822행 다음으로 옮겼다.

94 츠비어라인의 제안에 따라 820행은 841행 뒤로 옮겼다.

95 먼저 헤라클레스가 트로이아를 함락했고, 다음 세대에 필록테테스가 헤라클레스의 활을 가지고 트로이아로 와서 파리스를 죽였다. 이 구절은 그 앞의 트라킨(트라키스)에 연결되는 게 자연스럽기 때문에, 여러 학자들이 818행 다음에 823행을 놓으려 한 것이다(서로 연결되는 내용과 구절이 앞뒤로 나뉘어 있으므로, 앞의 구절을 뒤로 옮기거나, 뒤의 구절을 잘라 앞으로 옮겨 붙이거나 둘 중 하나를 택해야 하는데, 츠비어라인은 전자를 택한 것이다).

96 이 도시를 포함해 아이톨리아(희랍 중서부) 지역은 아르테미스의 미움을 받았다. 칼뤼돈 왕 오이네우스가 추수감사제 때 아르테미스를 잊고 제물을 바치지 않았기 때문이다. 아르

아니면 너른 바다 곁, 만곡이 많은 트로이젠인가?
프로토우스97의 오만한 왕국 펠리온,
하늘에서 겨우 세 걸음 떨어진 곳인가?98 (이곳에서 산의 830
우묵한 동굴에서 거대한 몸을 뒤로 젖히고서,
벌써 잔인해진 소년99의 스승 키론이
딩딩 울리는 현을 술대로 때리며,
그때 이미 강력했던 그의 분노를 더 날카롭게 벼렸지,
전쟁을 노래함으로써.) 835
아니면 다양한 대리석으로 풍성한 카뤼스토스인가,
혹은 쉼 없는 바다의 해안 가까운,
언제나 바쁘게 서두르는 에우리푸스100 곁 칼키스인가?
어떤 바람에도 쉽게 도달할 수 있는 칼뤼드나이인가
아니면 결코 바람이 그치지 않는 고노엣사, 840
그리고 북풍을 두려워하는 에니스페인가?
일백 개의 도시를 거느린 널찍한 크레테인가, 820

테미스는 이 지역에 거대한 멧돼지를 보내 농경지를 쑥밭으로 만들었다.

97 펠리온산 주변의 마그네시아인들을 이끌고 트로이아 전쟁에 참여했던 왕. 〈일리아스〉 2권 '배들의 목록'에 소개되어 있으나, 그가 관련된 특별한 일화는 없다.

98 희랍 중동부 해안에 북쪽부터 올륌포스, 옷사, 펠리온산이 줄지어 서 있는데, 거인들이 신들을 공격하기 위해 올륌포스 위에 옷사를 얹고, 그 위에 펠리온산을 얹어 하늘로 올라가려 했다고 한다. 그래서 펠리온산은 '하늘로 가는 세 번째 계단'이다.

99 아킬레우스. 그는 펠리온산에서 반인반마 케이론(키론)에 의해 양육되었다.

100 희랍 중동부의 본토와 에우보이아섬 사이의 해협. 하루에도 여러 번 조수의 방향이 바뀌어 예부터 많은 사람이 그 이유를 궁금히 여겼다.

앗티카 해안에 바짝 매달린 페파렌토스인가, 842
아니면 침묵의 제의를 기꺼워하는 엘레우신[101]인가?[102]
아니면 진실한 아이아스의 살라미스를,
혹은 사나운 야수로 유명한 칼뤼돈을, 845
그리고 바다 밑으로 흘러갈 티타렛소스[103]가
느릿한 물결로 쓸고 지나가는 땅들을?
벳사와 스카르페를, 아니면 저 노인[104]의 땅 퓔로스를?
파리스[105]나, 윱피테르의 피사이,[106] 또는 승리의 올리브관으로
이름 높은 엘리스를? 850
  음울한 질풍이 불쌍한 우리를 아무데로든
데려가서, 아무 땅에든 주게 하라,
그저 트로이아와 아카이아인들에게 그토록 큰 슬픔을
안긴 스파르테가 멀리 떨어져 있기만 하다면, 또 멀찍이 있다면,

---

101 보통 엘레우시스라고 부른다. 이곳에서 데메테르와 페르세포네의 비밀제의가 있었다. 거기 참여한 사람은 그 내용을 절대로 발설하지 않겠다고 서약을 해야만 했다.

102 스칼리제르(Scaliger)와 츠비어라인은 이다음에 사라진 구절이 있었다고 본다. 그다음 문장에 동사가 없고, 지명들이 목적격으로 나오기 때문이다.

103 희랍 중부에서 동쪽으로 흐르는 페네오스강의 지류. 저승 강 스튁스에서 떨어져 나왔다가 다시 거기로 돌아가며 도중에 바다 밑으로 흐른다는 얘기가 있다.

104 트로이아 전쟁에 참여한 전사 중 가장 나이가 많은 네스토르.

105 Pharis. 사람 이름이 아니라 지명으로, 펠로폰네소스 남쪽의 도시다.

106 고대 올림픽이 열리던 올륌피아 지역의 도시. 보통 단수형으로 '피사'로 적는다. 제우스 성역에 대한 권리를 둘러싸고, 올륌피아 서쪽의 도시 엘리스('올리브관의 엘리스')와 계속 분쟁이 있었다. 실제로는 고대 올림픽이 기원전 8세기에 시작되었지만, 신화적으로는 이 경기대회가 펠롭스의 마차경주를 기념하기 위해 생긴 것으로 되어 있다.

아르고스와, 잔인한 펠롭스[107]의 뮈케나이가, 855
작은 자퀸토스보다 더 작은 네리토스가,
그리고 기만적인 벼랑으로 해를 끼치는 이타케가.[108]
어떤 운명, 어떤 주인이 그대를 기다릴까요,
혹은 어떤 땅이, 헤카베여, 당신을 보게끔 그가
이끌어 갈까요? 누구의 왕국에서 그대는 죽게 될까요? 860

(헬레네 등장)

헬레네 (혼잣말로) 그 어떤 결혼이든 재난스럽고 행복할 수 없는 것은,
탄식, 살인, 유혈, 신음을 가져오는 것은
헬레네라는 전조에 걸맞은 것이지. 프뤼기아인들이 엎어진 다음에도
나는 그들에게 해를 끼치기 위해 스스로를 몰아가노라.
나는 퓌르로스의
거짓된 결혼침상[109]에 대해 얘기하도록 명받았노라, 또 내가 그녀에게 865
그라이키아 의상과 치장을 갖춰 주도록. 나의 재주에 붙잡히고,
나의 속임수에 쓰러지리라, 파리스의 자매는.

---

107 아가멤논의 조상 펠롭스는 자신의 장인이 될 오이노마오스와 마차 경주 중에, 계략을 써서 그를 죽게 했다.

108 스파르타(스파르테)는 헬레네와 메넬라오스의 본거지, 아르고스와 뮈케나이는 아가멤논의 본향, 이타케는 오뒷세우스의 고향이다. 네리토스는 이타케의 산이고, 자퀸토스는 이타케 곁의 섬이다.

109 헬레네는 폴뤽세네에게 가서 그녀가 퓌르로스와 결혼하게 되었다고, 결혼 준비를 해주겠노라고 거짓말하는 역할을 맡았다.

그녀로 하여금 속게 하라. 그녀에게도 이것이 더 나은 몫이라고
생각하노라.
죽음에 대한 두려움 없이 죽는 것은 바람직한 죽음이니.
왜 너는 명령을 이행하는 걸 지체하느냐? 실행된 범죄에 대한 비난은 870
제안한 자에게 돌아가는 법.
(폴뤽세네에게) 다르다누스 집안의
혈통 좋은 처녀여, 신께서 좀 더 호의적으로, 상처 입은 사람들을
돌아보기 시작하셨고, 그대에게 행복한 결혼을
주시려 준비하고 있어요. 그런 결합은 온전할 때의 트로이아 자체라도
그리고 프리아모스라도 그대에게 제공할 수 없었을 거예요. 875
왜냐하면 그대를, 펠라스기 종족의 가장 큰 영광이,
텟살리아 벌판의 광대한 왕국이 그의 것으로 펼쳐져 있는 그이가, 878
합법적 결혼침상의 성스러운 예식을 위해 원하고 있기 때문이죠. 877
그대를 위대한 테튀스[110]께서, 그대를 바다의 그 많은 여신들이,
그리고 부푸는 바다의 평온한 신격인 테티스가 880
자신의 일족이라고 부를 거예요. 퓌르로스에게 주어진 그대를
시아버지[111]
펠레우스가 며느리라고, 네레우스도 며느리라고 부를 거예요.
더러워진 옷을 벗으세요, 축제의 옷을 받아요,

---

110 원초적인 바다의 여신 테튀스(Tethys). 아킬레우스의 어머니인 작은 바다 여신 테티스(Thetis)와는 구별된다.

111 사실은 시할아버지지만, 손자인 퓌르로스가 일종의 아들 역할을 하니 시아버지라 해도 별 문제는 없겠다.

본인이 포로라는 걸 잊어요. 헝클어진 머리를 가다듬어요,
능숙한 저의 손이 머리카락을 나누는 것[112]을 받아들여요. 885
아마도 이 추락은 그대를 훨씬 더 높은 보좌에
다시 올려놓을 거예요. 많은 사람에게 있어, 포로로 잡히는 게
이득이 되었죠.

안드로마케 이 한 가지 재난만은 엎어진 프뤼기아인들에게 결여되어
있었지,
즉 즐거워하는 일이. — 페르가마는 이리저리 흩어진 채 불타고 있어요.
오, 결혼의 시간이여! 누가 감히 그것을 거부할 수 890
있을까? 대체 누가 망설이며 결혼을 향해 갈까,
헬레네가 설득하는 것을? 그대, 대역병이자 파멸, 두 민족 모두의
재앙이여, 보고 있나요, 지도자들의 이 무덤들을,
그리고 파헤쳐져 드러난 채 온 들판 여기저기에
퍼져 있는 뼈들을? 이것은 당신의 결혼이 흩어놓은 거예요. 895
당신 때문에 흘렀어요, 아시아의 피가, 흘렀어요, 에우로파의 피가,
당신이 느긋하게 남편들의 전투를 내다보고 있을 때[113] 말이죠,
어떤 기도를 드릴지 불확실한 채로. — 어서 결혼을 준비해요.

---

112 로마에서는 결혼식 때 신부의 머리카락을 여섯 갈래로 나누어 묶었는데, 그 관행을 시대착오적으로 여기 넣었다.

113 〈일리아스〉 3권에 헬레네의 전남편인 메넬라오스와 현남편인 파리스가 대결을 벌이고, 그것을 헬레네가 성벽 위에서 내려다보는 장면이 그려져 있다. 게다가 파리스가 죽은 뒤에 헬레네는 데이포보스와 결합하여 살았기 때문에, 트로이아 쪽에도 다른 남편이 더 있다.

횃불 솔가지가 대체 왜 필요한가요, 또 신성한 횃불은?
불은 왜죠? 이 기이한 결혼에 트로이아가 앞장서 불 밝히고 있는 걸. 900
트로이아 여인들이여, 퓌르로스의 결혼식을 축하하세요,
격식에 맞춰 축하하세요. 몸을 때리고 애곡해서 소리를 되울려요.

헬레네 커다란 고통은 이성을 잃고서, 굽히기를
거절하며, 흔히 자기 슬픔의 동맹자까지도
미워하긴 하지만, 그래도 나는 나의 대의를 905
적대적인 심판관 앞에서 방어할 수 있어요,
더 심한 일을 겪어본 사람으로서 말이죠. 안드로마케는 헥토르를,
헤카베는 프리아모스를 애통해해요. 파리스 하나만 몰래
헬레네에 의해 애곡을 받아야 하죠. 노예상태를 견디는 것이
힘들고 밉살스럽고 무거운가요? 난 이 멍에를 오래도록 견뎠어요, 910
십 년 동안 포로로 말이어요. 일리움이 납작해지고,
가문의 신들이 엎어졌나요? 조국이 멸망하는 것은 고통스럽죠,
하지만 그걸 두려워하는 건 더 고통스러워요. 재난에 그렇게
많은 동행이 있다는 게
당신들 마음을 가볍게 해주죠. 내게는 승자와 패자 모두가
분노하고 있어요.
누가 당신들 중 누구를 노예로 끌고 갈지는 오랫동안 불확실한 915
우연에 매달려 있죠. 하지만 나는 내 주인이 곧장
제비뽑기도 없이 끌고 갔어요. 내가 전쟁의 원인이고, 테우케르[114]

114 트로이아의 조상.

후손들의

그토록 큰 참사의 원인이었다고요? 만일 스파르타의 배가

그대들의 바다를 갈랐다면, 그게 진실이라고 생각해도 되겠죠.

하지만 만일 내가 프뤼기아의 노꾼들에 의해 사냥감으로 납치되었고, 920

승리한 여신[115]이 나를 심판자에게 선물로 준 것이라면,

파리스를[116] 불쌍히 여기세요. 나에 대한 판정은

분노한 심판관을 만날 거예요. 그 판결은 메넬라오스를

기다리고 있으니까요. 안드로마케여, 이제 잠깐 당신의 애곡을 버려두고,

그녀를[117] 설득하세요. — 나는 거의 눈물을 참을 수가 925

없네요.

안드로마케 헬레네가 슬퍼하는 재난이란 정말 얼마나 큰 것인지!

한데 그녀는 왜 눈물을 흘릴까요? 말해 봐요, 저 이타카인이 어떤

계략을,

어떤 범죄를 짜내고 있는지. 이데산의 절벽에서 처녀를

내던지려는 건가요, 아니면 치솟은 성채의 높직한 바위벽에서

떨어뜨리려는 건가요? 혹은 이 벼랑들 너머 광대한 바다로 930

굴려 떨어뜨릴 건가요, 높다란 시게움이 야트막한 만곡을 거느리고

---

115 아프로디테가 '파리스의 판정'에 대한 보답으로 헬레네를 파리스에게 넘겨주었다는 뜻이다.

116 사본에 전해지는 단어(*Paridi*)가 전체적으로 문맥에 맞지 않아서, 다른 학자들은 "납치된 이 여자를(*raptae*) 불쌍히 여기세요", 또는 "이 사냥감을(*praedae*) 불쌍히 여기세요"로 고치자고 제안한다. 글자 형태로 보자면 후자가 더 나은 듯한데, 츠비어라인은 원문을 그냥 두고, 이 부분에 문제가 있다는 표시〔십자(*crux*) 표시〕만 해 두었다.

117 폴뤽세네.

멀리 내다보며 치켜세운 그 벼랑들 너머로?

말해요, 털어놓아요, 당신이 거짓을 숨기는 표정 아래에 무엇을 감췄는지.

어떤 재난도 가벼운 거예요, 퓌르로스가 프리아모스와 헤카베의

사위가 되는 것보다는. 말해요, 어떤 벌을 당신이 준비하고 있는지, 935

밝혀요, 그래서 우리의 불행 중 이것 하나만이라도 없애줘요,

기만당하는 것 말이어요. 당신은 우리가 죽음을 견딜 준비가 된 걸 보고 있어요.

헬레네 신들의 저 통역자가 내게도, 이 혐오스런 빛 속에 머무는 것을

칼로써 끊어내라는 명령을 내렸더라면!

아니면 아킬레스의 무덤 앞에서 퓌르로스의 광기 어린 손에 의해 940

죽어 넘어지라고 했더라면, 당신의 운명에 동반자가 되어,

불쌍한 폴뤽세네여! 아킬레스가 명하고 있소, 그녀를

자신에게 넘겨서, 자신의 재 앞에서 도살하라고,

엘뤼시움 들판에서 자기가 신랑이 되게 하라고.

안드로마케 보세요, 그녀의 굳센 마음이 얼마나 행복하게 죽음에 대해 듣고 있는지! 945

왕녀의 의상에 어울리는 치장을 찾고 있어요,

자기 머리에 손을 대는 걸 허용하고 있어요.

앞의 소식은 죽음이라 여기더니, 이번 것은 결혼으로 생각하고 있어요.

하지만 불쌍한 그녀의 어머니는 통탄할 소식을 듣고 얼어붙었어요.

정신이 뒤흔들려 무너져 버렸어요. ─ 일어나세요, 용기를 950

일으키세요, 무너지는 기백을 굳건히 세우세요, 불쌍한 분이여.

그녀의 가녀린 목숨은 얼마나 가느다란 실에 매달려 있는지!
그녀를 행복하게 만들 수 있는 건 아주 작은 것인데 말이죠.
숨을 쉬네요, 다시 살아났어요! 불행한 자들을 제일 먼저 피하는 건
죽음이어요.

헤카베 아킬레스가 아직 살아 있단 말인가, 프뤼기아인들에게
대가를 요구하려고? 955
아직도 전쟁을 다시 가져온단 말인가? 오, 너무 힘 약했던
파리스의 손이여![118]
그의 재 자체와 무덤이 우리의 피를 요구하는구나.
바로 얼마 전까지도 행복한 자식 무리가 내 옆구리를 두르고 있었지.
나는 그렇게 많은 입맞춤에, 그토록 큰 무리에게 모정을
나눠주느라 피곤했었지. 한데 이제는 이 딸 하나만 남았구나, 960
나의 소망이자, 동료, 상처의 치유제, 안식으로서.
이 아이가 헤카베의 소산 전부이며, 이제 이 하나의 목소리만이
나를 엄마라고 부르는구나. 질기고도 불행한 영혼이여,
자, 이제 사라져 버려라! 최소한 이 하나의 죽음만큼은
내가 보는 걸 면제해 다오! —눈물 줄기가 뺨 위로 흘러 적시고, 965
갑작스런 폭우가 사로잡힌 눈에서 쏟아져 내리는구나.
(폴뤽세네에게) 기뻐해라, 즐거워해라, 딸아. 캇산드라가 너의 결혼을
얼마나 부러워하겠느냐, 안드로마케는 또 얼마나 원하겠느냐?

---

118 파리스가 화살로 아킬레우스의 발뒤꿈치를 맞혀 죽였는데, 죽은 아킬레우스가 여전히 무리한 요구를 하는 것은 파리스의 힘이 약했기 때문이라는 것이다.

안드로마케 우리예요, 헤카베여, 우리들, 우리들이, 헤카베여,
애곡을 받아야 해요,
우리를 출항한 배들이 이곳저곳 데려다 흩어놓을 거예요. 970
그녀는 친근한 흙이 조상들의 거처에 묻어줄 거예요.
헬레네 당신이 당신의 제비를 알게 되면, 그녀를 더 많이 부러워할 거예요.
안드로마케 내가 치를 대가 중에 나도 아직 모르는 부분이 있단 말이오?
헬레네 휘돌려진 항아리가 포로여인들에게 주인들을 배정해 주었어요.
안드로마케 난 누구의 하녀로 주어지죠? 말해 봐요. 내가 누구를
주인이라 부를지. 975
헬레네 당신을 첫 번째 제비에 의해 스퀴로스 젊은이가 차지했어요.
안드로마케 캇산드라가 행복하구나, 그녀를 광기와 포이부스가 제비뽑기에서
벗어나게 해주었으니!
헬레네 그녀는 왕들 중 가장 강력한 통치자가 잡았어요.
헤카베 그 누구든 헤카베가 자기 것이라 불리기를 원하는 자가 있느냐?
헬레네 당신은 이타카인에게, 그의 뜻에 반하여 단기간의 노획물로
주어졌어요. 980
헤카베 누가 그토록 흉악하고 잔인하고 야만적인 추첨자가 되어
불공정한 항아리로부터 왕들에게 왕들을 배당했는가?
어떤 신이 그토록 불길하게 포로여인들을 나누었는가?
어떤 심판관이 그토록 잔인하게, 불행한 이들에게 가혹하게,
무지한 방식으로 주인들을 뽑고, 사나운 손으로 985
불행한 이들에게 불공평한 운명을 부여하는가? 누가 헥토르의 어미를
아킬레스의 무구와 섞는가?119 나는 울릭세스에게 불려가는 것인가?

이제 나는 정복된 것으로, 이제 포로로, 이제 모든 재앙에 의해
포위된 것으로 보이는구나. 내가 부끄러워하는 것은 주인이지,
노예 신세가 아니다. 〔아킬레스의 전리품을 챙긴 자가 990
헥토르의 것까지 가져간단 말인가?〕 척박하고, 사나운 바다로
둘러싸인 저 땅[120]은 나의 무덤을 차지하지 못한다.
인도하라, 인도하라, 울릭세스여, 나는 전혀 주저하지 않노라,
주인을 따르노라.
하지만 나의 운명 또한 내 뒤를 따르리라. (바다에는 고요한 평온함이
내리지 않으리라, 대양이 바람에 날뛰리라.) 995
또 전쟁과 불과 나 자신의 재난과 프리아모스의 재난이 따라오리라.
그런 것들이 오고 있는 동안, 그 사이엔 이것이 복수를 대신하리라,
즉, 내가 당신의 제비를 차지했다는 것, 당신의 상을 빼앗았다는 사실이.
한데 퓌르로스가 달려오는구나, 급한 걸음,
험악한 표정으로. 퓌르로스여, 왜 지체하는가? 자, 1000
이 가슴에 칼을 박으라, 그대 아비 아킬레스의
장인 장모를 한데 묶으라. 서두르라, 노인들의 도살자여,
이 피도 네게 어울리니. — 그녀를 빼앗아 끌고 가는구나.
더럽혀라, 치명적인 살육으로 하늘의 신들을,
더럽혀라, 혼령들을. — 내가 왜 당신들께 기원하겠소? 나는
기원하노라, 1005

---

119 아킬레우스(아킬레스)가 죽은 후 그의 무구를 오뒷세우스(울릭세스)가 차지했다.

120 오뒷세우스의 고향 이타케.

이런 제의에 어울리는 바다를 향해. 이것이 펠라스기인들의
모든 함선에 내리기를, 이것이 천 척의 배에 내리기를,
내가 실려 갈 때, 무엇이건 내가 탄 배를 위해 기원할 그것이.

합창단 달콤하도다, 슬퍼하는 자에게는, 애곡하는 자들의 무리가.
달콤하도다, 애통하는 종족들의 소리를 되울리는 것은. 1010
그러한 애곡과 눈물은 좀 더 가볍게 상처 주도다,
비슷하게 눈물 흘리는 이들이 많이 동행하는 것들은.
언제나, 아, 언제나 고통은 악의적이로다.
그것은 기뻐하도다, 많은 이에게 자신과 같은 운명이 주어진 것을,
자기 혼자서만 고난을 당하진 않았다는 사실을. 1015
모두가 겪는 불운을 견디는 것은
누구도 거절하지 않도다.

누구도 자신을 불행하다 여기지 않도다, 설사 그게 사실이라 해도.
행복한 자들을 제거해 보라. 많은 황금으로
부유한 자들을 없애보라. 없애보라, 백 마리 소들로 1020
비옥한 농토를 쟁기질하는 자들을.
그러면 가난에 쓰러진 영혼들이 일어서리라.
—다른 이와 비교하지 않으면 누구도 불행하지 않도다.

달콤하도다, 크나큰 파멸 속에 놓인 자에게,
누구도 행복한 표정을 지니지 않은 것이. 1025
저 사람은 운명을 탄식하고 불평하도다,
혼자만의 배로써 바다를 가르고,
바라던 항구에 맨몸으로 떨어진 자는.

하지만 좀 더 평온하게 불운과 풍랑을 견뎠도다,
같은 바다에서 천 개의 용골이 1030
가라앉는 것을 본 사람, 해변에 파선된 널빤지가
흩어진 것을 목도한 사람은. 북서풍이 파도를 통제하여
바다가 되몰려오는 것을 막아준 그때에.
　프릭소스는 헬레가 떨어진 것을 탄식했다네,
가축 무리의 선도자[121]가 황금양털로 1035
빛나며, 오라비와 누이를 동시에
등에 싣고 가다가, 바다 한가운데서
떨구었을 때. 하지만 애곡을 그쳤다네,
남편[122]도 퓌르라도, 그들이 바다를 보았을 때도,
바다밖엔 아무것도 보지 못했을 때도, 1040
땅에 인간이라곤 자신들만 남았을 때도.
　우리의 이 모임을 해산시키고, 우리의 눈물을
흩어놓으리라, 이리저리 밀려간 배가,[123]
나팔 소리에 의해 돛을 올리라 명령받은 선원들이
바람과, 동시에 날랜 노젓기로 1045

---

121 황금양털을 지닌 양. 이 양이 보이오티아의 아타마스 왕의 자녀 둘을 등에 싣고 하늘을 날던 중, 헬레는 바다에 떨어지고 프릭소스만 콜키스에 도착했다. 이 양을 잡아서 신에게 바치고 그 털가죽을 보관한 것이 아르고호 영웅이 목표로 삼았던 황금양털가죽이다.

122 데우칼리온. 그는 아내 퓌르라와 함께 대홍수에 살아남았다. 이들이 테미스 여신의 지시에 따라 돌을 어깨 너머로 던졌더니, 남자가 던진 돌에서는 남자가, 여자가 던진 돌에서는 여자가 생겨나 인류가 복원되었다고 한다.

123 레오와 츠비어라인은 이 구절 다음에 한 행이 사라진 것으로 본다.

난바다를 차지하고 해안을 떠났을 때.
비참한 자들의 심정은 어떠하랴, 온 땅이
사그라들고 바다는 점점 넓어져 갈 때에,
높다란 이데산이 멀리서 점차 숨어들 때에?
그때에 아이는 엄마에게, 어미는 자식에게 1050
어느 영역에 트로이아가 누워 있는지 가리키며
말하리라, 멀리서 손가락으로 지시하리라.
"저기 일리움이 있도다, 연기가 높이
하늘로 기어오르고, 구름이 흉측한 곳에."
트로이아인들이 이 표지에 의해 조국을 알아보리라. 1055

(전령 등장)

전령 오, 가혹한 운명이여, 잔인하고 불쌍하고 무서운 운명이여!
그토록 야만적이고 그토록 슬픈 어떤 범죄를 5년의 두 배 동안
마르스가 보았단 말인가? 어떤 것을 먼저 전하며 탄식하리오,
그대의 것을 먼저? 아니면 그대의 고통을, 노파여?

헤카베 그대가 어떤 고통을 슬퍼하든 간에, 결국 내 고통을
슬퍼하는 게 될 거요. 1060
다른 사람 각자는 본인 일만이 짓누르지만, 나는 모든 이의
재난이 누른다오.
모든 멸망은 내 것이라오. 어떤 비참함이든 헤카베에게 속한다오.

전령 처녀는 도살되었고, 아이는 성벽에서 던져졌습니다.

하지만 둘 다 혈통에 걸맞은 용기로써 최후를 맞이했습니다.

안드로마케 그 죽음을 차례대로 설명하세요, 이중의 죄악을 1065
자세히 전하세요. 크나큰 슬픔은 모든 참상을 곱씹기를
기꺼워하는 법이죠. 모든 걸 얘기해 줘요, 말해주세요.

전령 트로이아 도시 중에서 거대한 탑 하나만 남아 있습니다.
프리아모스께서 자주 이용하던 것, 그 꼭대기에,
그 성가퀴 사이에 앉아 전쟁을 지켜보면서 1070
전열을 지휘하던 곳이죠. 노인께서는 이 탑에서, 다정한 품 안에
손자를 안고서, 헥토르가, 거대한 공포에 돌아선
다나이인들을 창과 횃불로써 추격할 때에,
아버지의 전투를 아이에게 보여주곤 했었죠.
한때는 유명했던, 성벽의 장식이었던 이 탑을, 1075
이제는 잔인한 절벽인 그것을, 사방에서 쏟아져 나온 지휘관들과
일반 병사들의 무리가 에워쌌습니다. 배들을 버려두고
온 대중이 집합한 거죠. 어떤 이들에게는 멀리 떨어진 언덕이
열린 공간으로 막힌 데 없는 시야를 제공했고,
어떤 이들에겐 높은 절벽이 있어서, 그 꼭대기에 1080
한 무리가 발끝으로 간당간당 균형 잡으며 서 있었죠.
이 사람은 소나무가, 저 사람은 월계수가, 다른 사람은
너도밤나무가 떠받쳤고,
온 숲이 매달린 사람들로 흔들렸죠.
이 사람은 가파른 산의 꼭대기를 찾았고,
저 사람은 반쯤 타버린 지붕이나 무너져 가는 벽에 1085

매달린 돌을 밟고 섰으며, 또 어떤 사람은 (말하기 불경스럽게도)
야만적인 구경꾼으로 헥토르의 무덤 위에 앉았고요.
온통 사람으로 가득한 들판을 가로질러 당당한 걸음으로,
이타카 사람이 다가왔죠, 오른손으로 프리아모스의 작은 손자를
끌고서. 아이도 느리지 않은 걸음으로 1090
높은 성벽으로 나아갔지요. 탑 꼭대기에
서자, 그는 날카로운 눈길을 이리저리 돌렸죠,
그 마음에 전혀 떨림이 없이. 마치 거대한 야수의
작고 여린 새끼가, 아직은 이빨로 사납게 물어뜯지
못하면서, 그럼에도 벌써 위협의 갈기를 세우며 1095
헛된 물어뜯기를 시도하고, 분노로 부풀어 오르는 것처럼,
꼭 그처럼 저 소년도, 적대적인 손아귀에 잡혀 있으면서도,
사납게 오만함을 보였습니다. 그는 대중과 지휘관들과 심지어
울릭세스까지도 감동시켰죠. 전체 대중 가운데, 그만이
울지 않았습니다.
자신은 눈물의 대상이면서요. 그리고 운명을 전하는 예언자의 지시와 1100
기원을 울릭세스가 읊기 시작하고, 잔인한 신들을
제의로 초대하는 사이에, 소년은 스스로 뛰어내렸습니다,
프리아모스의 왕국 한가운데로.

안드로마케 어떤 콜키스인이, 불특정한 거처에 머무는 어떤 스퀴티아인이
이런 짓을 저질렀던가? 혹은 카스피해에 접한, 법도 모르는 1105
어떤 민족이 감히 이런 짓을? 잔혹한 부시리스124의
제단도 소년의 피로 흩뿌려지지는 않았고,

디오메데스[125]도 자기 짐승 무리에게 작은 사지를
먹으라고 던져 주진 않았지. 누가 너의 몸을 묻어주고,
무덤에 넣어줄 것인가?

전령 사실 그 가파른 장소가 무슨 1110
지체를 남겨두었겠습니까? 그의 뼈들은 무거운 추락에
부서져 흩어지고 말았습니다. 빛나던 육체의 표징들,
그의 얼굴도, 저 아버지의 고상한 특징들도
저 아래 바닥으로 내동댕이쳐진 무게가 으깨어 버렸습니다.
그의 목은 바위와의 충돌로 부러지고, 두개골은 1115
완전히 으깨져 뇌수를 흩뿌렸죠. — 그는 형태 없는
몸뚱이로 누워 있습니다.

안드로마케 그것마저도 제 아버지와 같구나.

전령 그 높은 성벽으로부터 아이가 곤두박질쳐 떨어졌을 때,
아키비족 군중은 자신들이 저지른 범죄에 대해 눈물 흘렸지만,
같은 그 대중이 다른 죄악을 향해, 아킬레스의 무덤을 1120
향해 달려갔죠. 그것의 끝 쪽 옆구리를
로테이움 바다가 부드러운 물결로 씻어주고 있지요.
그 앞쪽은 들판이 두르고 있고, 한가운데 무덤 자리를
가벼운 비탈로 일어선 계곡이 에워싸서

---

124 나그네를 죽여 신에게 바쳤다는 이집트 왕. 헤라클레스를 잡아서 제물로 바치려다가 오히려 자기가 죽었다.

125 나그네를 잡아 자기 말들에게 먹이로 주었다는 트라케 왕. 헤라클레스에게 잡혀서 자기 말들의 먹이가 되었다.

극장 모양을 이루고 있죠. 그리 달려간 무리는 북적이며 1125
온 해안을 메웠습니다. 어떤 사람은 이 죽음으로써
함대가 붙들려 있는 것이 해소되리라 생각하고, 어떤 이는 적의
줄기가 베여 끊기는 것에 즐거워했죠. 깊은 생각 없는 군중 대부분은
이 악행을 혐오하며 그저 보고 있었고요. 그 못지않게 많은
트로이아인들도 자신들의 장례에 운집하여, 두려움에 떨며 1130
트로이아 몰락의 최종 장면을 지켜보았지요.
갑자기 마치 결혼식에서처럼 횃불 행렬이 앞장서서 오고,
거기에 튄다레오스의 딸126이 신부 보호자처럼, 우울한 얼굴을
숙이고서 나타나자, "헤르미오네127가 이런 식으로 결혼하기를!"
하고서 프뤼기아인들은 기원했죠, 또 "흉측한 헬레네가 이런 식으로 1135
자기 남편에게 반환되기를!" 하고요. 공포가 두 민족을 모두 사로잡아
얼빠지게 만들었죠. 처녀 자신은 정숙하게 고개를 숙이고
있었죠, 하지만 그녀의 뺨은 빛났고,
마지막 아름다움으로 평소보다 더 밝은 빛을 발하였죠,
마치 막 넘어가는 순간의 포이부스의 마지막 빛이 1140
흔히 더 달콤한 것처럼 말입니다, 별들이 제자리를 찾아가고,
불분명해진 날빛이 곁에 다가온 밤에 의해 침식될 때 말이죠.
온 대중이 놀라 굳어졌습니다. 〔사실 거의 모든 사람이 곧 스러질 것에는
더욱 경탄하기 마련이죠.〕 어떤 사람들은 그녀 용모의 아름다움이 흔들었고,

---

126 헬레네.

127 헬레네와 메넬라오스 사이에 태어난 딸.

누구는 그녀의 부드러운 젊음이, 누구는 변덕스런 운명의 변화가
그랬죠. 1145
하지만 모두를 흔든 것은 죽음에 맞서는 그녀의 강인한 정신이었죠.
〔그녀는 퓌르로스보다 앞서 걸었죠. 모두의 마음은 떨렸습니다.〕
모두가 경탄하고 동정했죠. 청년이 가파른 언덕의
제일 높은 곳에 닿아, 자기 아버지 무덤의
높이 솟은 꼭대기에 섰을 때, 1150
그 대담한 처녀는 뒤로 물러서지 않았습니다.
결연한 표정으로 단호하게 타격을 마주 보며 서 있었죠.
그토록 강인한 정신은 모두의 마음을 때렸습니다.
그리고 기이한 전조인데, 퓌르로스가 죽이기를 머뭇거렸습니다.
그의 오른손이 칼을 깊숙이 박아 넣었을 때, 1155
치명적 타격에 갑작스런 출혈이 터져 나왔습니다,
커다란 상처를 통해서. 하지만 그녀는 죽어가면서도 여전히
기백을 내려놓지 않았죠. 아킬레스의 무덤 흙을 더 무겁게
만들겠다는 듯이, 몸을 던져 분노가 담긴 충격과 함께 쓰러졌던 것입니다.
한데 모였던 두 민족이 모두 울었습니다. 하지만 프뤼기아인들은 1160
소심하게 신음하며 슬퍼했고, 승자들이 오히려 더 크게 울었죠.
제의 진행은 이러하였습니다. 쏟아진 피는 가만히 고여 있지도 않고,
땅 표면으로 흐르지도 않았습니다. 잔인한 무덤이 곧바로
피를 전부 빨아들여 마셔버렸던 것입니다.

헤카베 가라, 가라, 다나이인들아, 이제 모두들 고향을 찾으라. 1165
돛을 활짝 펼치고서 걱정 없는 함선들로, 그토록 바라던 바다를

가르도록 하라. 소년과 처녀가 쓰러졌다,
전쟁은 끝났다. 나는 나의 눈물을 어디로 데려갈 것인가?
늙은 것이 어디에서 이 죽음의 지연을 뱉어버릴 것인가?
딸을 위해 울 것인가, 아니면 손자를 위해, 남편을, 아니면 조국을? 1170
모두를 위해, 아니면 나를 위해? 죽음만이 나의 기도 대상이로다,
너는 어린아이들과 처녀들에게 무섭게 닥쳐오는구나,
어디로 달려들든, 사납게. 하지만 나 하나만은 네가 두려워하고,
회피하는구나, 칼과 창과 횃불 사이에서
온밤 내내 찾아다녀도, 그토록 바라는 나를 너는 피해 달아나는구나. 1175
적병이나 무너지는 건물도, 불길도 나의 사지를
먹어 치우지 않았구나. 나는 얼마나 프리아모스 곁에 가까이 서 있었던가!

전령 포로여인들이여, 발을 재게 놀려 바닷가로 가시오.
이미 배들이 돛을 풀었고 함대가 움직이고 있소.

포이니케 여인들

Phoenissae

등장인물

오이디푸스 (테바이의 왕이었다가 물러난 인물)
안티고네 (오이디푸스의 딸)
이오카스테 (오이디푸스의 아내이자 어머니)
시종
폴뤼네이케스 (오이디푸스의 아들)
에테오클레스 (오이디푸스의 아들)

배경

광야, 테바이 성벽 또는 왕궁 지붕

오이디푸스 (안티고네에게) 눈먼 아비의 안내자, 지친 아버지의 유일한
위안인 딸아, 이렇게라도 너를 낳은 것이 내게는
그만한 가치가 있었다만, 저주받은 아비를 떠나려무나.
왜 너는 떠도는 발걸음을 옳은 길로 돌리고 있느냐?
비틀거리도록 놓아두렴. 나는 혼자서, 내가 찾는 그 길을 5
더 쉽게 발견할 것이다, 나를 이 삶으로부터 끌어내어,
이 끔찍한 머리를 지켜보는 데서 하늘과 땅을
해방시켜 줄 그 길을. 나는 이 손으로 얼마나 작은 것밖에 이루지 못했던가!
나는 내 범행을 익히 알고 있는 빛을 보진 못한다,
하지만 그것에게 나는 보이지. 이제 여기서 붙잡은 손을 놓아라, 10
그리고 눈먼 발길이 어디로 실려 가길 원하든 용인하여라.
나는 가련다, 나는 가련다, 나의 키타이론[1]이 거친 등성이를
치켜세운 곳으로. 그곳은 바윗길로 산속을 두루 달린 끝에
발 빠른 악타이온[2]이 자신의 사냥개들의
낯선 사냥감으로 쓰러진 곳, 그곳은 컴컴한 삼림과 15
그늘진 골짜기의 수풀을 지나, 신에 의해 흥분된
자매들을 그 어머니[3]가 이끌던 곳, 불행 속에 기뻐하며,

---

1 테바이 남쪽의 산. 어린 오이디푸스가 버려졌던 곳이다.

2 테바이 설립자 카드모스의 외손자. 우연히 아르테미스 일행이 목욕하는 모습을 보고서 사슴으로 변해 자기 사냥개들에게 찢겨 죽었다.

3 테바이 설립자인 카드모스의 딸 아가베. 테바이의 젊은 왕 펜테우스의 어머니. 펜테우스는 디오뉘소스 숭배를 탄압하고자, 여자 옷을 입고 여자들을 염탐하다가 어머니와 이모들에게 붙잡혀 찢겨 죽었다. 이들은 펜테우스가 사자인 줄 알고 찢어 죽였고, 아가베는 아들의 머리를 사자 머리로 착각하여 들고서 자랑하였다.

흔들리는 튀르소스[4]에 꽂힌 머리를 나르며 내세우던 곳.
혹은 제토스[5]의 황소가, 차마 볼 수 없는 시신을 끌고서
내달리던 곳, 그곳은 날카로운 가시덤불 사이로 20
핏자국이 그 광란하는 황소가 달아난 길을 가리켜 보이는 곳.
아니면 이노[6]의 절벽이 우뚝한 봉우리로써 깊은 바다를
내리누르는 곳, 그곳은 전에 없던 범죄를 피하느라
전에 없던 범죄를 저지르며, 아들과 자신을 가라앉히고자
어머니가 바다로 뛰어들던 곳. — 행복하도다, 더 나은 운수가 25
그토록 좋은 어머니를 주었던 사람들은!
이 숲 가운데 다른 장소, 나의 장소가 있단다.
그것이 나를 다시 부르는구나. 그곳을 나는 바삐 달려 찾아가리라.
내 걸음은 비틀거리지도 않으리라, 나는 모든 안내자를 떼어버리고
그리로 가리라. 왜 내가 나의 자리를 기다리게 하랴? 30
키타이론이여, 죽음을 돌려다오, 그리고 나의 저 안식처를
내게 회복시켜 다오, 내가 어려서 죽어야만 했던 곳에서
노인으로서 스러지도록. 저 옛날의 봉헌물을 받으라.
나를 죽일 때건 살려줄 때건, 언제나 잔인하고 사납고

4 디오뉘소스 숭배자들이 들고 다니던 솔방울 장식이 붙은 지팡이.

5 제우스와 안티오페 사이에 태어난 아들. 그는 자기 어머니를 괴롭혔던, 어머니의 숙모 디르케를 황소에 묶어 끌고 다니다 죽게 만들었다.

6 디오뉘소스의 이모. 어린 디오뉘소스를 길러준 것 때문에 헤라의 미움을 받았고, 그녀의 남편 아타마스가 미쳐서 아이 하나를 죽이자, 남은 아이를 안고서 바다에 몸을 던졌다고 한다.

거칠고 가혹하던 산이여, 벌써 오래전부터 이 시체는 35
너의 것이로다. 내 아버지의 명을 이행하라,
그리고 이제는 내 어머니의 명도. 내 영혼은 갈망하도다,
저 옛날의 형벌을
완수하기를. 딸아, 왜 나를 해로운 사랑으로
묶어 잡고 있느냐? 왜 붙잡고 있느냐? 내 아버지가 부르는구나.
나는 따라가노라, 따라가노라, 이제 놓아라. 라이오스가 빼앗긴 나라의 40
피 묻은 상징을 들고서 격노하고 있구나.
아, 보아라, 그가 위협적인 손길로 눈 잃은 내 얼굴을
공격하고 파헤치는구나. 딸아, 내 아버지가 보이느냐?
내겐 보이는구나. (혼잣말로) 이제는 밉살스런 숨결을 토해버려라,
반역하는 영혼아, 너의 역할에 용기를 내어. 45
오래 연기되어 길어진 죗값을 치러 버려라.
완전한 죽음을 받아들여라. 나는 왜 태만하게 지금 사는 이 삶을
끌고 가는 것일까? 나는 이제 아무 죄도 짓지 않을 수 있을까?
지을 수도 있다, 비참한 처지지만. 내 경고하노라.
— 아비로부터 떠나거라,
떠나거라, 처녀여. 내 어머니 이후로 나는 모든 것을 겁내노라. 50

안티고네 그 어떤 힘도, 아버지여, 당신의 몸에서 제 손을
떼어놓을 수가 없을 거예요. 누구도 결코 당신의 동행인
저를 채어갈 수 없을 거예요. 랍다코스[7]의 명성 높은 궁전과

---

7 오이디푸스의 할아버지.

풍요로운 왕국은 오라비들이 칼로써 추구하라 하세요.
아버지의 왕권의 가장 큰 몫은 제 것이어요, 55
바로 아버지 자신 말이죠. 이분만은 저 오빠도 내게서
빼앗지 못할 거예요,
권력을 늑탈하여 테바이의 왕홀을 쥐고 있는 그 사람[8]도요.
이분은 아르고스의 군단을 이끌고 오는 다른 오빠[9]도 뺏지 못해요.
설사 윱피테르가 천둥 쳐서 세상을 뒤엎고,
우리의 포옹 가운데로 벼락이 떨어진다 해도, 60
저는 이 손을 놓지 않겠어요. 아버지여, 당신이 막아도 상관없어요.
저는 거부하는 당신을 이끌겠어요. 원치 않는 당신 발걸음을
안내할래요.
평지로 나아가시나요? 저도 가지요. 거친 길을 택하시나요?
저는 막지 않아요, 오히려 앞장서 가지요. 저를 길잡이 삼아 가시고자
하는 곳이 어디든, 모든 길이 우리 둘에 의해 선택될 거예요. 65
당신이 저 없이 죽는 건 불가능해요, 저와 함께라면 그러실 수 있죠.
이쪽엔 가파른 등성이로 높직한 벼랑이 솟아 있어요,
그 아래 바다가 뻗어 있는 것을 멀리까지 내다보면서요.
우리가 그리로 가길 원하시나요? 저쪽엔 매끈한 바위가
튀어나와 있어요.

---

8 에테오클레스. 오이디푸스의 두 아들은 1년씩 돌아가면서 왕권을 차지하기로 약속했지만, 에테오클레스가 약속을 어기고 형제 폴뤼네이케스를 쫓아냈다.

9 폴뤼네이케스.

다른 쪽엔 땅이 입을 크게 벌리고 갈라져 열려 있고요. 70
우리가 그리로 가길 원하시나요? 이쪽엔 광란하는 격류가
쏟아지고 있어요,
무너진 산에서 삼킨 일부를 굴리면서요.
그리로 서둘러 갈까요? 제가 앞장설 수만 있다면,
아버지 원하시는 대로 가겠어요.
저는 막지 않아요, 저는 부추기지도 않아요. 소멸되기를 원하시나요,
아버지여, 죽음이 당신의 가장 큰 소원인가요? 75
당신이 돌아가신다면, 저는 앞질러 가겠어요. 당신이 사신다면,
저는 따라가겠어요.
하지만 마음을 돌리세요, 예전 기백을 되살리세요.
큰 인내로써 고난을 이겨 제압하세요.
맞서 싸우세요. 그 정도 불행에서 죽는 건 지는 거예요.

오이디푸스 끔찍한 우리 가문에 어디로부터 이 뛰어난 모범이
찾아왔는가? 80
자기 종족과는 전혀 다른 이 처녀는 대체 어디서 왔는가?
불운이여, 너는 이제 떠나가느냐? 내게서 경건한 자가
하나라도 태어났던가?
전혀 아닐 것이다, 나는 내 운명을 잘 알고 있다,
해를 끼치기 위해서가 아니라면. 자연이 새로운 법을 향해
스스로 바뀌는구나. 이제 강물은 빠른 흐름을 되돌려 85
원천으로 흘러들겠구나, 포이부스의 등불은
밤을 이끌겠구나. 헤스페루스10가 낮을 이루겠구나.

나의 불행에 뭔가 더해지도록,
나도 경건해지마. 오이디푸스에게 유일한 구원은
구원받지 못하는 것이다. 아직까지 복수 기회를 얻지 못한 90
내 아버지가 복수하게 하라. 태만한 오른손이여, 왜 죗값 받아내기를
지체하느냐? 이제까지 받아 낸 죗값은 모두
내 어머니께 바쳤노라. 이 아비의 손을 놓아라,
대담한 처녀여. 너는 나의 장례를 연장하고 있을 뿐이다,
살아 있는 아비의 장례 의식을 길게 끌어갈 뿐이다. 95
이제 마침내 내 몸이 보이지 않도록 흙으로 덮어라.
넌 죄를 짓고 있는 거다, 고귀한 뜻에서지만. 아비를 묻지 않은 채
이끌고 다니는 걸 경건이라 여기고 있으니. 죽길 서두르는 사람을
방해함은 죽음을 원치 않는 자를 강제하는 것과 마찬가지란다.
〔죽고자 하는 이를 막는 것은 그를 죽이는 짓이지.〕[11] 100
아니, 같은 것도 아니지. 나는 앞엣것이 더 큰 죄라 생각한다.
나는 죽음을 빼앗기기보다 그게 나에게 부과되는 걸 더 원한단다.
네가 시도한 일에서 물러서라, 처녀여. 내 삶과 죽음에 대한 권리는
내게 속해 있다. 왕권은 내가 기꺼이 넘겨주었지만,
나 자신에 대한 지배권은 내가 지니고 있노라. 만일 네가 충실한
동행이라면, 105
아비에게 칼을 가져다 다오. 하지만 아비를 죽여 유명해진

10 개밥바라기. 저녁에 보이는 금성.
11 레오와 츠비어라인은 이 구절을 삭제해야 한다고 보고 있다.

그 칼이어야 한다. 가져오고 있느냐? 아니면 아들놈이 왕권과 함께
그것도 차지하고 있느냐? 어디에 있든 그건 제 할 일을 할 것이다.
거기 있도록 그냥 두어라. 내 그냥 남겨두노라. 내 아들이 그걸
가지게 하라,
하지만 두 아들 모두가. — 대신에 불길과 거대한 장작더미를 110
준비하라. 나 스스로 높직한 화장 장작더미에 몸을 던지련다.
〔불길을 껴안으리라, 장례의 나뭇더미에 올라가서〕12
거기서 내 굳은 가슴을 녹여버리리라, 그리고 재가 되도록
주어버리리라,
무엇이건 내 속에 살아 있는 그것을. — 사나운 바다는 어디에 있느냐?
나를 이끌어라, 높은 벼랑에서 튀어나온 등성이가 있는 곳으로, 115
세찬 이스메노스가 굽이치는 여울물을 이끌어 가는 곳으로.
이끌어 가라, 야수들이 있는 곳, 해협이 있는 곳, 가파른 장소가
있는 곳으로,
네가 안내자라면. 거기로 죽으러 가는 게 좋겠구나,
높은 절벽 위에 교활한 스핑크스가, 절반은 짐승인 입으로
그물을 엮으며 앉아 있던 곳으로. 거기로 발걸음을 인도해라, 120
거기에 아비를 앉혀라. 그 끔찍한 자리가 비어 있지 않도록
더 큰 괴물을 배치해라. 그 바위를 차지하고 앉아서,
내 운명에 대한 모호한 말들을 지껄이리라,
누구도 풀 수 없을 말들을. 그대, 앗쉬리아 출신의 왕13이 차지했던

12 리히터와 츠비어라인의 의견을 좇아 한 행을 삭제한다.

땅을 갈며, 카드모스의 뱀[14]으로 유명한 숲, 125
신성한 디르케가 숨어 있는 그곳에서
기도하고 경배를 드리는 그 누구든, 그대, 에우로타스[15] 강물을 마시고,
쌍둥이 형제[16]로 이름난 스파르타에 사는 누구든,
엘리스와 파르나소스와 보이오티아의
풍요한 들판에서 수확하는 그 어떤 농부든, 130
그대들은 주의를 기울이라. 저 잔인한 테바이인들의 역병[17]은
죽음을 가져오는 어구를 알 길 없는 운율로 조립하면서,
그 비슷한 무엇을 제시했던가, 그토록 풀 길 없는 무엇을?
"자기 할아버지에겐 사위, 아버지에겐 경쟁자가
자기 자식들의 형제, 형제들의 아비이다. 135
할머니가 한 번의 출산으로써 자기 남편에겐 자식들을,
자신에겐 손자들을 낳았다." 누가 그런 괴이한 것을 풀 수 있으랴?
나 자신이, 스핑크스를 이기고서 전리품을 얻어냈던 내가,
뒤늦긴 했지만 내 운명의 해석자로서 맞서 붙으리라.

네가 단어를 더 허비할 이유가 무엇이냐? 왜 너는 나의 굳은 가슴을 140
간청으로 약화시키려 애쓰느냐? 나의 맘속엔 이것이 자리를 잡고 있구나,

---

13 페니키아 출신인 카드모스.

14 카드모스는 샘을 차지하고 다가오는 사람을 모두 죽이던 거대한 용, 또는 뱀을 제압하고 테바이를 세웠다.

15 스파르타 곁으로 흐르는 강.

16 제우스의 쌍둥이 아들 카스토르와 폴뤼데우케스(폴룩스).

17 스핑크스.

오래전부터 죽음과 씨름하고 있는 이 생명을
쏟아버리고, 저승 어두움을 찾아가자는 생각이. 왜냐하면
현재의 이 밤은
나의 죄에 맞먹을 만큼 충분히 깊지 않으니까. 타르타로스에 묻혀버리고
싶구나, 혹시 타르타로스 너머에 뭔가가 있다면 그것에도. 이전에는 145
의무였던 게 이제는 소원이로다. 그냥 죽음을 금지당할 수는 없구나.
너는 칼을 거절할 것이냐? 내가 죽으려 뛰어내릴 길을
너는 가로막을 것이냐? 졸라맨 올가미에 내 목을 밀어 넣는 걸
너는 막을 것이냐? 죽음을 가져올 약초를 치워버릴 것이냐?
너의 그러한 돌봄이 결국 이룰 것은 대체 무엇이더냐? 150
죽음은 어디나 있다. 신은 그것을 아주 잘 준비해 놓았지.
누구든 사람에게서 생명을 빼앗을 수는 있지.
하지만 누구도 죽음을 빼앗지는 못한다. 거길 향해 천 개의 길이
열려 있으니까.
나는 아무것도 청하지 않는다. 내 오른손이 설사 비었더라도,
내 영혼은
그걸 사용하는 데 익숙하다. — 오른손이여, 이제 온 힘을 다해, 155
슬픔을 다 모아, 기력을 다해, 나에게 오라!
나는 다치기 위해 한 곳만 지정하지 않노라.
나의 존재 전체가 악이로다. 네가 원하는 어디서든 죽음을 이끌어 내라.
가슴을 찢어라, 그리고 그토록 큰 죄를 지을 수 있었던 심장을
뜯어내라. 내장의 구석까지 온통 드러나게 하라. 160
강력한 타격으로 목이 우지끈 부러지게 하라.

손톱 박혀 뜯겨 나간 혈관에서 피의 홍수가 쏟아지게 하라.
혹은 네가 익숙한 그곳[18]으로 분노를 돌려라. 그 상처를
다시 찢어 열고, 피와 진물로 흠뻑 젖게 하라.
그리로 뽑아내라, 질긴 목숨을, 패배할 줄 모르는 그것을. 165
　그리고 아버지여, 당신이 어디에서 저의 죄 씻음을
주시하며 서 계시든 간에, 저는 그토록 큰 이 죄악이
그 어떤 죄 갚음으로도 결코 충분히 보상된다고
생각지 않았고, 이런 죽음[19]에 만족하지도 않았으며,
저의 일부만으로 저를 온전히 되사지도 못했습니다.
저는 부분부분 계속 170
당신을 위해 죽기를 원했습니다. — 이제 드디어 빚을 받아내소서.
이제 저는 죗값을 치릅니다. 전에는 당신께 장례제물을 바쳤을
뿐입니다.
다가오셔서, 이 약한 오른손을 찍어 누르시고,
더 깊이 담그소서. 전에 그것은 소심하게, 빈약한 출혈로
머리를 조금 적시고, 따라 나오길 갈망하는 눈들을 175
간신히 뽑아냈을 뿐입니다. 지금도 제게는 그러한 마음이
머물러 있습니다, 머물러 있습니다, 거부하는 손에다
얼굴을 찍어 눌렀는데도. 너는 진실을 듣게 되리라, 오이디푸스여.

---

18 눈. 오이디푸스는 자신이 아버지를 죽이고 어머니와 결혼한 것을 알고는 스스로 눈을 찔러 장님이 되었다.
19 맹인이 된 것.

너는 네가 내세운 것보다 덜 과감하게
네 눈들을 뜯어냈도다. 이제 손을 뇌까지 박아 넣어라. 180
내가 죽기를 시작했던 바로 그 부분으로써 죽음을 완결지어라.

안티고네 오, 큰 영혼을 지니신 아버지여, 간청하오니, 마음을 가라앉히고,
불쌍한 이 딸의 말을 조금만 들어주세요.
저는 당신을 옛집의 영광으로 다시 모셔 가려는 게 아니어요,
명성과 풍요로 번영하던 왕권의 본향으로. 185
혹은 시간이 그토록 지나도 잦아들지 않는 그 분노를
평온하고 느긋한 마음으로 견디라고 청하지도 않아요.
하지만 그렇게 강인한 인물에게는 이러는 게 어울릴 거예요,
슬픔에 굴복하지도 않고, 불행에 패배하여
등을 돌리지도 않는 것 말이어요. 아버지여, 용기란 당신이 생각하듯 190
삶을 두려워하는 게 아니라, 거대한 불행에 맞서서,
돌아서지도 물러서지도 않는 것이어요.
운명을 짓밟아 누르고, 인생의 좋은 것들을
갈가리 찢어서 집어던진 사람, 스스로 자기 불운을
쌓아 더한 사람, 아무 신도 필요로 하지 않는 사람, 195
이런 사람이 왜 죽음을 원하고, 왜 그것을 좇겠어요?
둘 다 비겁한 자의 행동이어요. 죽기를 갈망하는 사람은
죽음을 무시하는 사람이 아니니까요. 그의 불행이 더는
전진할 데가 없는 그런 사람이야말로 정말 안전한 곳에 다다른 거예요.
이제 신들 중의 누구라도, 혹시 원한다 하더라도, 당신의 불행에 200

무엇 하나 더할 수가 있을까요? 이제 당신조차도 할 수 없어요,
이것만 빼고는요, 즉 당신이 스스로 죽어 마땅하다고
생각하는 것 말이어요.
— 죽어 마땅치 않아요, 그 어떤 잘못도 당신의 이 가슴을
물들인 적 없어요.
그리고 이 때문에 더욱, 아버지여, 당신 스스로를 무고하다 하세요,
즉 당신이, 신들의 뜻이 다른데도, 죄짓지 않았다는 것이요.
무엇인가요, 205
당신을 다시 격하게 만든 것은? 당신의 슬픔에 새로운 자극을
박아 넣은 것은? 무엇이 당신을 저승의 영역으로
몰아가나요? 무엇이 이곳으로부터 당신을 몰아내나요? 날빛을
피하려고요?
지금 당신은 날빛을 피했어요. 높은 담장 두른 이름 높은 집과
조국을 피하려고요? 아직 살아 있는 당신께 조국은 죽었어요. 210
자식들과 어머니를 피하는 건가요? 모든 사람의 시야 밖으로
불운이 당신을 실어냈어요. 누군가에게 죽음이 빼앗아 갈 수 있는
그 무엇이든, 그것을 이미 삶이 당신에게서 앗아갔어요.
왕권을 둘러싼 소란인가요? 예전 행운에 몰렸던 군중은
당신의 명에 따라 흩어졌어요. 누구를, 아버지여, 피하시는 건가요? 215

오이디푸스 나는 나 자신을 피하노라. 피하노라. 모든 범죄를 다 알고 있는
마음을. 이 손을 피하노라, 이 하늘과 신들을,
그리고 피하노라, 내가 죄 없이 저지른 끔찍한 범죄를.
내가 아직 이 땅을 밟고 있단 말인가, 열매 풍성한 곡식이 돋아나는

그 땅을? 내가 아직 이 공기를 역병 가져오는 입으로 들이키는 것인가? 220
내가 물을 마셔 갈증을 벗어나고, 키워주시는 어머니 대지의
그 어떤 선물을 즐긴단 말인가? 내가 너의 순결한 손을,
끔찍하고 근친상간 저지른 내가, 저주받은 자가
잡고 있단 말인가? 내가 그 어떤 소리든 귀로 포착하고 있단 말인가,
그것으로 어머니나 자식의 이름을 들을 수도 있는 그 귀로? 225
아, 내가 이 통로들을 뜯어낼 수 있다면 얼마나 좋을까!
그리고 손가락을 깊이 박아, 목소리가 그리 통과하는 부분을,
사람들의 말이 지나가게끔 좁은 오솔길로 열린 그 부분을 모조리
파내버릴 수 있다면! 그렇게 되면, 내 범죄의 일부인 내 딸아,
이 불행한 아비는 너에 대한 인식을 완전히 230
피할 수도 있을 텐데! 죄악이 안에 들어붙어 거듭 다시
터져 나오는구나. 그리고 귀가 몰아오는구나, 눈들이여,

너희가 전에 내게

주었던 그것들을. 왜 나는 어둠으로 무거워진 머리를
디스의 영원한 그림자들에게로 보내 버리지 않는 것일까? 왜 나는
내 혼령을 이곳에 붙잡아 두고 있는 것일까? 왜 땅을 짐스럽게 만들고, 235
지상의 존재들 가운데 섞여 떠도는 것일까? 무슨 불행이

더 남아 있단 말인가?

권력, 부모, 자식, 그리고 용기와
탁월한 지성에 대한 드높은 명성까지도
다 스러져 버렸다. 적대적인 운명이 내게서 모두 앗아가 버렸다.
눈물만이 내게 남아 있었지. 한데 나는 그마저도 스스로 빼앗았다. 240

물러서라! 내 영혼은 그 어떤 간청도 허용치 않노라.
그것은 자기 죄악과 대등한 새로운 형벌을 찾고 있노라.
한데 그와 대등한 어떤 것이 존재할 수 있을까? 내게는 벌써
아기 때부터
죽음이 결정되어 있었다. 그토록 서글픈 운명을 제비 뽑은 자
어디 있으랴? 그때 나는 아직 날빛을 보지도 못했었고, 245
아직 닫힌 자궁의 구속을 풀지도 못했었는데,
그때 벌써 나는 두려움의 대상이었다. 어떤 이들은 태어나자마자
즉시 밤이 차지하고, 새날로부터 그를 빼앗아 가지.
하지만 내게는 죽음이 나를 앞질러 버렸지. 어떤 이는 어머니
뱃속에서 설익은 죽음을 당하기도 했지. 250
한데 그들도 역시 죄를 지은 것일까? 숨겨지고 감춰진 채,
존재 자체가 확실치 않던 나를, 입에 올릴 수 없는 죄의 범인이라고
신이 판결했지. 그 증언을 믿은 내 아버지는 나를 유죄로 여겨,
내 부드러운 발목을 뜨거운 쇠로 뚫고,
깊은 숲속으로 보냈지, 짐승과 사나운 255
새들의 밥이 되도록, 음험한 키타이론이 자주 왕가의
피로 물들이며 키워주던 그 새들을 위해.
하지만 신이 저주하고, 아비가 내친 자를
죽음 또한 거부했지. 나는 델포이를 향한 신뢰를 지켜냈어.
나는 아비에게 달려들어 불경스런 살해로써 그를 땅에 눕혔지. 260
이것을 다른 경건이 보상하리라. 나는 아버지를 살해했다,
하지만 나는 어머니를 사랑했다. 나의 혼인축가와 결혼횃불에 대해

발설하는 것은 부끄러운 일일까? 내키지 않더라도 이 형벌 역시
견디도록 자신에게 강제하라. 전에 알려진 바 없는, 짐승 같고,
전례 없는 범죄를 토설하라, 만백성이 무서워 떨 것을, 265
그 어떤 시대에도 그런 일이 일어났음을 부정할 만한 것을,
부친살해마저도 부끄럽게 만들 것을. 나는 아버지의 침상으로
아버지 피가 흩뿌려진 손을 가져갔노라,
그리고 죄에 대한 상으로 더 큰 죄를 나는 받았노라.
아버지에 대한 죄는 가벼운 것이다. 나의 결혼침상으로 270
어머니가 인도되었고, 악행에 혹시나 부족함이 있을세라,
자식을 수태했도다. 이보다 더 큰 범죄는 자연이 품을 수
없도다. 하지만 혹시 더한 것이 있다면,
나는 그 짓을 저지를 만한 인간들을 벌써 낳았도다. 나는 내던졌지,
부친 살해의 대가인 왕홀을. 그리고 그것은 다시 다른 손들을 275
무장시켰지. 나는 스스로 내 왕국의 운명을
아주 잘 알고 있어. 저주받은 피 없이는 누구도 그것을
차지할 수 없을 거야. 이 아비의 영혼은
거대한 악을 내다보고 있지. 앞으로 있을 유혈의 씨앗이
이미 뿌려졌어. 계약에 대한 신의는 비웃음을 당하고 있어. 280
하나는 이미 차지한 권좌에서 물러나기를 거부하고,
다른 하나는 그들이 맺은 협정의 권리를 주장하며, 신들을
증인으로 부르고 있지. 그리고 망명자로서 아르고스와
희랍의 도시들을
무장하게끔 부추기고 있지. 결코 가볍지 않은 파괴가 지쳐버린

테바이에게로 다가오고 있어. 무기와 불과 부상이 285
임박했다. 그리고 이것들보다 더 큰 불행이 있다면,
그것은 내게서 태어난 자식들임을 그 누구도 모르지 않게 되기를!

안티고네 아버지, 혹시 당신께 살아야 할 그 어떤 이유도 없다 해도,
이것 하나만으로도 충분합니다. 아버지로서 과도하게 광란하는
아들들을 통제해야 한다는 것 말이죠. 당신만이 불경스런 전쟁의 290
위협을 돌려놓을 수 있고, 당신만이 하실 수 있습니다,
정신 나간 젊은이들을 통제하고, 시민들에겐 평화를,
조국엔 안식을, 깨져버린 계약엔 신의를 주는 것도요.
스스로 자신에게 삶을 거부하신다면, 당신은 많은 이에게
삶을 거부하시는 거예요.

오이디푸스 저들에게 아비를 사랑하는, 혹은 정의를 사랑하는 마음이
조금이라도 있단 말이냐? 295
피와 권력, 무기, 계략을 탐욕스레 추구하는 저들에게?
끔찍하고 범죄적인 저들, 한마디로 줄여서 나의 자식들에게?
그놈들은 온갖 악행을 향해 다투어 가고 있지, 가책이라곤 전혀
느끼지 않으면서, 분노가 그들로 하여금 곤두박질치게 하는 곳으로.
악을 통해 태어난 그들은 그 무엇도 악으로 여기질 않지. 300
상처 입은 아비에 대한 그 어떤 존중심도 그들과는 무관하지.
조국에 대한 존중도 그렇고. 그들 가슴은 권력을 향해 벼락 맞은 듯
광란 중이다.
내 잘 아노라, 그들이 어디로 실려 가는지, 얼마나 큰일을 저지르려
계획 중인지.

그리고 바로 그 때문에 내가 빠른 소멸의 길을 찾아보고,
죽기를 서두르는 거다, 우리 집안에 아직 나보다 더 죄 많은 자가 305
없는 동안 죽으려. 딸아, 왜 울면서 내 무릎에
쓰러지는 게냐? 달랠 수 없는 나를 왜 간청으로 달래려느냐?
이것이야말로 운명이 나를 포획할 수 있는 유일한 방법이로다,
다른 것에는 전혀 지지 않는 나를. 너 하나만이 나의 굳은
감정을 부드럽게 할 수 있구나, 우리 집안에서 너 하나만이 310
경건을 가르칠 수 있구나. 내가 알기에 네가 원했던 건 그 무엇도
내게 힘들거나 슬프지 않았다. 그저 청하기만 해라.
이 오이디푸스가 에게해를 헤엄쳐 건너기라도 할 것이다,[20]
네가 요구하기만 하면. 불길이라도 그는 입으로 삼키리라,
대지가 시칠리아의 산으로부터, 타오르는 공들을 굴리면서 315
토해내는 그 불길도. 용과도 맞서리라,
헤라클레스가 숲에서 훔쳐낸 것[21] 때문에 사납게 날뛰는 그놈과도.
네가 명하면 그는 새들에게 간이라도 제공하리라,[22]
네가 명하면, 살아서라도.

전령 우리의 커다란 모범이 되도록, 왕의 줄기에서 태어난 그대를 320
테바이가 부릅니다, 형제간의 전쟁에 두려워 떨면서.
청합니다, 조상 전래의 지붕으로부터 횃불을 물리쳐 달라고.

---

20 레안드로스가 연인을 만나려고 헬레스폰토스를 헤엄쳐 건넜다는 일화를 암시한다.

21 헤스페리데스가 지키던 헤라의 황금사과.

22 레토를 겁탈하려다 붙잡혀서 저승에서 독수리에게 간을 파먹히는 티튀오스, 또는 인간들을 도와준 죄로 비슷한 벌을 받은 프로메테우스를 암시한다.

그냥 위협이 아닙니다, 벌써 파멸이 바짝 다가와 있습니다.
왜냐하면 형제[23]가 왕권과, 약속대로 교대할 것을 요구하며,
희랍의 온 백성을 전쟁으로 이끌어 오고 있기 때문입니다. 325
일곱 개의 부대가 테바이 성벽을 압박하고 있습니다.
도와주십시오, 전쟁도 범죄도 동시에 막아주십시오.

오이디푸스 내가, 죄짓는 것을 막아줄 바로 그 사람이라고?
소중한 이의 피로부터 손을 멀리하라고
내가 가르쳐야 한다고? 정의와 경건한 사랑의 교사가 330
바로 나라고? 저들은 내 범죄의 모범을 따르는 중이고,
지금 나를 추종하고 있다. 나는 그들을 칭찬하고, 기꺼이 인정하노라.
격려하노라, 이 아비에게 걸맞은 무언가를 행하라고.
서둘러라, 오 영광스런 자손이여, 집안 내력으로 타고난 본성을
행동으로 입증하라. 나의 명성과 내가 받은 찬양을 335
넘어서라. 무엇인가를 행하라, 그 때문에 아비가
여전히 살아 있음을 기뻐할 만한 것을. 너희는 해낼 것이다,
내 아노라.
너희는 그런 식으로 생겨났다. 그렇게 큰 고귀함이라면
작지 않은 범죄를, 흔치 않은 것을 수행할 수 있다.
무기를 들어라, 횃불 들고 가문의 신들을 추격하라, 340
태어난 땅의 곡식을 불길로써 수확하라,
모조리 뒤엎어라, 모든 것을 파멸로 몰아가라,

---

23 폴뤼네이케스.

성벽을 사방으로 흩어버리고, 평평하게 만들어라,
신전으로 신들을 파묻어 버려라, 가정의 신들을 더럽히고
녹여버려라, 온 집이 기초부터 주저앉게 하라, 345
도시가 잿더미가 되게 하라, 불길이 제일 먼저 나의 침실에서
시작되게 하라.

전령[24] 고통의 격렬한 폭발은
내려놓으시고, 공동의 재난이 그대를 설득하게 하십시오.
잔잔한 평화의 조언자로서 아들들을 찾아가십시오.

오이디푸스 그대는 온화한 마음에 머무는 노인을 보고 있는가? 350
나를 고요한 평화의 애호자라고 당신들 편으로 부르는가?
나의 영혼은 분노로 부풀고, 고통은 측정할 수 없이 끓고 있도다.
나는 원하노라, 우연과 젊은것들의 광기가 시도하는 것보다
더 큰 무엇을. 겨우 시민 간의 전쟁은
충분치 않도다. 형제가 형제에게 돌진하게 하라. 355
이것도 충분치 않다. 그래야만 하는 것이, 나의 방식을 따른
악행이 이뤄지기를! 나의 결혼침상에 어울리는 것이!
너희는 어미에게 무기를 주라.[25] — 누구도 나를 이 숲에서

---

24 전해지는 사본들은 이 대사를 안티고네에게 배당하나, 이 번역에서는 뮐러(Müller)와 츠비어라인의 제안에 따라 전령에게 배당했다.

25 원래 사본들에는 '아비에게'(*patri*)로 전해지는 것을, 그로노비우스와 츠비어라인의 제안에 따라 *matri*로 고쳐 읽었다. 하지만 이렇게 고치고도, 무슨 의미가 될지는 학자들 사이에서 의견이 엇갈리고 있다. '어머니까지 전쟁에 참여시켜라', '어머니가 자살할 수 있게 하라', '어머니를 공격해라' 등의 제안이 있다.

끌어내지 못하리라. 나는 우묵한 벼랑의 동굴 속에 숨으리라,
아니면 빽빽한 덤불 속에 몸을 숨겨 감추리라. 360
거기서 떠도는 소문의 전언을 잡아채리라,
그리고 할 수 있는 데까지, 형제간의 사나운 전쟁에 대해 들으리라.

(여기서 배경은 테바이 성벽, 또는 왕궁 지붕으로 바뀐다.)[26]

이오카스테 아가베는 행복했도다! 그녀는 끔찍한 범죄를, 그 짓을 저지른
손으로 옮겨 날랐지, 유혈의 마이나스[27]로서
여러 조각으로 찢긴 아들을 전리품으로 들고서. 365
죄를 범하긴 했지, 그러나 불행한 그녀가 자의로 자기 죄를 향해
마주 달려간 건 아니지. 나를 유죄로 만든 이 범죄는 가벼워.
바로 내가 다른 이들을 죄짓게 만들었다는 것이지. 이 죄까지도
역시 가벼워.
내가 범죄자들을 낳았다는 것 말이야. 나의 재난에는 한 가지
부족한 게 있었지,
원수인데도 그를[28] 사랑한다는 점 말이야. 겨울이 세 번 눈을 내리고, 370
케레스[29]가 벌써 세 번 낫 아래 몸을 눕혔지,

---

26 앞에서는 안티고네가 오이디푸스를 떠나지 않겠노라고 했는데, 여기서 그녀가 성 안에 들어와 있기 때문에 여기부터는 혹시 다른 작품 내용이 아닌가 하는 의혹이 있다. 하지만 츠비어라인은 그런 제안을 따르지 않는다.

27 디오뉘소스를 추종하는 여신도.

28 외국으로 망명했다가 조국으로 쳐들어온 폴뤼네이케스.

내 아들이 망명하여 떠돌며, 조국을 빼앗기고,
도망자로서 희랍 왕들의 도움을 청하는 동안.
그는 아드라스토스의 사위가 되었지. 그의 권력 아래 이스트모스[30]가
갈라놓은 바다가 지배되고 있지. 이 사람이 자신과 함께 자기 백성을, 375
그리고 일곱 왕국을 이끌어 오고 있지, 사위에게
도움을 주겠노라고. — 나는 무엇을 바랄지, 어느 쪽으로 결정할지
모르고 있네.
그는 권력을 돌려달라 요구하고 있지. 요구의 명분은 훌륭하지,
나쁜 건 요구의 방식이야. 어미로서 나는 어떤 기원을 해야 할까?
나는 양쪽 모두에서 아들을 보고 있어. 나는 경건을 온전히
지키면서는 380
그 어떤 일도 경건하게 행할 수 없네. 무엇이건 내가 한쪽 아들을 위해
기원함은 다른 쪽에겐 나쁜 것이 되고 말 것이네.
하지만, 내가 양쪽을 모두 동등한 애정으로써 아끼긴 하나,
더 나은 명분과 더 나쁜 운수가 이끌어 가는 곳으로
내 마음이 기우네, 늘 약한 쪽에게 호의를 보내면서. 385
불운은 불행한 이들을 자기 편 사람들과 더 많이 묶어주는 법이지.

시종 왕비시여, 그대가 눈물 젖은 탄식을 높이 울리며
시간을 흘려보내시는 동안, 칼집에서 뽑은 무기들로

---

29 곡식의 여신.

30 코린토스 지협. 동쪽의 사로니코스만과 서쪽의 코린토스만 사이에 남북 방향으로 뻗어 있다.

잔인한 전열이 이루어졌습니다. 구리나팔이 벌써 전쟁을 부추기고,
기수는 독수리 깃발을 전진시켜 전투를 시작하라 외칩니다. 390
왕들은 제자리를 잡고서 일곱 개의 전투를 준비 중입니다.
카드모스의 자손들도 같은 기백으로 전진하고 있습니다.
병사들은 이쪽저쪽에서 서둘러 달려 돌진하고 있습니다.
보십시오, 얼마나 검은 먼지 휘장이 날빛을 가리는지,
그리고 연기 같은 구름을 들판이 하늘로 395
세워 올리는 것을. 그것은 말발굽에 부스러진 땅이
솟구쳐 올리는 것이죠. 그리고 만일 두려워하는 자들도 진실을 본다면,
적대적인 군기가 번쩍이고, 첫 전열은 창을 똑바로 세우고
다가와 있습니다. 깃발들이 황금 글자로 새겨 뚜렷한
장군들의 이름을 실어 나르고 있습니다. 400
가시지요, 형제에겐 사랑을, 모두에겐 평화를 돌려주십시오,
그리고 이 불경스런 전쟁을 어머니라는 장벽으로 저지되게 하십시오.

안티고네 서두르세요, 어머니, 빠른 발을 재촉하세요.
그들의 창을 잡아 묶으세요, 형제들에게서 칼을 떨구세요.
적대적인 칼들 사이에서 가슴을 드러내고 버티세요. 405
전쟁을 무산시키거나, 아니면, 어머니, 맨 앞에서 그걸 겪으세요.

이오카스테 가겠노라, 가겠노라, 그리고 그들 무기를 향해 내 머리를
마주 놓으마.
내가 그들 무기 사이에 서리라. 제 형제를 공격하려 시도하는 놈은
먼저 어미를 공격하게 되리라. 경건하고자 하는 자라면,
어미가 간청할 때 무기를 내려놓게 하라. 불경건한 자라면, 410

그 불경건을 내게서 시작하게 하라. 피 뜨거운 젊은이들을 이 노파가
잡아둘 것이다, 내가 보는 가운데선 그 어떤 불경죄도 일어나지 않으리라.
혹은 내가 보고 있는데도 무슨 일인가 저지를 수 있다면,
한 번에 그치지 않으리라.

안티고네 군기가 마주 선 군기 아주 가까이서
빛나고 있어요. 적대적인 함성이 들끓고 있어요. 415
범죄가 임박했어요. 어머니, 간청으로 그걸 앞지르세요.
— 한데 보세요, 당신은 저들이 제 눈물에 감동되었다 믿으실 거예요,
군대가 무구를 내려뜨리고 그토록 느리게 다가오네요.

시종 전열은 천천히 진군하지만, 장군들은 서두르고 있네요.

이오카스테 어떤 날랜 바람이 광적인 돌풍의 소용돌이로써 420
나를 실어서 하늘의 공기를 가로질러 데려갈 것인가?
어떤 스핑크스가, 혹은 검은 구름으로 날빛을 가리는
어떤 스튐팔로스의 새가 탐욕스런 날개로 나를 실어 날아갈 것인가?
혹은 어떤 하르퓌이아가, 사나운 왕[31]의 허기를 감시하다가,
나를 낚아 대기의 높은 길을 가로질러서는 425
두 전열의 한가운데에 채어간 나를 던져 주려나?

(이오카스테 퇴장)

---

31 피네우스. 그는 신들의 뜻을 인간들에게 너무 많이 누설한 죄로 두 가지 벌을 받았는데, 하나는 눈이 먼 것이고, 다른 하나는 식사 때마다 하르퓌이아라는 괴조들이 날아와 그의 음식을 채어가고 나머지에는 배설물을 떨어뜨려 먹지 못하게 만든 것이다. 이 피네우스에게 아르고호 영웅들이 찾아와 하르퓌이아들을 쫓아주고, 대신 부딪치는 바위를 통과할 방법을 배워 간다.

시종 저분은 마치 미친 사람처럼 가시는구나, 아니면 정말로 미쳤거나.
빠르기가 마치 파르티아인의 손에서 발사된
화살 날아가듯 하는구나. 마치 배가 갑자기 들이닥친
미친바람에 채여 가듯, 아니면 마치 하늘에서 미끄러진 430
별이 떨어질 때, 하늘 극을 스치며
날랜 불길로 똑바로 길을 가르듯이,
꼭 그처럼 그녀는 벼락같은 질주로 내달리고, 즉시 두 전열을
갈라놓았구나. 어머니의 간청에 제압되어
전쟁이 멈춰 섰구나. 이제 서로를 학살하기 위해 435
이쪽저쪽에서 섞여 들기를 갈망하던 무리는
오른손이 풀려나서 무기를 늦춰 내려놓는구나.
평화가 호의를 얻었구나, 모든 무기가 숨겨지고,
거두어져 쉬는구나. — 하지만 형제의 손에서는 여전히
흔들리고 있구나.
어머니가 백발을 뜯으며 내보이는구나, 440
고개 젓는 그들에게 탄원하는구나, 눈물로 뺨을 적시는구나.
오랫동안 망설이던 이가 어머니께 거절하는 것도 가능하도다.

(배경은 두 군대의 전열 사이로 바뀐다.)

이오카스테 내게로 무기와 불을 돌리시오, 내게로 모든 젊은이가
돌진하게 하시오,
이나코스의 성벽으로부터 기백에 가득 차 행진해 온

누구든, 테바이의 성채로부터 사납게 내려온 445
그 누구든 모두 함께. 시민과 이방인이 동시에
〔남편을 위해 형제들을 낳은 이 자궁을 공격하시오.〕[32]
이 사지를 찢어 사방으로 흩어버리시오.
바로 내가 이 두 사람을 낳았다오. —너희는 얼른 무기를
치우지 않으려느냐?
아니면, 어떤 아비에게서인지도 말하랴? 너희 오른손을
어미에게 다오. 450
오른손을 다오, 그 손들이 아직 경건한 동안. 이제까지 우리를
유죄로 만든 것은
실수였다. 모든 죄악은 우리를 향해 죄를 지은
운수에게 속한 것이었다. 이번 악행이 처음으로
알고 있는 자들 사이에 벌어지고 있다. 어느 쪽을 택할지는
너희 손에 놓여 있다. 거룩한 경건이 더 마음에 든다면, 455
어미에게 전쟁을 넘겨다오. 혹시 악행이 더 마음에 들었다면,
더 큰 것이 준비되어 있다. 어미가 한가운데 자신을 세워두고 있다.
그러니 전쟁을 소멸시키든지, 아니면 전쟁을 지연시키는 것[33]을
소멸시켜라.
(혼잣말로) 이제 누구에게 이 초조한 어미는 탄원을
번갈아 섞으며

32 악스와 츠비어라인의 의견을 좇아 한 행을 삭제했다.
33 이오카스테 자신.

말을 건넬 것인가? 불행한 나는 누구를 먼저 껴안으랴? 460

동등한 사랑에 의해 양쪽으로 나는 끌려가는구나.

이쪽 아들은 내게서 떠났었지. 하지만 형제간의 계약이 유효하다면,

이번엔 다른 쪽이 떠나가겠지. 그러니 이제 이런 식이 아니라면

둘을 함께 보지 못한단 말인가? (폴뤼네이케스에게) 네가 먼저

포옹하여 안아라,

그렇게 많은 고생과 그렇게 많은 불행을 겪고서 465

오랜 망명에 지친 채로 어미를 보고 있는 네가.

더 가까이 오너라, 불경건한 칼을 칼집에

숨겨라, 그리고 아직도 떨면서 던져지기를 갈망하는

창을 땅에 꽂아라. 어미의 가슴과 네 가슴이

만나는 것을 너의 방패가 막고 있구나. 470

그것도 내려놓아라. 머리띠를 이마에서 풀어라,

전쟁을 좋아하는 머리로부터 음울한 투구를 치워라,

그리고 네 얼굴을 어미에게 돌려다오. — 왜 얼굴을 돌리고,

불안한 시선으로 형제의 손을 주시하느냐?

포옹으로 감싸서 너의 온몸을 내가 덮어주마, 475

너의 피까지 가는 길은 나를 통해서만 있게 될 것이다.

왜 의심하며 지체하느냐? 어미를 믿기가 두려운 거냐?

폴뤼네이케스 저는 두렵습니다. 자연의 법칙은 이제 전혀 유효하지

않으니까요.

형제간의 이러한 사례 이후엔 심지어 어머니에 대한

신뢰조차 가질 수 없습니다.

이오카스테 그럼, 이제 네 손을 칼 손잡이에 대라, 480

투구를 조여 써라, 왼손은 방패에 밀어 넣어라,

네 형제가 무장을 벗는 동안, 무장한 채로 기다려라.

(에테오클레스에게) 너는 칼을 내려놓아라, 네가 그 칼의 첫째 원인이니.

만일 네가 평화를 혐오하고, 전쟁으로써 광란하는 게 즐겁다면,

어미는 네게 짧은 휴전을 간청하노라, 485

망명 끝에 돌아온 아들에게 입을 맞출 수 있도록,

처음으로, 어쩌면 마지막으로. 내가 평화를 호소하는 동안,

너희는 비무장으로 들어라. 저 애는 너를, 너는 저 애를 두려워하느냐?

나는 너희 둘 다 두렵구나, 하지만 너희 둘을 위해서지. 왜 뽑은 칼을

다시 넣기를 거부하느냐? 연기되는 건 무엇이건 기뻐해라. 490

너희는 이 전쟁을 수행하기를 갈망하느냐? 거기선 최선의 결과라 해도

패배인 것을? 너는 적대적인 형제의 속임수를 두려워하는 거냐?

친족을 속이거나 친족에게 속는 게 필연인 상황이라면 언제든,

악을 행하는 것보다는 차라리 당하는 게 더 낫단다.

하지만 두려워하지 말아라. 이 어미가 이쪽으로부터도, 495

또 저쪽으로부터도 음모를 막아주마. 내가 설득에 성공한 게냐?

아니면 내가

너희 아버지를 부러워해야 하는 게냐?34 나는 끔찍한 짓을

막으러 온 것이냐,

아니면 오히려 목격하러 온 것이냐? — 이 아이는 칼을 집에 넣었다,

---

34 차라리 오이디푸스처럼 눈이 멀어서 험한 꼴을 보지 않는 게 나은지 묻고 있다.

창을 아래로 기울이고 방패를 거기 기대어 눕혔다.
(폴뤼네이케스에게) 이제 너에게, 아들아, 어미의 간청을 보내련다, 500
하지만 그 전에 먼저 눈물을 보내노라. 오랜 세월 기도로써
소원하던 얼굴을 나는 붙들고 있구나. 조상 전래의 땅에서 추방된
너를 이방 왕의 가문 신이 보호하고 있구나.
너를 그토록 먼 바다가, 그토록 많은 불운이 방랑하도록
내몰았구나. 어미는 곁에 서서 너를 첫 결혼의 침실로 505
이끌지 못했고, 축제의 건물을 나의 손으로 치장하지도
못했으며, 행복한 횃불들을 리본으로 묶어주지도
못했구나. 네 장인은 결혼 선물로, 황금으로
묵직한 보물창고도, 경작지도, 도시도 주지 않았구나.
결혼 지참금은 바로 전쟁이로구나. 너는 적국의 사위가 되었구나, 510
조국을 멀리 떠나, 낯선 가문의 손님으로서.
제 것으로부터는 쫓겨나 남의 것을 추종하게 되었구나,
죄도 없이 추방자가 되어. 아비의 행적에서 뭐라도 하나
빠뜨릴세라, 너는 그 가운데 이것까지도 챙겼구나,
결혼으로써 잘못을 저지르는 것 말이다. 아들아, 수많은 해가 지난 후 515
내게 돌아온 아이야, 아들아, 걱정스런 어미의 두려움이자,
희망인 아이야, 나는 너를 볼 수 있기를 신들께
늘 기원했었지, 너의 귀환이, 네가 돌아옴으로써
줄 것만큼이나 많은 것을 내게서 빼앗아 갈 것이긴
했지만서도 말이다. "언제에야 내가 널 위해 두려워하길 520
그치랴?" 하고 나는 외쳤었지. 그러면 신은 비웃으며 말했지.

"너는 그 자신을 두려워하게 될 것이다." 확실히 전쟁이 없었더라면,
내가 너를 볼 수 없었겠지. 확실히 네가 오지 않았더라면,
내겐 전쟁이 없었겠지. 너를 보기 위해 쓰라리고
가혹한 대가를 치르는구나, 하지만 어미는 그래도 기쁘단다. 525

이제 여기서 군대를 물러서게 해라, 잔인한 마르스가
어떤 끔찍한 짓도 감행하지 않은 동안. 이토록 가까이 와 있는 것,
그것만 해도 벌써 큰 악행이란다. 나는 굳어지고 창백한 채
떨고 있구나,
두 형제가 이쪽저쪽에 마주 선 것을 보면서 말이다,
범죄의 타격 바로 밑에 서 있는 것을. 두려움으로 사지가
요동하는구나. 530
이 어미는 끔찍한 짓을 목격하는 데에 얼마나 가까이 갔었던가!
불쌍한 너희 아버지가 차마 볼 수 없던 것보다도 더 큰 짓을!
이제 내게 그토록 큰 죄악에 대한 걱정은 사라졌고,
그런 짓을 전혀 보지 않게 되었다만, 그럼에도 나는 불행하구나,
내가 그런 것을 거의 볼 뻔했다니 말이다. 열 달 동안이나 무거웠던 535
자궁의 노역에 걸고, 명성 높은 네 자매의 경건함에 걸고
탄원하노라. 또 스스로 자신에게 분노했던 아버지의
두 눈에 걸고 말이다. 그는 결코 죄를 짓지 않았으면서도
자기 실수에 대해 자신에게 엄격한 징벌을 가하고자,
그것들을 뽑았지. 불경스런 횃불을 조국의 성벽으로부터 540
물러 세우거라. 호전적인 군대의 깃발을 뒤로
돌리거라. 네가 물러간다 하더라도, 네 악행의 큰 부분이

벌써 행해진 셈이다. 조국은 들판이 적군의 무리로
가득한 것을 보았다. 멀찍이서 무기로 번쩍이는
군단을 보았지, 또 카드모스의 초원이 가벼운 545
기병의 발굽에 부서지는 것을, 장군들이 바퀴 높직한
전차에 실려 가는 것을, 불길 일렁이는 장작개비가
연기 내뿜는 것을, 그것들은 우리 집들을 재로 만들려는 것이었지.
또 서로에게 돌진하려는 형제들을. 그것은 테바이인들에게조차
생소한 죄악이었는데 말이지. 이것을 온 군대가, 550
이것을 온 백성이, 이것을 너희 두 누이 모두가 보았고,
또한 어미인 나도 보았지. 너희 아버지는 이런 짓을 보지 않게 되는 걸
자신에게 빚졌으니[35] 말이다. 이제 오이디푸스로 하여금 네 앞을
가로막게 하라, 그는 스스로 판단하기를 실수에 대해서조차
징벌이 가해져야 한다고 했던 그런 분이니. 탄원하건대, 칼로써 조국을 555
망치지 말아라, 너의 가족신도. 그리고 네가 지배하고자 갈망하는
테바이를 뒤엎지도 말아라. 어떤 광기가 너의 마음을 차지하고 있느냐?
조국을 차지하고자 하면서 그것을 소멸시키느냐? 네 것으로 만들고자
그것이 사라지기를 원하느냐? 진실로 이것이 네 명분을
손상시키는 것 아니냐? 적대적인 군대로 대지를 불태우고, 560
다 자란 곡식을 짓밟고, 온 들판에 걸쳐 피란 대열이
생겨나게 하는 짓 말이다. 누구도 그런 식으로 제 것을 망치진 않는단다.

35 자신의 잘못 때문에 스스로 눈을 찔러 시력을 잃었고, 이 때문에 이 꼴을 안 보게 되었다는 뜻이다.

불로 소멸하라 네가 명하는 것, 칼로 수확하라 명하는 것이라면,
넌 그걸 남의 소유라 믿는 것이다. 너희 둘 중 누가 왕이 될지는
왕국을 유지한 채로 문제 삼아라. 너는 이 집을 창과 불길로써 565
차지하려 하느냐? 암피온36의 이 성채를 네가 흔들어 놓을 수
있겠느냐? 그 어떤 손도 그것을 쌓지 않았단다,
삐걱이는 기계로 게으른 무게를 이동시켜서.
인간의 음성과 키타라의 소리에 부름을 받아서
돌들이 움직여 저절로 높은 탑을 이룬 것이지. 570
네가 이 바위들을 깨뜨리겠느냐? 너는 승자로서 여기서 전리품을
옮겨 갈 것이냐?
네 아버지의 동년배들을 패배한 지도층으로서,
그리고 귀부인들을 남편의 품으로부터 뺏어내어
사슬에 묶어서는 거친 병사가 끌고 갈 것이냐?
테바이의 다 자란 처녀가, 약탈한 짐승무리에 575
섞여서, 아르고스 부인들에게 선물로 가게 될 것이냐?
혹은 나 자신도 두 손을 뒤로 묶인 채,
이 어미가, 형제를 이긴 승리의 전리품으로서 끌려갈 것이냐?
너는 시민들이 온통 이곳저곳 죽음과 파멸에 넘겨진 것을
보고 넘길 수 있겠느냐? 너는 이 소중한 성벽을 향해 580
적군을 이끌어 올 수 있겠느냐? 피와 불길로 테바이를 가득

---

36 테바이에 성벽을 두른 제우스의 아들. 그가 일곱 줄 뤼라를 연주하자 돌들이 저절로 날아와 쌓여서 일곱 성문을 가진 테바이가 세워졌다고 한다.

채울 수 있겠느냐? 너는 그토록 광란하며, 분노를 추구하는
굳고 잔인한 가슴을 지니고 있느냐? 한데 너는 아직 왕도 아니다.
너의 왕홀은 대체 무슨 짓을 할 것인가? 간청하노니, 광란하는
영혼의 들끓음을 내려놓고, 너 자신을 경건함으로 되돌려라. 585

폴뤼네이케스 그러면 저는 언제까지나 망명자로 떠돌아야 하나요?
조국 앞에 가로막혀,
이방 민족의 손님으로서 도움을 찾아다녀야 하나요?
혹시 제가 신뢰를 저버렸었다면 어떤 다른 일을 겪었을까요?
혹시 맹세를 깨뜨렸더라면? 제가 남이 저지른 잘못의
대가를 치러야 하나요? 반면에 저자는 죄에서 이득을 누리고 있는데요? 590
제게 떠나라 명하시나요? 어머니의 명을 따르죠.
— 제게 돌아갈 곳을 주세요. 내 형제는 높직한 왕궁에
거하라 하세요, 저는 작은 오두막이 숨겨주라 하고요.
쫓겨난 자에게 이것이라도 주세요. 빈약한 거처로라도
왕권에 대한 보상이 되게 해주세요. 제가 배우자에게 선물로 주어져서 595
부유한 신부의 사나운 변덕을 견딜까요?
공손한 종자로서 권력자 장인을 좇을까요?
왕의 지위에서 노예상태로 떨어지는 건 고통스러운 일입니다.

이오카스테 만일 네가 왕권을 갈망하고, 네 손이 잔인한 왕홀 없이는
견딜 수 없다면, 네가 차지할 수 있는 많은 것을 600
온 세상에 걸쳐 어떤 땅이든 줄 수 있으리라.
이쪽에는 박쿠스에게도 잘 알려진 트몰로스[37]가 등성이를 높이
세우고 있다.

거기엔 곡식을 가져다주는 대지가 넓은 영역에 펼쳐져 있고,
팍톨로스가 풍요한 흐름을 이끌어 가며
황금 많은 벌판에 넘쳐흐르지. 또한 거기 행복한 경작지로 605
그 못지않은 마이안드로스가, 방황하는 물길을 구불거리고 있지.
또 빠른 흐름의 헤르모스가 비옥한 들판을 가르고 있지.
이쪽엔 케레스의 사랑을 받는 가르가라가, 그리고 부유한 크산토스가
이데산의 눈 녹은 물로 불어난 채 둘러 흐르는 땅이 있지,
이쪽엔 이오니아 바다가 제 이름을 버리고,[38] 610
세스토스가 아뷔도스를 마주 보며 해협을 좁히는 곳이,
또는 바다가 이제 굴곡을 해 뜨는 쪽에 더 가깝게 만들어
많은 항구로 안전한 뤼키아를 바라보는 곳이 있지.
거기서 칼로써 왕국을 구하라, 강력한 장인으로 하여금
그 백성들을 향해 무구를 몰아가게 하라, 그가 이 민족들을 615
네 왕홀에 복종하게끔 네게 넘겨주게 하라. —이 왕국은 아직까지
네 아버지가 지니고 있다고 생각해라. 이런 식의 귀환보다는
차라리 망명이 네게 더 나은 것이란다. 너는 남의 죄 때문에
망명했지만,
너의 귀환은 너 자신의 죄 탓이 될 것이다. 저 정도 힘이라면 그 힘으로
아무 죄에도 오염되지 않은 새로운 왕국을 추구하는 게 더 나으리라. 620

---

37 소아시아 서해안에 있는 산. 이하 강 이름들도 모두 소아시아 반도에서 에게해로 흘러드는 것들이다.

38 헬레스폰토스 북쪽부터는 바다 이름이 고대에는—이오니아해가 아니라—프로폰티스, 현대에는—에게해가 아니라—마르마라해로 불린다.

진정 네 형제까지도 네 군대의 동행이 되어
너를 위해 싸울 것이다. 가라, 그리고 그러한 전쟁을 수행하라,
아버지, 어머니도 거기서 싸우는 너를
지지할 수 있는 그런 전쟁을. 범죄로 얻은 권력은 그 어떤 망명보다도
더 짐스러운 것이란다. 이제 전쟁의 불행을 625
그려 보아라, 일관성 없는 마르스의 의심스런 번갈음을.
네가 너와 함께 온 희랍의 군사력을 이끌고 온다 해도,
병사들이 무구를 길고 넓게 펼친다 하더라도,
전쟁의 운수는 늘 불확실한 자리에 놓여 있는 법이다.
모든 것은 마르스가 결정한단다. 칼은 두 사람을 대등하게 만든단다, 630
설사 그들이 동등하지 않더라도. 희망도 두려움도
눈먼 운수가 뒤집어 버리지. 네가 추구하는 상급은 불확실하다.
반면에 죄는 확실하지. 네가 기도로 모든 신을 네게 호의를 지니게
만들었다고 해보자. 시민들이 물러서서 등 돌려
도주한다고 하자. 병사들은 파멸적인 죽음을 당하여 635
누워 들판을 덮고 있다. 너는 환호하고
승자로서 쓰러진 형제의 전리품을 나를 수 있을 것이다.
하나 그 종려가지는 꺾일 수밖에 없다. 너는 이런 전쟁이 무엇이라
생각하느냐,
만일 승자가 기뻐하면 저주받을 죄를 짓게 되는
그런 전쟁이라면? 이 사람을, 불행한 넌 이기길 갈망하고 있다, 640
이기고 나면 네가 애통하게 될 그 사람을. 자, 이 상서롭지 못한 싸움을
놓아 보내라, 조국을 두려움으로부터 풀어주어라,

그리고 부모님을 큰 고뇌로부터.

폴뤼네이케스 저의 끔찍한 형제는 자신의 죄와

속임수에 대해 아무 대가도 치르지 않을 것인가요?

이오카스테 걱정하지 말아라. 당연히 큰 대가를 치르게 될 것이다. 645

그는 통치하게 될 것이다. 이건 형벌이다. 의심스럽다면, 할아버지와

아버지를 믿어라. 카드모스가 네게 그렇게 말해줄 것이다,

또 카드모스의 자손도. 테바이의 왕홀을 쥐었던 자 중에

벌을 피한 자는 없다. (그리고 누구도 신뢰를 깨뜨리고서

그 홀을 계속 지닌 자 없었다.) 이제 너는 네 형제를 650

그런 자들 가운데 헤아려도 좋다.

에테오클레스 그자더러 그렇게 헤아리라 하세요,

왕들과 함께 눕는 건 내게 그럴 만한 가치가 있습니다. (형제에게) 나는

그대를 추방자 무리에 귀속시키노라.

이오카스테[39] 그러면 다스려라, 하지만 네 친족에게서

미움을 받으면서.

에테오클레스 미움받는 자가 되길 두려워하는 이는 통치를 원하는 게 아닙니다.

세상을 만드신 신은 이것들을 동시에 주었지요, 655

미움과 권력 말입니다. 나는 이것이 위대한 왕의 속성이라 생각합니다,

미움 자체까지도 억압하는 것 말이죠. 백성들의 사랑은 지배자가

---

39 이하 이 번역에서 이오카스테의 대사로 배당한 것을 폴뤼네이케스에게 배당하자고 제안하는 학자도 있다. 그렇게 되면 에테오클레스의 대사도 좀 더 사납게, 반말 투로 옮겨야 할 것이다.

많은 일을 못 하게 막습니다. 분노한 자들을 향해서는 더 많은 게
가능하죠.

사랑받기를 원하는 자는 연약한 손으로 다스리게 됩니다.

이오카스테 미움받는 권력은 오래 유지되지 못한다. 660

에테오클레스 다스림의 규칙은 왕들이 더 잘 제공할 것입니다.

당신은 추방자의 규칙이나 정하십시오. 통치를 위해 나는 이렇게 하려니.

이오카스테 조국과 가문의 신들과 아내를 불길에 넘겨주자고?

에테오클레스 어떤 대가를 치르고서라도 왕권을 사는 것은 잘하는 일입니다.

세네카의 비극 10편에 대하여

1. 세네카의 생애와 작품세계

세네카(Lucius Annaeus Seneca)는 예수 탄생 직전, 또는 직후에 스페인의 코르도바에서 태어났다. 그의 아버지 마르쿠스 안나이우스 세네카(Marcus Annaeus Seneca)도 꽤 유명하기 때문에, 아버지는 '수사학자 세네카'〔노(老) 세네카〕, 아들은 '철학자 세네카'〔소(小) 세네카〕라고 구별하기도 한다. 세네카의 조카도 유명인물인데, 시대를 뛰어넘어 단테에게 큰 영향을 끼친 마르쿠스 안나이우스 루카누스(Marcus Annaeus Lucanus)[1]가 그 사람이다.

세네카는 어려서 로마로 이주하여 거기서 교육을 받았다. 그는 칼리굴라와 클라우디우스 황제 시대에 원로원 의원을 지냈지만, 서기 41년 칼리

1 〈파르살리아〉 저자, 네로 때 처형되었다.

굴라의 누이인 율리아 리빌라와 간통했다는 혐의를 받고 코르시카로 유배되는 봉변을 당하기도 했다.[2] 세네카는 멧살리나가 처형된 후, 새로 클라우디우스의 아내가 된 아그립피나의 초청을 받아 그녀의 아들 네로의 스승이 된다. 네로는 재위 초기에는 세네카의 가르침을 잘 따랐지만 나중에는 그의 부와 영향력을 질시하게 되고, 결국 피소(Piso)의 네로 암살 음모에 가담했다는 혐의를 씌워서 세네카에게 자결을 강요한다.

세네카가 지금까지 누리고 있는 명성은 대체로 그의 철학저술 때문인데, 그는 엄격하다기보다는 매우 온화한 형태의 스토아철학을 설파한 것으로 평가받고 있다. 그의 이름으로 전해지는 10편의 비극 중 〈옥타비아〉는 여러 특징으로 보아 아무래도 세네카의 것이 아닌 듯하다. 나머지 9편은 – 다소 의심의 여지가 있지만 – 그럭저럭 세네카의 작품으로 여겨지고 있다. 거기 그려진 인물들의 태도가 그의 철학적 원칙과 일치하고, 문체상으로도 철학저술들과 공통점이 많기 때문이다.

세네카의 비극작품은 현재까지 온전히 전해지는 유일한 로마 비극이다. 세네카의 비극은 얼핏 보기에 희랍 비극 작가들이 이용했던 주제들을 재활용한 듯하지만, 그의 작품을 그가 참고한 것으로 보이는 희랍의 작품들과 대조해 보면 세네카가 희랍 작가들을 무조건 추종한 것은 아님을 알 수 있다. 로마의 다른 비극 작가들이 희랍의 작품을 충실하게, 거의 번역하고 있을 때, 그는 새로운 요소를 도입하고, 희랍 작가들이 사용했던 요소도 새로운 방식으로 활용했던 것이다. 그의 비극은 사실 현대적 취향과는 잘

---

2 클라우디우스의 세 번째 아내인 멧살리나가 남편을 부추겨서 두 남녀를 유배 보내도록 했다고 한다. 멧살리나는 주변 사람들을 많이 괴롭힌 것으로 유명하다.

맞지 않아서 근대 비평가들에게는 많은 비난을 받았다. 수사가 지나치다든지, 훈계조의 연설이 많다, 신화적 지식을 너무 자랑한다, 끔찍하고 공포스런 장면을 동원해서 너무 자극적이다, 격언 풍의 문장이 너무 많다 등등이 비평가들의 불만 사항이다. 게다가 이 작품들의 상황이 과연 무대에서 실현 가능한 것인지 하는 의구심도 있었다.

이런 비판에 답하는 방법이 있다. 그의 문체상의 문제점들은 그가 살던 시대의 유행을 반영한 것이고, 무대 상연 불가능성 문제는 애초에 세네카가 이 작품들을 공연용이 아니라 낭독용으로 만들었기 때문이라는 것이다.[3]

한편 여러 학자와 독자들이 세네카 작품들 곳곳에서 빛나는 대목을 찾아내기도 한다. 특히 자연과 소박한 삶에 대한 묘사들이 칭찬을 많이 받으며, 어떤 이들은 비난하기도 하는 경구들을 오히려 칭찬하는 사람도 있다. 등장인물의 개인적 감정이 독자의 심금을 울리는 대목도 많이 있다. 〈파이드라〉 속 여주인공의 마지막 발언이나 〈트로이아 여인들〉에서 안드로마케와 아스튀아낙스의 대화 장면 같은 것이 그렇다.

세네카의 비극들은 르네상스 이후 유럽 여러 나라의 극작가들에게도 지대한 영향을 끼친 것으로 평가되고 있다.

---

3 하지만 실제로 상연했다고 주장하는 학자도 있다.

2. 세네카 비극 해설

1) 〈헤라클레스〉[4]

이 작품의 주요 내용은, 저승여행에서 돌아온 헤라클레스가 뤼코스의 압박을 받던 자기 가족을 구해내지만, 곧바로 헤라가 보낸 광기에 휩싸여 가족을 참살한다는 것이다.

이 작품은 서기 54년 이전에 완성된 것으로 추정된다. 〈클라우디우스 황제 호박 만들기〉(*Apocolocytosis*) 12장 3절에서 〈헤라클레스〉의 네 번째 합창(1122~1137행)을 패러디했다는 것이 이러한 추정의 근거다. 이 작품은 세네카 비극의 상대적 연대에서는 〈트로이아 여인들〉과 〈메데이아〉와 함께 중기에 속하는 것으로 평가된다.[5]

작품의 내용을 간략히 소개하면 다음과 같다.

---

4 〈오이테산의 헤라클레스〉와 구별하기 위해, 작품 제목으로 〈광기에 빠진 헤라클레스〉(*Hercules Furens*)를 많이 사용하지만, 우리말 제목은 옥스퍼드 판을 따라 〈헤라클레스〉로 정했다. 에우리피데스의 작품에 대해서도 마찬가지 논란이 있지만, 그것 역시 〈헤라클레스〉로 하는 것이 옳다고 믿는다.

5 초기 작품에 속하는 것은 〈아가멤논〉, 〈오이디푸스〉, 〈파이드라〉, 후기에 속하는 것은 〈튀에스테스〉, 〈포이니케 여인들〉이다. 세네카 작품들의 창작 순서는 다음 문헌을 참고하라. J. G. Fitch(1981), "Sense-pauses and relative dating in Seneca, Sophocles, and Shakespeare", *AJP*, 102, pp. 289~307; R. G. M. Nisbet(1990), "The dating of Seneca's tragedies, with special reference to *Thyestes*", in F. Cairns and M. Heath(eds.), *Papers of the Leeds International Latin Seminar* 6, Leeds, pp. 95~114.

도입부(1~204행)

헤라(유노)가 좌절감과 분노를 토로한다. 그녀는 헤라클레스를 괴롭히기 위해 여러 노역들을 부과했지만 헤라클레스는 그것을 모두 극복하여 영웅이 되었고, 인류의 구원자로서 불멸까지 얻을 지경이기 때문이다. 이제 헤라는 다시 그의 파멸을 획책한다. 복수의 여신들을 이용해 그를 미치게 하고, 자기 가족을 모두 죽이게 해서, 방금 다녀온 저승으로 돌아가길 원하게끔 만들려 한다.

첫째 합창

합창단이 먼저 목자와 뱃사람들의 생활을 노래하고, 이어서 도시인의 일상을 묘사한다(125~204행). 인생의 변화 속에서 인간이 얼마나 나약한지 돌아보며, 하루하루를 즐기라고 조언한다.

제 2막(205~591행)

이미 노인이 된 암피트뤼온이 메가라와 그녀의 아들들을 데리고 제우스(윱피테르)의 신전으로 도피한다. 헤라클레스가 저승에 간 사이에 왕권을 찬탈한 뤼코스의 위협을 피하기 위해서다. 뤼코스는 메가라와 강제결혼을 시도하며, 헤라클레스의 업적을 헐뜯고 비하한다. 그가 헤라클레스 가족을 태워 죽이려는 순간, 땅이 흔들리며 영웅이 저승에서 돌아오고 있음을 예고한다.

둘째 합창

합창단은 운수가 질투심 많고 부당함을 노래한다(524~591행). 운수는 헤라클레스에게는 온갖 어려움을 부과하고, 에우뤼스테우스에게는 평온 속에 통치하는 것을 허락했기 때문이다. 하지만 그들은 헤라클레스가 이룬 위업들을 상기하고서, 그가 저승에서도 돌아오리라고 확신한다.

제 3막(592~894행)

헤라클레스가 햇빛에게 인사하며, 자신이 저승 왕까지 이긴 것을 자랑스러워한다. 헤라에게는 또 다른 장애물을 내려달라고 도전한다. 그러다가 암피트뤼온에게서, 자기 가족이 지금 당하는 위험에 대해 듣고, 뤼코스를 죽이기 위해 달려간다. 헤라클레스와 함께 저승에서 돌아온 테세우스는 뒤에 남아서 헤라클레스의 가족을 보호하는 한편, 헤라클레스가 저승에서 케르베로스를 잡아온 사정을 자세히 소개한다.

세 번째 합창

합창단은 인간의 종착지인 죽음에 대해 생각해 본다. 그러고는 지상과 저승을 모두 평화롭게 만든 헤라클레스를 찬양한다(830~894행).

제 4막(895~1137행)

뤼코스를 제압하고 돌아온 헤라클레스는 신들께 감사제물을 바치려 준비한다. 그러다 갑자기 광기에 휩싸여 자기 아이들을 죽이고, 자기 아내를 헤라로 착각하여 공격하고 결국 죽게 만든다. 참상을 목격한 암피트뤼온은 자기도 죽기를 원하지만, 그 순간 헤라클레스가 땅으로 쓰러져 깊은 잠에 빠진다.

네 번째 합창

합창단은 방금 일어난 사건에 대해 놀람과 슬픔을 표현하고, 특히 죽은 아이들을 위해 만가를 부른다(1054~1137행).

제 5막(1138~1344행)

헤라클레스는 깊은 잠에서 깨어나, 현실로 돌아오기 위해 한참 애를 쓴다. 그는 암피트뤼온과 테세우스에게서, 자신이 헤라가 보낸 광기에 빠져 가족을 참살했음을 듣고, 자살을 결심한다. 암피트뤼온이 자신의 노령과 쇠약함으로 호소해 겨우 그의 자살을 막는다. 헤라클레스는 마음을 돌려 계속 살아가기로 결정하고, 테세우스를 따라 아테나이로 떠난다.

헤라클레스의 광기는 이미 서사시 〈퀴프리아〉에서 언급되었지만, 그 이야기가 결정적 형태를 갖춘 것은 에우리피데스의 〈헤라클레스〉에서다. 이 작품은 상당히 인기가 있어서, 헬레니즘 시대에도 계속 재상연되었던 것으로 보인다. 네로 황제도 이 작품에 반해 자신이 직접 미친 헤라클레스 역을 맡았었다는 기록이 있다.[6]

이 작품과 관련된 중요한 논점 중 하나는 에우리피데스의 〈헤라클레스〉와의 관계다. 줄거리만 훑어봐도 두 작품이 매우 유사하게 구성되었음을 알 수 있는데, 세네카가 에우리피데스의 영향을 어느 정도나 받았는지에 대해서는 학자들 사이에 의견이 엇갈린다. 옛날에는 대체로 로마 비극이 희랍 모델을 충실히 따랐다는 입장이 우세했었다.[7] 그러나 근래에는 희

---

6 수에토니우스, 〈네로〉, 21. 3, 캇시우스 디오, 63. 9. 4.

랍 비극이 로마 비극의 직접적 근원이라기보다 주제가 되는 신화와 전체적 틀만 제공했을 뿐이라는 학설[8]도 나타났다. 특히 스토아철학자로서 세네카가 주인공 헤라클레스의 면모를 크게 바꿨다는 점이 강조되고 있다.[9]

세네카가 에우리피데스의 모범을 그대로 따르지 않고 자기 식으로 바꾼 대목을 꼽아보면, 우선 헤라클레스가 광기에 빠지는 계기와 그 결과를 보고하는 사람의 신분이다. 에우리피데스에서는 작품 종반에 가서 이리스가 광기의 여신으로 등장해서 헤라클레스를 미치게 만드는데(815~874행), 세네카는 도입부(1~124행)에서 헤라가 복수의 여신들을 불러 지시를 내리는 것으로 바꿨다. 그 후 참상을 보고하는 것도 에우리피데스에서는 전령이었는데(922~1015행), 세네카에서는 가족 중 유일하게 살아남은 암피트뤼온이 그 역할을 맡았다(991~1034행).

저승에서 케르베로스를 잡아온 경위도, 에우리피데스의 작품에서는 아버지와 아들이 묻고 답하는 것으로 짧게 처리했는데(610~621행), 세네카에서는 저승 가는 과정이 테세우스에 의해 아주 자세히 소개되었다(662~829행). 뤼코스가 메가라와 강제결혼을 시도하는 것도 에우리피데스 작품에는 없던, 새로 도입된 모티프다. 이 뤼코스는 로마에서 새로 상류층으로 진입하는 신입자(*homo novus*)처럼 그려졌다. 그 밖에 에우리피데스와 크

---

7 F. Leo, 1878, *De Senecae tragoediis observationes oriticae*, Berlin. 이 문헌이 그런 입장을 대표한다.

8 R. J. Tarrant, 1978, "Senecan drama and its Antecedents", *HSCP*, 822, pp. 213~263 참고.

9 C. Zintzen, 1972, "Alte virtus animosa cadit Gedanken zur Darstellung des Tragischen in Senecas Hercules furens", in E. Lefevre(ed.), *Senecas Tragoedien*, Darmstadt, pp. 149~209 참고.

게 달라진 것이 합창단의 노래이다. 그럼에도 여전히 에우리피데스 표현의 잔향이 남아 있다는 분석이 있다.[10]

세네카가 등장인물의 성격을 에우리피데스와 달리한 주된 이유는 당시 로마인의 취향이 500년 전 희랍인과 달라서였겠지만, 세네카 본인의 성향 또한 연관이 없지 않다. 세네카 특유의 성향으로 꼽히는 것 중 하나가 감정을 격하게 묘사한다는 점이다. 〈헤라클레스〉에서는 헤라가 보여주는 증오심, 헤라클레스가 드러내는 고뇌와 슬픔이 특히 그러하다. 그 밖에도 저승에 대한 상세한 묘사, 특히 암피트뤼온과 뤼코스 사이의 말다툼 장면에서 잘 드러나는 재치 있는 대사에 대한 집착 등도 에우리피데스와 다른 점으로 꼽힌다. 그리고 세네카의 헤라클레스는 스토아적 모범처럼 그려졌다. 애초에 세네카가 헤라클레스를 중심인물로 내세운 것이 이런 목적 때문이 아니었나 하는 추측도 있다.

고대에 헤라클레스는 대개 희극적 소재로 이용되었다. 에우리피데스의 〈알케스티스〉가 가장 유명한 사례이다. 세네카의 〈클라우디우스 황제 호박 만들기〉와 칼리마코스의 〈아르테미스 찬가〉 등도 마찬가지다. 헤라가 보낸 광기와 그로 인한 가족 살해를 통해 헤라클레스를 비극적 존재로, 영웅의 지위에서 보통 사람의 수준으로 끌어내린 것이 에우리피데스의 작품이다. 그런데 그 뒤를 이은 세네카의 작품에서 헤라클레스의 광기를 어떻게 해석할 것인지는 논란이 있다. 에우리피데스의 작품에서는 거의 분명하게 그 광기가 밖에서 덮치는 것으로 그려졌지만,[11] 세네카의 작품에서는 헤

---

10 M. Billerbeck, 1999, *Seneca Hercules Furens, Einleitung, Text, Uebersetzung und Kommentar*, Leiden, pp. 17~22 참고.

라가 복수의 여신들을 통해 그를 미치게 했다고만 되어 있다. 이것이 혹시 헤라클레스 자신에게 내재되어 있던 광기와 폭력적 성향의 발현이 아닌가 보는 학자들이 많아졌다.[12]

하지만 세네카의 〈헤라클레스〉 마지막 부분에서 암피트뤼온이, 이 모든 일이 헤라의 책동 때문이라고(1201행) 말하는 것을 보면 여신의 앙심과 복수라는 근원 모티프도 완전히 무시할 수 없다는 반박도 있다.[13] 사실 '못된 계모'로서 헤라의 면모는 이미 베르길리우스와 오비디우스에 의해 하나의 전통으로 자리 잡았으니, 이런 반박도 근거가 없지 않은 셈이다.

이 작품에 그려진 헤라클레스의 성격을 나쁜 쪽으로 해석하려는 입장이 근래에 많아진 것은 아마도 이전에 이 작품을 '스토아적 현자에 대한 찬양'으로 본 것[14]에 대한 반작용이라고 볼 수 있다. 하지만 이 작품은 대중에게 특정 철학 학파의 가르침을 주입하기 위해 만든 것이 아니다.[15] 주인공

---

11 헤라클레스의 폭력성이 원래 내재되어 있다가 일종의 '전쟁 트라우마'에 의해 폭발했다는 견해도 있다. R. E. Meagher, 2006, *Herakles Gone Mad Rethinking Heroism in an Age of Endless War*, MA: Northampton, pp. 48, 50 참고.

12 이러한 심리적 해석에 대해서는 앞의 논문(Zintzen, 1972)과 다음 문헌을 참고하라. J. G. Fitch (ed.), 1987, *Seneca's Hercules Furens*, Ithaca; G. WellmannBretzigheimer, 1978, "Seneca's Hercules furens", *WS*, 121, 11~150.

13 M. Billerbeck, 2014, "Hercules furens", in G. D. A, Heil and M. Waida (eds.), *Brill's Companion to Seneca* (이하 *BCS*), Leiden-Boston, pp. 425~433 중 p. 430 참고.

14 O. Edert, 1907, *Ueber Senecas Herakles und den Herakles auf dem Oeta*, Diss. Kiel 참고.

15 세네카의 비극을 일종의 '철학적 선전물'로 보는 입장은 다음 문헌을 참고하라. F. Egermann, 1940, "Seneca als Dichterphilosoph", *Neue Jahrbuecher fuer Antike und deutsche Bildung*, 3, pp. 18~36; B. M. Marti, 1945, "Seneca's tragedies A new interpretation", *TAPA*, 76, pp. 216~245; B. M. Marti, 1947, "The prototypes of Seneca's tragedies", *CP*, 42, pp. 1~16.

이 스토아적 인물로 설정되긴 했지만, 고통을 통해 덕에 도달한다는 주제는 로마인의 전통적 가치관에 이미 자리 잡은 것이다. '세계를 제패하고 평화를 가져온 사람'이란 개념도 아우구스투스 시대부터 정치적 표어로 이미 통용되던 것이다. 따라서 이런 표현에 기대어 이 작품을 너무 스토아적으로 읽는 것도, 또 그 반동으로 너무 심리적으로 해석하는 것도 모두 피해야 한다.

19세기 말 학자들은 대체로 세네카의 비극을 "성격은 없고 감정이 지나친" 것으로 보았지만, 점차 다른 평가들도 나타났다. 그러나 고대 수사학의 영향은 여전히 인정할 수밖에 없다. 이 작품에서 그런 영향이 드러나는 가장 대표적인 대목이 뤼코스와 메가라 사이의 언쟁(358~437행)과, 그에 이어지는 뤼코스와 암피트뤼온 사이의 언쟁(438~494행) 부분이다. 이 부분은 전통적으로 언쟁 장면에 사용해 온 '한 줄씩 말하기'(*stichomythia*)를 이용하고, 상대가 던진 핵심어를 대화상대자가 다시 사용하는 등의 특징을 보인다. 또 하나 세네카 문체의 특징으로 꼽히는 것이 '언어의 홍수'(*abundantia*)이다. 비슷한 표현을 거듭 쌓아서 장대한 효과를 내는 기법이다. 단어를 반복하고 변화시키면서, 한 개념의 여러 측면을 쪼개서 제시하고, 짝이 되는 표현으로 인상을 깊게 심어주려는 노력이다. 반면에 문장 구조는 복잡하지 않고 단순한 편이다. 앞서 말한 '언어의 홍수'와 더불어 이것이 흔히 세네카 비극의 문체적 특징으로 꼽힌다.

〈헤라클레스〉에서 주목받는 장면 중 하나는 테세우스가 저승을 자세히 묘사하는 대목이다. 전체적으로 베르길리우스의 〈아이네이스〉 6권의 영향을 받았지만, 세네카는 특히 저승의 음울하고 섬뜩한 성격을 크게 강조했다. 한편 주인공 영웅이 하늘에 거주할 권리를 강하게 주장하기 때문에 이 작품은 일종의 '우주적 차원'을 확보한다.[16] 이 작품이 수사적 과장을 보이는 이유가 바로 이러한 '차원 확장' 때문이라는 설명도 있다.

2) 〈트로이아 여인들〉

이 작품은 트로이아 함락 이후, 헥토르의 아들 아스튀아낙스와 트로이아 공주 폴뤽세네가 희생되는 과정을 보여준다.

세네카의 비극 10편 중 두 편은 사람 이름이 아니라 도시 이름을 제목으로 사용했다. 그중 하나가 〈트로이아 여인들〉이다. 세네카의 비극을 전해주는 두 사본 전통 중 한쪽(A 사본)은 이 작품을 〈트로아스〉(*Troas*)로 전한다. E 사본에서는 에우리피데스의 작품과 일치시켜 〈트로이아 여인들〉(*Troades*)로 되어 있다.[17]

---

16 C. Schmitz, 1993, *Die kosmische Dimension in den Tragoedien Senecas*, Berlin 참고.

17 도시 이름을 딴 다른 작품은 〈테바이스〉(A사본 전통)인데, E 사본 전통에서는 이 작품의 제목이 〈포이니케 여인들〉로 되어 있다. 우리말 번역에서는 둘 다 E 사본 전승을 따라 제목을 정했다. 특히 〈테바이스〉는, 단테에게 큰 영향을 끼친 스타티우스의 동명 서사시가 있어서, 혼란을 피하기 위해서라도 좀 아껴두어야 할 제목이다. 같은 제목의 비극이 두 편 있는 것도 다소 혼란이 생기겠지만, 비극끼리 같은 제목으로 묶는 게 나을 듯해서다.

원래 에우리피데스의 〈포이니케 여인들〉에서, 작품 제목이 그렇게 정해진 것은 합창단이 포이니케 출신의 여종들로 구성되어 있어서였다. 그런데 세네카의 〈포이니케 여인들〉에는 아예 합창단이 나오지 않기 때문에 제목의 근거라고는 에우리피데스의 작품과 같은 주제를 다루었다는 것밖에 없다. 〈트로이아 여인들〉의 경우에도, 이 제목을 사용하는 E 사본 전통에 속한 다른 문서(*Excerpta Thuanea*)에 〈트로아스〉라는 이름이 적힌 것으로 보아, 〈트로아스〉가 원래의 제목이라는 주장이 있다. 하지만 에우리피데스와의 비교를 위해 우리말 제목은 그냥 〈트로이아 여인들〉로 정했다. 이 번역의 라틴어 원문 편집자인 츠비어라인(O. Zwierlein)도 그쪽을 택했다. 도시 이름이 들어간 제목을 쓰자는 쪽의 주

〈트로아스〉(트로이아에 대한 노래)라는 제목을 선호하는 학자들은, 작품 속에서 이 도시는 완전히 소멸한 상태가 아니라 여전히 불타면서 연기를 뿜으며, 도시 자체가 일종의 '등장인물'로서 '타이틀 롤'을 수행한다는 점을 강조한다. 특히 사건이 도시 바깥에서 일어나서,[18] 도시가 그저 배경이 아니라 독립적 개체로 보이기 쉽다는 것이다. 작품 속 사건 진행도, 아직 전쟁이 완전히 끝나지 않았고, 도시의 운명이 여전히 흔들리다가(428행) 폴뤽세네와 아스튀아낙스가 죽음으로써 비로소 전쟁이 끝나게 된다(1168행). 작품 제목을 어떻게 정할지를 떠나 꽤 주목할 만한 지적이다.

한 작품 안에 폴뤽세네와 아스튀아낙스를 함께 등장시킨 것은 희랍 모델엔 없던 것이다. 폴뤽세네는 에우리피데스의 〈헤카베〉 전반부에서 다뤄지고, 아스튀아낙스는 에우리피데스 〈트로이아 여인들〉의 앞부분 3분의 1 정도의 중심 주제다. 후자에 대해서는 세네카가, 자기보다 먼저 활동했던 로마 시인 악키우스의 〈아스튀아낙스〉를 많이 참고한 듯하다. 적어도 이 소년이 아버지 무덤에 숨는다는 발상은 그 작품에서 빌려온 것으로 보인다.[19] 폴뤽세네와 아스튀아낙스가 함께 나란히 등장한 작품으로 오비디우스의 〈변신 이야기〉 13권이 있다. 세네카는 이 둘의 수난을 함께 묶은 것도, 또 〈트로이아 여인들〉에서 거듭 되풀이되는 주제 '죽은 자가 산 자보

장은 다음 문헌을 참고하라. W. Stroh, "Troas", *BCS*, pp. 435~447 중 p. 435; G. W. M. Harrison(ed.), 2000, *Seneca in Performance*, London, p. X; K. Volk, 2000, *Putting Andromacha on Stage A Performer's Perspective*; Harrison의 앞 책, pp. 197~208 중 p. 197 참고.

18 이 작품에서도 그리고 〈포이니케 여인들〉에서도 그러하다.

19 E. Fantham(ed.), 1982, *Seneca's Troades*, Princeton, pp. 64~66 참고.

다 행복하다'는 언급도 오비디우스에게서 빌려온 것으로 보인다.[20] '죽음에 대한 열망 – 죽음에 대한 공포 – 그 공포의 극복'은 이 작품에서 반복되는 테마 중 하나이며, 에우리피데스의 작품과는 크게 대조되는 대목이다. 이 작품에서 삶의 무상함과 죽음의 상징으로 꼽히는 것이 트로이아 성벽과 헥토르의 무덤인데, 이 둘은 무대 배경에 배치되어 늘 관객의 시야에 들어오게 되어 있다.

도입부 및 제 1막(1~163행)

헤카베가 통치자의 행복이 얼마나 무상한 것인지 탄식한다. 그녀는 파리스를 낳았을 때, 트로이아의 멸망을 예견했었다. 이어 그녀는 남편 프리아모스의 죽음을 비탄한다.

헤카베는 합창단에게 애곡하기를 명한다. 헤카베와 합창단의 노래 대화(*kommos*, *planctus*)가 이어진다. 스스로 자기 몸을 때리는 노래가 이어지다가, 헤카베의 명에 따라 프리아모스의 '행복'을 축하하는 노래로 바뀐다. 그는 희랍군의 승리를 직접 보지도 않았고, 지금은 엘뤼시움에 헥토르와 함께 머물고 있기 때문이다.

제 2막(164~408행)

합창단[21]이 아가멤논의 전령인 탈튀비오스에게서, 희랍군이 떠나지 못하

---

20 세네카가 오비디우스를 모방한 것에 대해서는 다음 문헌을 참고하라. R. Jakobi, 1988, *Der Einfluss Ovids auf den Tragiker Seneca*, Berlin, pp. 18~44.

21 이 합창단이 트로이아 여인들인지, 탈튀비오스와 함께 등장한 희랍군 병사들인지, 장소는 앞의 장면과 같은 곳인지 다른 곳인지, 학자들 사이에 논란이 있다. 장소의 단일성 문

고 지체되는[22] 이유를 듣는다. 아킬레우스의 혼령이 나타나 트로이아 공주 폴뤽세네를 자기 무덤에 바치라고 요구했다는 것이 주된 내용이다.[23] 이어 아킬레우스의 아들인 퓌르로스와 아가멤논이 등장해서, 폴뤽세네를 제물로 바칠 것인지를 놓고 논쟁한다.[24] 아가멤논은 무고한 희생을 막으려 애쓰지만,[25] 퓌르로스가 격렬하게 저항하자 결국 예언자 칼카스에게 자문한다. 칼카스는 처녀를 바치라 조언하고, 또한 헥토르의 아들도 죽여야 출항할 수 있다고 말한다.

제에 대해서는 다음 문헌을 참고하라. E. A. Schmidt, 2001, "Der dramatische Raum der Tragoedien Senecas", *WS*, 114, pp. 341~360; C. W. Marshall, 2000, "Location! Location! Location! Choral absence and dramatic space in Seneca's troades", G. W. M. Harrison(ed.), *Seneca in Performance*, London, pp. 27~51.

22 이 작품에서는 '지체'(*mora*)라는 단어가 열두 번이나 쓰였다. 어떤 학자는 세네카의 다른 작품들이 역사의 종말을 확인시키는 데 비해, 이 작품은 역사가 끝나기를 거부한다고 평했다. A. Dressler, 2017, "The Trojan women Translator's introduction", in S. Bartsch(ed.), *Seneca The Complete Tragedies I*(이하 *SCT*), Chicago and London, p. 142 참고.

23 아킬레우스의 혼령이 나타나는 장면이 과연 사실로 제시되었는지, 혹은 그저 환각일 뿐이라는 의혹의 여지를 남기는지는 논란이 있다. 이것이 사실이고 그래서 이어지는 합창(371~408행)의 합리적 관점을 반박한다고 보는 연구로 J. Dingel, 1974, *Seneca und die Dichtung*, Heidelberg, pp. 92~94 참고.

24 지금 이 논쟁을 보는 합창단은 트로이아 여인들이 아니라고 믿는 학자들은, 제3막과 제4막에서 합창단이 폴뤽세네가 희생으로 바쳐지기로 결정된 것을 모르는 듯 되어 있다는 점을 지적한다. 서로 다른 합창단이어야만 그 모순이 없어진다는 것이다.

25 여기서 아가멤논은 '왕들의 모범'으로 제시되어 있다. A. J. Keulen, 2001, *L. Annaeus Seneca Troades*, Brill, p. 9 참고.

둘째 합창

이어서 합창단은 죽은 뒤에도 혼령이 존재하는지 질문을 던지고, 죽으면 모든 것이 흩어지고 만다는 결론을 내린다(371~408행). 학자들이 극찬하는 〈햄릿〉의 독백에도 영향을 끼친 것으로 알려진 부분이다.

제 3막(409~860행)

헥토르의 아내 안드로마케가 아들 아스튀아낙스를 데리고 등장하여, 아들에게 닥쳐올 위험을 걱정한다. 죽은 남편이 꿈에 나타나 아들을 숨기라고 명했기 때문이다. 그는 아버지 못지않은 영웅이 되어 민족을 이끌어 갈 아이이다. 안드로마케는 아들을 남편의 무덤 밑에 숨기기로 결정한다.

희랍군의 명을 받은 오뒷세우스(울릭세스)가 아스튀아낙스를 데리러 온다. 그는 어린 아들을 어머니에게서 빼앗아 내는 것이 내키지 않지만, 희랍의 미래와 자기 아들의 장래 안전을 위해 어쩔 수 없이 임무를 수행하겠노라 한다. 안드로마케는 처음엔 자기 아들의 행방을 모른다고 했다가 이미 죽었노라고 말을 바꾸지만, 오뒷세우스의 부하들이 헥토르의 무덤을 파괴하기 시작하자, 어쩔 수 없이 무덤에서 아이를 나오게 한다.[26] 마지막으로 아이를 시켜 오뒷세우스에게 탄원하게 하지만, 오뒷세우스를 설득하지는 못한다.

안드로마케는 이제 자신의 솔직한 감정을 폭발시켜 분노와 슬픔을 토로하지만, 곧 아이와 마지막 작별인사를 나눈다. 아들을 자랑스럽게 여기고, 아버지에게 사랑을 전하라고 이른다. 남편 무덤에 닿았던 아이의 옷을 자

---

26 두 사람 사이의 심리전은 예부터 많은 독자를 경탄하게 했던 대목이다.

기가 취하고 아이를 떠나보낸다.

셋째 합창

합창단이 희랍 땅으로 끌려가기 위해 마음을 준비할 것을 노래한다(814~860행).

제 4막(861~1055행)

헬레네가, 퀴르로스와 결혼하자고 폴뤽세네를 속여 이끌어 낼 임무를 띠고서 찾아온다. 안드로마케는 헬레네가 이 모든 재난의 원인이라고 공격한다. 헬레네는 자기는 납치되었을 뿐이라고 변명한다. 그녀는 결국 슬픔을 이기지 못하고, 폴뤽세네가 아킬레우스 무덤에 바쳐질 제물이 될 것임을 털어놓는다.

그러자 갑자기 폴뤽세네가 자발적으로 죽겠노라고 나선다. 여기서 어머니 헤카베는 땅바닥에 몸을 던지고 슬퍼하는데, 흔히 이 장면은 자발적 죽음이 강요된 삶보다 낫다는 것을 보여준다고 해석된다. 이어 퀴르로스가 달려와 폴뤽세네를 끌고 간다. 헤카베는 자신을 먼저 죽이라고 요구하지만 그 요구는 실현되지 않는다. 그러자 헤카베는 희랍군에게 저주를 퍼붓는데, 이는 제 1막에서 보여준 그녀의 철학자적 모습과 달라서 문제가 된다.

넷째 합창

이어서 '슬픔을 나누면 반으로 줄어든다'는 내용의 합창단의 노래가 뒤따른다(1009~1055행). 합창단은 자신들이 끌려가면서 멀리 겨우 흔적을 보이는 트로이아를 뒤돌아볼 것을 예상한다.

제 5막(1056~1179행)
전령이 달려와, 아스튀아낙스와 폴뤽세네의 죽음을 차례로 전한다. 여기는 두 젊은이의 용감한 죽음뿐만 아니라, 그것을 보는 대중의 반응도 그려져 있다. 시신은 무대 위로 돌아오지 않는데, 이로써 작품이 장례 애곡으로 끝나지 않고, 용기 있는 죽음을 찬양하는 것으로 끝나게 된다. 아스튀아낙스는 희랍군이 자기를 높은 곳에서 밀치기 전에 스스로 뛰어내려 죽었으며, 폴뤽세네는 칼날을 피하지 않고 정면으로 마주하여 죽었다는 것이다.

마지막으로 헤카베가 죽음이 다가오기를 기원하며 왜 그것은 젊은이들에게만 찾아오는지 원망한다. 전령이 어서 떠나자고 재촉하는 것으로 극이 끝난다.

이 작품은 르네상스 시대부터 세네카의 비극 중 최고로 꼽힌다. 어떤 학자는 이것이 에우리피데스의 〈헤카베〉보다 더 낫다고 평가하기도 한다. 특히 제 3막은 사상 최초의 '취조 장면'으로 꼽힌다. 이 작품에서 두 젊은이가 죽음의 공포를 이긴 것도 많은 경탄을 받았다. 이들이 스토아학파의 현자에 가까운 모습을 보여준다는 것이다.

사후 상태에 대한 전통적인 두 견해 중, 어느 쪽이 맞는지에 대해 세네카는 두 가능성을 모두 열어두었다. 즉, 죽음이 꿈 없는 잠인지, 아니면 죽은 뒤에 선한 자는 낙원으로 가는 것인지에 관한 문제다. 첫 합창에서는 사후세계 엘뤼시온이 언급된다. 둘째 합창에서는 죽음 뒤에는 아무것도 남지 않는다고 노래한다. 그다음 두 합창에서는 전쟁의 공포를 떨쳐낸 듯, 새로운 환경에 적응하려고 살자는 태도가 보인다. 이는 세네카의 합창이 일반 대중의 생각을 반영하기 때문이다.

3) 〈포이니케 여인들〉

이 작품은 크게 두 줄기의 이야기를 다룬다. 전반부는, 테바이 왕 오이디푸스가 자신이 아버지를 죽이고 어머니와 결혼했음을 스스로 밝혀내고 눈이 멀어 세상을 떠도는 것이 주된 내용이다. 후반부는, 그의 두 아들이 왕권을 놓고 전쟁을 벌이는 와중에 이오카스테가 그들을 화해시키려 애쓰는 내용으로 되어 있다.

앞에서 말했듯이 〈포이니케 여인들〉이란 제목은 E 사본 전통에서 사용해 온 제목이고, A 사본 전통에서는 〈테바이스〉라는 제목을 사용한다. 하지만 에우리피데스의 작품과 비교하거나, 스타티우스의 서사시 〈테바이스〉와 구별하는 데 있어 〈포이니케 여인들〉이 더 나은 제목인 듯하다.

이 작품은 세네카 비극 중 특히 그 운율상 특징으로 보아[27] 마지막에 만들어진 것으로 보인다. 이 작품은 오이디푸스의 방랑을 그의 두 아들 사이의 권력투쟁과 묶어 소개하면서, 특히 오이디푸스와 이오카스테의 역할을 강조한다. 이처럼 전통적 소재를 새로운 방식으로 이용하는 것 또한 작가의 원숙기 작품임을 보여준다. 또 하나 이 작품이 마지막 것이라고 추정하는 이유는, 이 작품이 미완성 상태이기 때문이다. 일단 합창단의 노래가 없고, 막도 4막에 그쳐서, 전체 분량이 664행으로 다른 작품의 60% 정도이다. 그래서 학자들은, 세네카가 이미 〈오이디푸스〉에서 전통적 내용을 한 번 다루었기 때문에 이번에는 새로운 문학적 실험을 시도한 것인데, 네로와의 관계가 악화되어 궁정을 떠나면서(서기 62년) 작업이 중단된 것이

---

27 이에 대해서는 피치의 앞 논문(Fitch, 1981), pp. 290f, 303~305 참고.

아닌지 추정한다.[28]

극의 내용은 크게 두 부분으로 나뉜다. 전체 4막 중 앞의 두 막은 방랑 중인 오이디푸스가 아들들의 분쟁을 예견하고 고심하는 장면이다. 뒤의 두 막은 이오카스테가 두 아들 사이를 조정하려 애쓰는 내용이다.

제 1막(1~319행)

눈먼 오이디푸스와 안티고네가 테바이 교외에, 아마도 키타이론산으로 가는 길목에 있다. 오이디푸스는 다시금 죄책감과 자신이 오염되어 있다는 느낌에 괴로워한다. 그는 딸의 충실함을 칭찬하지만, 이제 자기가 죽을 수 있도록 떠나기를 요구한다. 그는 스스로 눈을 찌른 것으로 충분히 죗값을 치렀다고 생각지 않는다. 안티고네는 아버지에게 고난에 맞서 용기 있게 살아가라고 촉구한다. 그는 결코 죽을죄를 지은 것이 아니며, 나아가 아예 죄가 없다고 선언한다. 오이디푸스는 법적으로 따지면 자신에게 죄가 없지만, 그래도 자기 행위의 결과가 너무 끔찍하다고 토로한다.

그가 다시금 이렇게 괴로워하는 이유는 자기 아들 둘이 곧 전쟁을 시작하리라는 소식이 들려서다. 특히 외국으로 추방된 폴뤼네이케스가 외국군대를 이끌고 모국과 자기 시민을 공격한다는 것은 이들이 자기의 자손임을 '입증'하는 행동이다. 하지만 안티고네는 오라비들 사이의 이 분쟁이야말로 오이디푸스가 살아야 하는 이유라고 주장한다. 아버지는 자식들의 광적인 행동을 막아야 하기 때문이다. 오이디푸스는 아들들은 자신을 전혀 존

28 이 작품이 미완성인 것이 아니라 작가의 형식 실험을 보여주는 완결된 작품이라는 주장도 있다. 타런트의 앞 논문(Tarrant, 1978), pp. 229f, 251~253 참고.

중하지 않으니 다 쓸데없는 짓이다, 그들이 더 큰 죄를 짓는 걸 보기 전에 죽겠다고 우긴다. 안티고네는 아버지 앞에 쓰러져 눈물로 탄원한다. 그러자 오이디푸스가 마음을 바꿔서, 딸을 위해 살겠노라고 양보한다.

제 2막(320~362행)

테바이로부터 도착한 전령이 두 젊은이 사이의 분쟁을 조정해 달라고 오이디푸스에게 청한다. 하지만 오이디푸스는 격한 어조로, 두 자식이 자기들 아버지에게 걸맞은 짓을 하길 기원한다. 그는 가파른 곳 동굴 속이나 빽빽한 덤불에 숨어서 두 아들 사이의 다툼이 어떻게 되는지 듣겠노라고 선언한다.

제 3막(363~442행)

작품의 후반부는 이오카스테의 탄식으로 시작한다. 전반부가 오이디푸스의 격한 외침으로 시작한 것과 유사하다. 후반부의 배경은 테바이 성벽 위, 또는 왕궁의 지붕 위로 보인다. 이오카스테는 거기서 전장을 내다보고 있다.[29] 그녀는, 자기 손으로 자식을 찢어 죽였던 아가베가 자기보다 차라리 더 행복했다고 탄식한다. 아가베는 본인이 죄를 짓긴 했지만 적어도 그녀의 자식은 무고했는데, 이오카스테는 본인의 죄에 더하여 죄 많은 아들들까지 낳았기 때문이다.

---

29 이런 장면을, 〈일리아스〉 3권을 본떠서 '성벽에서 내려다보기'(*teichoskopia*)라고 부른다. 에우리피데스의 〈포이니케 여인들〉 101~201행에서는 이오카스테가 성벽 위에 서 있다는 것이 좀 더 분명하게 밝혀져 있다.

그때 시종이 다가와, 두 군대의 전열이 서로 다가가고 있으며 말발굽에서 먼지가 일어나고 있다고 전하면서, 더 늦기 전에 두 아들 사이를 중재하라고 권고한다. 안티고네 역시 어머니를 재촉한다.[30] 이오카스테는 두 군대 사이로 들어가겠노라고 한다. 두 아들이 군대를 전진시키려면 먼저 그녀를 죽여야 할 것이다.

이어서 시종이, 이오카스테가 달려가 두 군대를 정지시키는 장면을 자세히 묘사한다. 이것은 보통 비극작품에서 전령이 사건을 보고하는 장면을 바꾼 것이다. 그러한 보고는 대개 이미 사건이 일어난 후에 이루어지는데, 여기서는 사건이 진행되는 것과 동시에 보고가 이뤄진다. 이는 사건을 좀 더 생생하게 전달할 뿐만 아니라, 곧 일어날 배경 전환을 쉽게 만들어 주는 효과가 있다.

제 4막(443~664행)

이오카스테가 아들들을 설득하려 애쓰지만, 아들들은 서로 상대를 경계하여 먼저 무장을 내려놓질 못한다. 그래도 결국 양쪽이 무기를 치우게 되

---

30 안티고네는 전반부에서 아버지를 떠나지 않겠노라고 다짐했었는데, 후반부에서 도시 안에 들어와 있다. 이러한 모순 때문에 이 후반부는 원래 다른 작품에 속했던 것이 아니냐는 의혹이 있다. 물론 이 작품이 미완성이어서 충분히 다듬어지지 않았다고 하면 설명이 되긴 한다.

한편 안티고네의 존재가, 형제 사이의 분쟁이라는 주제와 더불어, 앞뒤 두 부분을 이어주는 역할을 한다는 연구도 있다. 그녀는 전반부에서는 아버지를 억제하는 역할을, 후반부에는 어머니를 격려하는 역할을 수행한다. 이러한 대조적 역할은 다가오는 파국에 대한 오이디푸스와 이오카스테의 반응의 차이를 두드러지게 만드는 효과가 있다는 것이다. M. Frank, "Phoenissae", *BCS*, p. 455 참고.

고, 이오카스테는 먼저 폴뤼네이케스에게로 향한다. 그의 망명, 그리고 어머니로서 아들의 결혼을 챙기지 못한 것을 탄식하고, 아들이 이제 침략자로서 자신을 두렵게 함을 슬퍼한다. 이어서 그가 고국에 끼칠 파괴의 참상을 자세히 묘사하며, 군대를 철수시키라고 호소한다.

하지만 아들은 거부한다. 그렇게 되면 자신은 영원한 망명자 신세로 처가에서 종속적 위치에 놓이리라는 것이다. 그러자 어머니는 테바이 아닌 다른 곳에 새로운 왕국을 세우는 게 어떠냐고 제안한다. 폴뤼네이케스는 왜 자기 형제는 전혀 죗값을 치르지 않게 되는지 반문한다. 어머니는 에테오클레스도 대가를 치르게 될 거라고 말한다. 테바이 통치자 중에 불행을 당하지 않은 사람이 없다면서, 특히 에테오클레스는 신성한 서약을 깨뜨렸기 때문에 더욱 그렇게 되리라는 것이다.

에테오클레스가 이런 예상을 비웃자, 어머니가 나무라지만, 아들은 어떤 대가를 치르더라도 권력을 차지하는 게 좋다고 주장한다. 여기서 작품이 중단된다.

작품 마지막 부분의 '한 줄씩 말하기'는 각 대사를 누구에게 배당해야 하는지 문제가 있다. 전해지는 두 사본 전통 모두가 이 부분을 폴뤼네이케스와 이오카스테의 대화로 배당한다. 그렇게 되면 이오카스테가 처음엔 아들의 망명을 동정하고 슬퍼하다가, 이어서 그것은 그가 서약을 깨뜨렸기 때문이라고 공격하는 것이 되어, 모순이 생긴다.[31] 학자들은 대개 이 논쟁을 이오카스테와 에테오클레스의 것으로 보고, 위의 요약도 (츠비어라인을 따라)

---

31 M. Frank (ed.), 1995, *Seneca's Phoenissae*, Leiden, p. 252 참고.

그렇게 정리했다.

하지만 이 장면을 두 형제 사이의 대화로 보는 학자도 있다. 이렇게 처리하면 좋은 점은, 어머니와 한 아들이 대화를 나누는데, 다른 아들은 그냥 곁에서 지켜본다는 어색한 설정이 없어진다는 것이다. 한편 이렇게 하면 다른 문제가 생긴다. "그러면 다스려라, 너의 친족에게서 미움을 받으며"(653행) 라는 대사가 폴뤼네이케스에게 주어지고, 그가 권력을 양보할 의사를 비친 것이 되기 때문이다. 그러면 오이디푸스의 두 아들이 죽기까지 서로 싸웠다는 전통적 이야기를 너무 심하게 바꾼 것이 된다. 세네카가 다른 작품에서도 그런 식으로 많이 바꿨다면야 그의 특징이라고 하겠지만, 다른 데서는 그런 적이 없었다.

그래서 최선의 해결책으로 여겨지는 것이 앞에 택한 방식이다. 즉, 이 마지막 부분은 에테오클레스와 어머니 사이의 대화여서, 그는 권력을 넘겨줄 의사가 없다는 것이 분명해졌으며, 폴뤼네이케스가 어머니의 호소를 받아들일지는 불확실한 채로 작품이 끝난다는 것이다.

이 작품에는 합창이 나오지 않는데, 혹시 〈포이니케 여인들〉이라는 작품 제목이 세네카 자신이 붙인 것이라면 애초에는 합창을 넣으려 구상했을 수도 있다. 장면 배경이 전반부에는 테바이 바깥 야외였다가, 후반부에는 성벽과 성 앞이어서 동일한 합창단을 사용할 수 있는지의 문제가 있긴 하다. 하지만 〈파이드라〉에서는 아예 합창단의 성별조차 불분명하니, 이것이 큰 문제가 되지는 않을 것이다. 합창단이 인물을 따라 장소를 옮겨 가는 방법도 생각해 볼 수 있다. 32

---

32 프랭크의 앞 책(Frank, 1995), p. 10 참고.

그러면 애초에 세네카가 합창을 넣었었는데 사본 전승 과정에서 사라진 것인지, 아니면 나중에 넣으려고 구상했다가 완성하지 못한 것인지의 문제가 있다. 학자들은 대개 후자로 본다. 한편 이 작품이 미완성이 아니라 이대로 완성된 것이라는 주장은, 마지막 부분이 너무 약해서 초반부터 둘 사이의 격돌을 기다려 온 독자들의 기대를 만족시키지 못한다는 점 때문에, 많은 지지를 받진 못한다. 만일 세네카가 마지막 장면을 더 썼더라면, 에우리피데스의 작품에 나온 것처럼 두 형제의 죽음과 이오카스테의 자결이 전령에 의해 보고되었을 가능성이 높고, 또 그에 대한 오이디푸스의 반응이 그려졌을 텐데, 그러면 아직도 도시 밖에 있는 오이디푸스를 보여주기 위해 다시 한 번 장면을 전환해야 한다는 어려움이 있다.

이 작품을 둘러싼 또 하나의 쟁점은 막 구별을 어떻게 해야 하느냐는 것이다. 합창이 나오지 않기 때문에 더욱 어려운 이야기다. 앞에서는 네 부분으로 나눴지만, 일단 제 2막이 너무 짧다는 문제가 있다. 제 2막을 첫 부분과 합치는 것이 어떨까 싶기도 한데, 전체를 셋으로 나누자고 제안하는 학자도 제 2막을 없애기보다 그 뒤 이오카스테 부분을 두 막으로 나누지 말고 하나로 묶자는 의견을 제시한다. 한편 그냥 전체를 둘(오이디푸스 부분 – 이오카스테 부분) 로 나눠 보자는 의견도 있다. 하지만 오히려 더 자세히, 다섯 부분으로 나누자는 의견도 있다.[33]

이 작품의 내용이 크게 두 부분으로 나뉘기 때문에, 19세기에는 이 두 부분이 서로 다른 작품에서 온 것이 아니냐는 의혹도 있었다. 하지만 점차적

---

33 앞의 제 3막을 363~402행, 403~442행으로 나누자는 것이다. 이 작품이 완결된 것이라고 보는 타런트의 제안이다.

으로 이 두 부분 사이의 구조적 평행성, 단어들 사이의 호응, 주제적 대조와 연속성 등이 밝혀지면서 그런 의혹은 해소된 상태다. 작가가 작품을 이런 식으로 짠 것은, 두 아들의 파멸적 대결에 대해 부모가 각기 어떻게 반응하는지 보여주려 했기 때문이라는 것이다. 즉, 오이디푸스의 죄책감과 불경스런 분노와 대비하여, 두 아들을 화해시키려 애쓰는 이오카스테의 충실함(경건함, *pietas*)을 보여줌이 작가의 주된 목표라는 것이다. 하지만 이오카스테의 충실함도 아들들의 불경 앞에 무력하게 된다. 이는 전반부에서 안티고네의 충실함이 오이디푸스 앞에서 별 효력이 없는 것과 유사하다.

이 작품에서 이오카스테는 오이디푸스보다 훨씬 합리적이고 강인하게 그려졌다. 그녀 역시 죄책감에 시달리지만 그것이 그녀를 자기혐오와 자기파괴로 끌고 가지는 않는다. 둘 사이의 대조를 가장 잘 보여주는 표현이 "나는 가련다"(*ibo*, 12, 407행)이다. 두 인물이 같은 표현을 두 번씩 반복하지만, 오이디푸스는 죽음을 찾으러 가겠다는 뜻이고, 이오카스테는 두 아들 사이의 대결을 말리러 가겠다는 의미다. 또한 "달려들게 하라"(*ruat*, 355, 443행)도, 오이디푸스는 '형제끼리 서로에게 달려들게 하라'는 뜻으로 썼지만, 이오카스테는 '모두가 나를 공격하게 하라'는 뜻으로 사용했다. 즉, 한쪽은 저주의 확장을 기원하는 반면, 다른 쪽은 스스로 책임과 희생을 떠맡겠노라는 결의를 보여준다.

세네카가 〈포이니케 여인들〉을 썼을 때 어떤 작품을 모델로 삼았는지에 대해, 예전에는 작품 전반부는 소포클레스의 〈콜로노스의 오이디푸스〉에서, 후반부는 에우리피데스의 〈포이니케 여인들〉에서 빌려왔다는 믿음이 보편적이었다. 하지만 근래에는 세네카가 〈콜로노스의 오이디푸스〉를 직접 읽지 못하고 대체적 흐름만 알고 있었다는 주장이 지지를 얻는다. 에우리피데스 〈포이니케 여인들〉의 영향도 유사한 표현이 별로 없다는 점에서 의심을 받고 있다. 그보다는 로마 문학작품들의 영향이 더 크지 않았나 싶은데, 공화정 말기에 활동했던 악키우스의 〈포이니케 여인들〉에서 전해진 일부 파편을 보면 그 작품도 직접 표현에까지 영향을 준 것 같지는 않다. 어쩌면 에우리피데스를 모델로 삼았던 다른 로마 비극이 있었고, 악키우스도 그것을 본떴을 가능성이 있다.

4) 〈메데이아〉

세네카 비극 중 중기에 속하는 이 작품은 대체로 네로가 황제가 되기 전에 완성된 것으로 여겨진다. 작품의 주요 내용은 메데이아가 자신을 배반한 남편 이아손에게 잔인하게 복수한다는 것이다. 이 복수극은 이전에 메데이아가 행했던 여러 범죄와 연관되어 있는데, 이아손은 이러한 범죄에서 이득을 보았었다.

이아손이 아르고호 영웅들을 이끌고 콜키스 땅으로 황금양털가죽을 구하러 왔을 때, 그녀는 아버지를 배신하고 그에게 도움을 주었다. 우선 불뿜는 황소와 싸우고 용 이빨에서 솟아난 전사들과 싸울 수 있도록 특별한 약을 주었다. 이어서 아레스의 숲에서 황금양털을 지키던 용을 수면제로 잠재우고 그 양털가죽을 훔쳐냈다. 그리고 이아손과 함께 도망칠 때, 추격자들을 따돌리기 위해 자기 동생 압쉬르토스를 토막 내어 바다에 던지고, 상대방이 시신을 수습하는 사이에 시간을 벌어 도주하였다.

이아손의 고향인 이올코스에서는, 왕권 넘겨주기를 거부하는 늙은 왕 펠리아스를, 약초와 함께 삶아서 다시 젊게 만들어 주겠노라고 펠리아스

딸들을 유혹해서는, 토막 내어 죽였다. 왕을 너무 끔찍하게 죽였기 때문에 이아손 가족은 이올코스에서 추방되어 남쪽 코린토스로 이주한다. 거기서 이아손은 메데이아를 버리고 코린토스 왕 크레온의 딸 크레우사와 결혼한다. 이제 이아손은 아내와 함께 과거를 떠나보내려는 것이다.

제1막(1~115행)

극은 메데이아의 독백으로 시작된다. 그녀는 이아손과 달리 과거를 되살리려 한다. 과거와의 연속성을 유지하면서 자기 정체성을 지키려는 것이다. 그녀는 자신의 영역을 대표하는 신들을 부른다. 카오스의 영원한 밤, 저승, 하데스, 페르세포네 등이다. 불행을 내려 달라고 그들에게 탄원한다. 이들은 마법적 장면에 중요한 신들과 영역들이다. 메데이아는 크레온과 그의 딸에게 죽음으로 복수하기 위해 마법이 필요할 것이다. 특히 복수의 여신들을 부르는 데 사용한 표현은 현재의 결혼을 과거 자신의 결혼과 연결시키면서, 동시에 곧 일어날 크레온과 크레우사의 죽음을 예고한다. 하지만 그녀는 이아손이 살아남기를 기원한다. 추방자로서 거처도 없이, 법의 보호도 없이.

그녀가 아이들을 언급하는 순간, 에우리피데스의 판본에 익숙한 독자들은 아이들을 죽인다는 아이디어가 서서히 떠오르고 있음을 감지하게 된다. 태양신의 마차에 대한 언급도, 이제 왕궁이 불타버릴 것이란 예상과 더불어, 마지막에 메데이아가 그 마차를 타고 도주할 걸 예상하게 한다. 이 도입부에서 희미하게 암시된 일들은 앞으로 점차 또렷한 모습을 갖출 것이다.

첫째 합창

이어서 코린토스 시민들로 이루어진 합창단이 결혼축가를 노래한다(56~115행). 평화에 대한 이들의 소박한 기원은 조금 전 메데이아의 기원과 대조된다. 이 노래는 보통 결혼축가에 포함되는 요소들을 담으면서, 또한 메데이아와의 결별이 정상적 상태로 돌아가는 것이란 암시도 담았다.

제 2막(116~379행)

이 부분은 크게 세 가지 내용으로 이루어져 있다. 우선 메데이아의 독백, 이어서 메데이아와 유모의 대화, 마지막으로 크레온과의 대화이다.

결혼축가를 들은 메데이아는 과거 자신의 행적을 떠올리며 어떻게 복수할지 모색한다. 그러다 이아손의 궁색한 처지에 생각이 미치고, 그의 행복을 비는 마음이 된다. 그녀는 대신 크레온의 집을 태우겠다고 선언한다. 유모는 메데이아에게 평온하게 고난을 견디라고 충고한다. 왕에게 저항하면 결과가 좋지 않다고.

거기에 크레온이 찾아온다. 그는 메데이아를 추방하기로 결심한 상태다. 애당초는 메데이아를 죽여 없애려 했으나, 이아손이 간청해 추방으로 변경한 것이다. 메데이아는 자기변호의 기회를 얻어, 우선 자신이 희랍인들에게 큰 도움을 준 것을 상기시킨다. 크레온이 지금 사위를 맞아들일 수 있는 것도 자기 덕분이라고, 게다가 크레온은 왕으로서 탄원자를 보호할 의무가 있다고, 또 이전 모든 범죄의 책임을 자신에게 돌리는 것은 잘못이라고. 애초에 아카스토스가 자기 아버지(펠리아스)를 죽인 책임을 묻고자 넘겨 달라 요구했던 인물도 메데이아 아닌 이아손인데, 크레온은 그 갈등을 메데이아를 추방함으로써 해소하려 한다고.

이제 크레온은 조금씩 흔들리고 결국 하루 더 머무는 것을 용인한다. 그녀에게 변명의 기회를 준 것부터가 그의 실수였다. 그는 결국 메데이아의 상대가 되지 못하는 것이다.

둘째 합창

이어서 합창단이 배를 처음 만든 사람의 대담함을 찬양하고, 항해 이전의 순수하던 시대를 돌아보며, 아르고호의 여행을 회고한다. 그들은 메데이아가 그 항해의 상이라고 노래한다(301~379행).

제 3막(380~669행)

유모가 메데이아의 격정과 광기를 걱정하는 사이, 메데이아는 밖으로 달려나간다. 그녀는 우주가 존재하는 한 복수를 이루리라 다짐하고, 한 번 찾아오지도 않는 남편을 원망하며, 어렵게 얻은 이 하루를 잘 이용하자고 다짐한다.

거기에 이아손이 찾아온다. 자기의 결정은 아이들을 위한 것이었다며, 메데이아를 간곡히 설득하자고 혼자 다짐한다. 메데이아는 남편에게 자기가 어디로 가야 할지 묻고, 자신이 그에게 준 도움을 다시 나열한다. 이아손은 메데이아에게 조용히 떠날 것을 청하며 자신이 금전적 도움을 주겠다고 제안한다. 메데이아는 함께 떠나자고 주장하다가, 그가 아이들을 걱정하는 것을 보고서 아이들을 해칠 생각을 떠올린다. 메데이아는 남편의 의견에 수긍한 듯, 아이들과 작별인사를 나누고 떠나겠노라고, 자기가 했던 악담은 잊으라고 말한다. 하지만 남편이 떠나자, 드레스와 관에 독을 묻혀 왕녀 크레우사에게 전할 뜻을 밝힌다.

셋째 합창

이어서 합창단이 남편을 빼앗긴 여인의 분노보다 무서운 것이 없다고 노래하고, 아르고호 영웅들의 불행한 죽음을 돌아보며, 이아손만큼은 살아남기를 기원한다(579~669행).

제 4막(670~878행)

유모가, 메데이아가 온갖 재료를 섞어 독약을 만든 과정을 보고한다. 이어서 메데이아는 헤카테 여신에게 이 약이 큰 효력을 발휘하도록 기원한다. 아이들을 불러 그 약을 묻힌 장식품들을 가져다 새 신부에게 주라고 전달한다.

넷째 합창

합창단이, 분노와 사랑에 휘둘려 광란하는 메데이아를 걱정하는 노래를 부른다(849~878행).

제 5막(879~1027행)

전령이 달려와 왕과 공주가 죽고 왕궁에 불이 났다는 소식을 전한다. 메데이아는 즐거움을 표현하다가, 갑자기 슬픔에 젖어 든다. 아이들을 안고 마음이 이리저리 변하던 중, 복수의 여신의 환각을 보고서 아이 하나를 죽인다. 이아손이 달려와 그녀를 비난하고 아이 하나라도 구해내려 하지만, 메데이아는 남편이 보는 데서 아이를 죽여 던지고는 용이 끄는 수레를 타고 날아가 버린다. 혼자 남은 이아손은 신들은 존재하지 않는다고 외친다.

이 작품은 메데이아가 복수를 위한 계획을 점차적으로 발전시켜 나가는 과정을 보여준다. 제 1막에서 그녀의 복수의 소망은 거의 환상에 가깝게 그려졌다. 하지만 그 후 그녀는 잇달아 세 가지 타격을 당한다. 우선 결혼축가가, 이제 남편이 새로 결혼했다는 것을 절감하게 한다. 게다가 이제 그녀는 현실적으로 추방 위기에 직면한다. 제 3막의 끝부분에 가면, 그녀는 이제 남편을 그냥 제도에서뿐만 아니라, 감정에서도 잃었다는 것을 깨닫는다. 그래서 3막 끝에 그녀는 남편의 새 아내 크레우사를 없애기로 결심한다.

아이들을 죽이자는 생각은 좀 더 의식 밑바닥에서 자라간다. 이미 제 3막에서 이아손과 논쟁하는 중에 그녀는, 아이들을 통해 남편에게 상처를 입힐 수 있다는 가능성을 포착했다. 하지만 그녀는 우선 크레우사에게 집중하느라 이 문제를 뒤로 미뤄 둔다. 제 5막에 가서, 크레우사와 크레온이 파멸했다는 게 확실해진 순간에야 그 문제가 의식의 표면에 떠오르는데, 그 발상에 대한 메데이아의 첫 반응은 공포심이다. 그렇지만 그녀는 그것을 거의 스토아적으로 이겨낸다.

결과만 놓고 보면 메데이아를 그냥 괴물로 여기기 쉽지만, 찬찬히 읽어보면 우리는 그녀의 심리가 단계적으로 섬세하게 변해가는 걸 알 수 있다. 남편에 대한 미움도 처음부터 확고한 것이 아니라, 여전히 미련이 남은 사랑과 뒤섞인 것이다. 예를 들면 제 2막 초반에, 어떻게든 남편의 입장에서 변명을 해보려 애쓰는 장면이 그렇다. 그녀가 이전에도 여러 죄를 지었지만, 그것은 모두 남편과 그의 동료들을 위해서 한 일이란 말도 거의 사실이고, 그래서 우리로 하여금 그녀를 동정하게 한다. 적어도 이아손만큼은 그녀를 비난할 수 없는 것이다.34

우리가 이 작품을 읽을 때 가장 먼저 떠올리는 것은 에우리피데스의 〈메데이아〉인데, 세네카는 에우리피데스 작품에 없던 요소를 몇 가지 새로 도입했다. 우선 메데이아가 독약을 만드는 제 4막 내용은 희랍극에서는 볼 수 없는 특이한 면모이다.[35] 여기서 그녀는 자신의 '야만적' 기술에 확신과 긍지를 지닌 것으로 그려졌다. 마지막에 그녀가 아이들을 죽이는 것도 그냥 복수를 위해서가 아니라, 이전에 동생을 죽인 것에 대한 갚음이기도 하다는 것 역시 희랍 모델에는 없던 요소다. 우리는 보통 메데이아를 격정에 압도된 인물로 여기지만, 이런 점을 보면 적어도 이 작품에서 그녀는 격정 이외의 다른 면모(어쩌면 '숙고')를 지닌 것으로 그려졌다.

이 작품에서 중요한 요소 중 하나는 인간과 자연의 관계이다. 둘째 합창에서 아르고호의 항해는 인간이 자연을 기술로써 지배해 나가는 과정의 출발점으로 소개된다. 하지만 메데이아는 혈통에 의해 강력하게 자연과 연관되어 있다. 그녀는 태양신의 손녀딸이고, 마법과 약물에 능한 민족의 자손이다. 메데이아는 그동안 일종의 '문화시민'으로서 이런 재주를 사용하길 자제했었다. 이제 거기서 밀려나자 그녀는 다시 옛 능력으로 돌아간다. 그녀와 자연 사이의 긴밀성은 작품이 진행될수록 짙어진다. 셋째 합창은 메데이아의 복수심을, 자연이 아르고호 선원들에게 가한 보복과 연결시켰다. 그들 중 대다수는 불과 물이라는 자연력에 희생되었던 것이다. 이제 아르고호 선원 중 마지막 생존자인 이아손도 곧 그렇게 될 것이다, 조금 간접적인 방식으로.

---

34 제 2막의 메데이아와 크레온의 대화는 특히 한편으로 아이러니와 경멸이, 다른 한편으로 진실과 거짓이 뒤섞인, 매우 잘 만들어진 장면으로 꼽힌다.

35 사실 세네카의 다른 작품에도 비슷한 것이 많이 나온다.

제 5막은 메데이아의 내부에서 두 가지 정체성이 다투는 것을 보여준다. '아내'와 '어머니'의 힘겨루기다. 하지만 아이들이 죽는 순간 그녀와 이아손 사이의 모든 관계가 사라지고, 그녀는 자신이 다시 콜키스의 처녀로 돌아간 듯한 환각을 느낀다. 사실 메데이아가 작품 내내 추구해 온 것은 아내나 어머니의 지위라기보다는, 누구에게도 구속되지 않고, 오히려 자기 의지를 남들에게 강제할 수 있는 자기중심적 자율성이다. 작품 마지막에 그녀는 마침내 자신이 그런 수준에 도달한 것을 느낀다. "이제 나는 메데이아다. 나의 재능은 악을 통해 성장했도다"(910행) 가 바로 그러한 완성의 선언이다.[36]

이 작품을 해석하는 데서 가장 문제 되는 것은, 작품 속 메데이아가 거의 스토아철학자처럼 그려졌는데, 그녀의 최종적 결정은 스토아철학이 권고하는 것과는 정반대로 분노의 무절제한 폭발이라는 점이다. 메데이아는 세네카가 그의 철학적 산문들에서 권고한 대로 행동한다. 로마식 스토아학파는 각 사람이 자연과 조화를 이루는 현자가 될 가능성을 갖고 태어난다고 믿고, 그 가능성을 완성하는 것을 삶의 목표로 제시하였다. 그 목표를 이루는 방법으로 권장되는 것이, 이상적 감독자를 상상하여 그가 늘 자기를 주시한다고 믿는 것이다.[37] 그런데 이 작품에서 메데이아가 바로 그 방법을 택한다. 문제는 그 메데이아가 다른 이야기들에 나오는 메데이아라는 점이다. 메데이아와 유모의 대화 장면에서, 유모가 "메데이아여!"라고 부

---

36 물론 이 구절은 여러 함축이 있다. 학자들은 여기서 '당신들이 신화를 통해 아는 바로 그 메데이아다'라는, 이야기 틀을 넘어선 뜻도 찾아냈다.

37 세네카, 〈편지〉, 11편. 8~10절 참고.

르자, 그녀가 "나는 그녀가 될 거예요"라고 응수하는 장면(171행)이 특히 그것을 잘 보여준다.[38] 그리고 그 목표가 달성되었음을 외치는 것이 앞에 인용한 910행이다.

메데이아가 혼자서 자신의 욕망 중 어느 것이 옳은지 질문을 던지는 장면에서, 자신을 격려하거나 스스로 꾸짖는 모습도[39] 스토아학파의 방법으로 권고되던 것이다. 그녀가 자신의 이전 범죄를 떠올리며 그것이 즐거웠다고 말하는 장면(911~914행) 역시, 날마다 자신을 돌아보고 스스로를 격려하는 방법으로 권장되던 것이다.[40] 용기의 가치를 믿고, 결코 절망하지 않겠다는 발언(160~163행), 불운이 재산은 빼앗아 갈 수 있지만 기백을 빼앗지는 못한다는 발언(176행), 특히 운수라는 것은 자기 발밑에 있다는 선언(520행)[41] 등은 모두 스토아적 자세를 보여준다.

그런데 이런 모든 스토아적 태도와 숙고 끝에 그녀가 도달한 곳은 보통 사람의 수준을 넘는 범죄였다. 스스로 자신을 통제하고 자기를 이루어 가겠다는 그녀의 목표가 최악의 결과를 낳고 말았다. 세네카는 철학적 산문에서 자기통제가 악한 결과를 낳을 가능성은 전혀 고려하지 않았다. 하지만 그는 비극작품에서, 자기통제가 도덕적 진보로 연결되지 않는 세계를 우리에게 슬쩍 소개하고 있다.

---

38 에우리피데스의 〈메데이아〉에는 그녀가 스스로 자기 이름을 부르는 장면이 단 한 번 나오는 데 비해, 세네카의 작품에는 8회나 나온다. J. G. Fitch & S. McElduff, 2002, "Construction of the self in Senecan drama", *Mnemosyne*, 55, pp. 18~40 중 p. 25 참고.

39 예를 들면 895행, "내 영혼아, 왜 가라앉느냐? 성공적인 공격을 이어나가라."

40 세네카, 〈편지〉, 78편 14절, 108편 7절 참고.

41 세네카, 〈인생의 짧음에 관하여〉, 5. 3 참고.

메데이아가 이렇게 된 데는 그녀가 완전히 고립된 상태란 점이 작용했을 수 있다. 이 작품에서는 합창단부터가 메데이아에게 다소 적대적으로 설정되어 있다. 에우리피데스의 〈메데이아〉에서 합창단은 메데이아에게 매우 우호적이고 이아손을 비난하는 모습을 보이는 데 반해, 이 작품의 합창단은 이아손의 새 결혼을 축하하는 노래로 시작하기 때문이다. 한편 메데이아의 고립은, 그녀가 가족 내의 (아내로서, 어머니로서) 자기 역할을 스스로 버리고, 타인과의 소통을 포기한 채 자신에게 너무 집중한 데도 원인이 있다. 42

이 작품의 결말은 도덕적 교훈을 주기 위한 것은 아닌 듯하다. 악인이 성공을 누리기 때문이다. 어떤 학자는 도덕적 유보 없이 '선을 넘는' 복수극이 주는 쾌감과 거기서 성취하는 주인공의 '크기'를 강조한다. 43 또 어떤 학자는 이 작품이, 우리의 삶에 여전히 놓여 있는 도덕성, 살인, 자기 정당화 등의 문제를 제기했다는 것에 큰 가치를 부여한다. 44 이 작품에 그려진 인물의 성격에 대해서도 학자들 사이의 의견이 상반된다. 크레온에 대해서는 '완벽한 독재자'와 '겁쟁이'라는 상반된 평가가 있다. 이아손에 대해서도 '비열한 인간'이라는 평가와 '스토아적 절제를 갖춘 사람'이라는 평가가 엇갈린다. 45 독자가 각자 판단할 일이다.

---

42 C. Gill, 1987, "Two monologues of self-division Euripides, 'Medea' 1021~1080 and Seneca, 'Medea' 893~977", in P. Hardie and M. Whitby(eds.), *Homo Viator Essays for John Bramble*, Bristol, pp. 25~37 중, p. 36 참고.

43 예를 들면 J. G. Fitch(ed.), 2018, *Seneca Hercules, Trojan Women, Phoenician Women, Medea, Phaedra*, MA Cambridge, p. 311 참고.

44 예를 들면 S. Bartsch, "*Medea* Translator's introduction", *SCT I*, p. 9 참고.

45 상반된 인물 평가에 대해서는 W-L. Liebermann, "Medea", *BCS*, pp. 459~474 중 pp. 463, 466 참고.

5) 〈파이드라〉[46]

이 작품의 주된 내용은, 테세우스의 마지막 아내 파이드라가, 테세우스가 아마존 여인에게서 얻은 아들 힙폴뤼토스를 사랑하여 구애하다가 실패하고, 그를 모함하여 죽게 만들고는 자기도 자결한다는 것이다.

〈파이드라〉는 세네카의 비극 중 가장 인기 있는 작품이다. 학자들 사이에서도 많이 연구되는 작품이고, 또 여러 작가가 여기서 새로운 작품을 위한 영감을 끌어냈다. 전체적 구성도 좋아서 다른 작품에 비해 훨씬 일관성 있게 짜였다는 평가를 받았다. 합창단의 노래도 이야기 진행과 잘 맞는다. 새로운 인물이 도착하면 합창단이 그것을 알려주고, 합창단장이 다른 등장인물과 이야기를 나누는 장면도 많이 나온다.[47]

또 주인공인 파이드라의 자기분열도 관객과 독자의 동정을 받을 수 있도록 아주 잘 그려졌다. 무엇보다 칭찬받는 장면은 파이드라가 힙폴뤼토스에게 자신의 사랑을 고백하는 장면(592~671행)이다. 사실 계모가 의붓아들을 사랑한다는 설정은 일종의 '근친상간'이기 때문에, 공화정 시기의 좀 더 엄격한 분위기에서는 작가들이 다루기 부담스러웠던 주제이다. 황제정 초기에 사회의 도덕적 분위기가 조금 느슨해진 덕에 이렇게 작품화될 수 있었다. 그리고 세네카가 소수의 관객에게만 공개할 목적으로 작품을 썼기 때문에 이런 주제를 다루는 게 가능했다는 분석도 있다.

---

46 이 제목은 E 사본 전통과 츠비어라인의 선택을 따른 것이다. A 사본 전통에는 〈힙폴뤼토스〉로 되어 있다.

47 세네카 비극에서 합창단의 역할에 대해선 D. E. Hill, 2000, "Seneca's choruses", *Mnemosyne*, 52, pp. 561~587 참고.

앞에 말했듯 이 작품은 초기 것으로, 대체로 클라우디우스 황제 재위 말기의 것으로 여겨진다. 그런데 창작연대를 결정하는 문제가 〈파이드라〉에서는 다른 작품의 경우보다 약간 중요하다. 이 작품이 실제 사건을 반영한다는 주장이 있어서다. 즉, 이 작품에서 파이드라가 의붓아들을 유혹하는 장면이 네로의 어머니 아그립피나가 아들 네로를 유혹하려 했다는 의혹과 관련 있다는 것이다. 하지만 이 작품이 네로 재위 이전에 창작되었다면, 그런 연관 가능성은 사라지게 된다.

제 1막(1~357행)

첫 장면은 서정시 운율로 된 도입부다. 힙폴뤼토스가 아테나이 근교로 사냥을 떠난다. 이어서 파이드라가 등장하여 자신의 신세를 한탄한다. 남편 테세우스는 또다시 사랑의 모험을 떠나 있다.[48] 반면에 그녀 역시 사랑의 열병에 시달리는 중이다. 이것은 사실 크레테 출신 집안의 내력이다.[49] 이제 유모가 나서서 그 열정에 굴복하지 말라고 충고한다. 신분 낮은 인물이 좋은 조언을 하지만 별 효과를 보지 못하는 것이 세네카 비극의 전형적 패턴이다. 둘 사이에 상당한 반론, 재반론이 오간 끝에 파이드라가 상대의 논리에 굴복하지만, 그녀는 자살만이 자기를 구해줄 것이라고 선언한다. 이것은 유모로서는 견딜 수 없는 일이므로, 유모는 결국 자신이 직접 힙폴뤼토스를 설득해 보겠노라고 자임한다.

---

48 테세우스의 절친한 친구 페이리토오스가 저승 여왕 페르세포네와 결혼하겠다고 해서 그녀를 납치하러 저승에 갔다가 붙잡혀 있는 중이다.

49 이에 대해서는 R. Armstrong, 2006, *Cretan Women Pasiphae, Ariadne, and Phaedra in Latin Poetry*, Oxford 참고.

첫째 합창

합창단이 사랑의 힘에 대해 노래한다(274~357행).[50] 이 노래는 비극의 합창이 자주 그러하듯 많은 신화적 사례들을 동원하여 상당히 장식적 면모를 보인다.

제 2막(358~828행)

거기에 유모가 재등장하여, 파이드라가 사랑의 열정에 사로잡혔음을 알린다. 이어서 문이 열리고 왕궁 내부가 보인다. 파이드라는 왕족의 의상을 벗어버리고 사냥 차림을 하겠노라고 주장한다. 이제 합창단은 유모에게 아르테미스에게 도움을 청하라고 권고한다. 유모의 기원이 이어지고, 그 기도가 이루어진 듯 그녀는 혼자 제사를 드리는 힙폴뤼토스를 발견한다. 공손한 인사말이 오간 뒤에, 유모는 젊은이에게 사랑을 즐기라고 권고하는 긴 논변을 펼친다. 힙폴뤼토스는 자신의 여성혐오적 태도를 정당화한다.

그들의 논의가 길어지는 가운데, 유모의 지체를 견디지 못하고 파이드라가 그곳에 찾아온다. 힙폴뤼토스를 보는 순간 정신을 잃고 쓰러지는 그녀를 힙폴뤼토스가 부축한다. 정신을 차린 파이드라가 사랑을 고백하자,[51] 힙폴뤼토스는 혐오감을 드러내며 칼을 뽑아 들이댄다. 파이드라는 고맙게 죽겠노라고 칼을 자기 쪽으로 끌어당긴다. 그 서슬에 질린 힙폴뤼토스가 그녀를 피해 숲으로 달아나자, 유모는 그가 의붓어머니를 겁탈하려 했다고

---

50 이 합창단의 신분이 어떠한지는 밝혀져 있지 않다. 일단 유모가 이들에게 속마음을 쉽게 밝히는 것을 보면 아테나이 여인들인 듯하다. 하지만 잠시 후에 여자의 속임수를 노래하는 것을 보면 남성들인 듯도 해서 결정하기 어렵다.

51 앞서 지적한 대로, 절절한 표현으로 유명한 대목이다.

고함을 지른다. 힙폴뤼토스가 남기고 간 칼을 증거물로 챙기고, 혼절했던 파이드라를 정신 차리게 만든다.

둘째 합창

합창단은 힙폴뤼토스의 도주를 묘사하고, 그가 지닌 것 같은 아름다움은 본인에게 큰 위험이 된다는 것, 그리고 여자들의 속임수에 대해 노래한다(736~828행).

제 3막(829~988행)

이때 테세우스가 저승에서 돌아온다. 그는 왜 궁전이 슬픔에 잠겼는지 묻는다. 유모는 파이드라가 자살하려 한다면서, 문을 열어 보인다. 테세우스의 추궁에 못 이긴 듯 파이드라가, 자신이 힙폴뤼토스에게 겁탈당했다며, 그가 남기고 간 칼을 증거물로 내보인다. 분노한 테세우스는 자신의 아버지 포세이돈에게 힙폴뤼토스의 죽음을 기원한다. 그는 포세이돈에게서 세 가지 소원을 이루어 준다는 약속을 받은 바 있는데, 이제 그 마지막 기회를 이용하자는 것이다.

셋째 합창

합창단이 운이 가진 힘과 인생의 불공정함을 노래한다(959~988행).

제 4막(989~1153행)

전령이 달려와 힙폴뤼토스의 죽음을 전한다. 그러고는 그가 죽는 장면을 매우 자세히 묘사한다. 테세우스는 처음엔 범죄를 응징했다는 것에 기꺼워했지만, 사건에 대한 묘사를 듣고는 충격을 받아, 자기가 아들의 죽음의 원인이 된 것을 슬퍼한다.

넷째 합창

합창단이 운수의 변화에 시달리지 않는 소박하고 평화로운 삶을 찬양한다(1123~1153행).

제 5막(1154~1280행)

궁 안에서 파이드라가 손에 칼을 든 채 비명을 지르고 있다. 테세우스가 이유를 묻자 파이드라는 남편의 성급함을 비난하며 자기가 힙폴뤼토스를 거짓 고발했다고 고백한다. 그러고는 칼로 자기 몸을 찔러 쓰러진다. 테세우스는 자신도 죽으려는 듯, 어서 죽음이 다가오기를 기원한다. 합창단은 그에게 얼른 아들의 장례를 치르라고 권한다. 테세우스는 아들의 장례 절차를 지시하고 애곡을 명하면서, 파이드라를 저주하며 그녀의 시신을 깊이 묻어버리라고 지시한다.

이 작품은 희랍과 로마 문학의 선례들을 적절히 조합하여 제 몫의 개성을 지닌 결과를 만들어 냈다는 평가를 받았다. 그 원천으로 꼽히는 것 세 가지가, 에우리피데스의 〈박코스의 여신도들〉의 시신수습 장면,52 베르길리우스의 〈디도〉, 그리고 오비디우스의 〈여인들의 편지〉에서 파이드라가 힙폴뤼토스에게 보낸 편지다. 특히 파이드라의 마음속에서 부끄러움(*pudor*)과 사랑의 광기(*furor*)가 싸우는 장면이나, 그녀가 갑자기 사냥꾼이 되고 싶어 하고, 그럼으로써 힙폴뤼토스에게 호의를 얻지 않을까 생각하는 장면은 〈여인들의 편지〉에서 따온 것으로 여겨진다.[53]

사실 세네카가 오비디우스에게서 영향을 받았다고들 말하는 이 두 가지 장면은 에우리피데스의 〈힙폴뤼토스〉에 이미 다 나왔던 것들이다. 그것을 조금 더 강화한 인물이 오비디우스고, 결국 세네카는 오비디우스를 통해 간접적으로 에우리피데스의 영향을 받은 셈이다.

한편 에우리피데스의 작품과 비교할 때, 세네카에게서 크게 바뀐 대목은 유모를 통하지 않고 파이드라 자신이 직접 힙폴뤼토스를 유혹하려 한 점,[54] 그리고 유서를 남김으로써가 아니라 직접 말로써 힙폴뤼토스를 고발했다는 점이다. 이런 특성이 나타나게 된 데는, 작가가 활동하던 당시 황제 집안의 여성들이 매우 자율적 존재였다는 점이 크게 작용했다는 분석도 있다.

소수의 관객/독자를 생각했던 세네카는 당연히 그 수용자들이 신화에

---

52 이 부분은 현재 전해지지 않는다.

53 C. A. J. Littlewood, 2004, *Self-Representation and Illusion in Senecan Tragedy*, Oxford, pp. 269~301; M. Coffey and R. Mayer, 1990, *Seneca Phaedra*, Cambridge, introduction 참고.

54 사실 이것도 에우리피데스의, 지금은 전해지지 않는 〈머리를 감춘 힙폴뤼토스〉라는 작품에 있던 내용이다. 거기서는 에우리피데스가 파이드라를 성적 욕구가 강렬한 여인으로 그렸었는데, 관객의 반응이 좋지 않자, 자기 욕망을 억누르려는 다른 파이드라를 등장시켜 새로운 작품을 썼다. 그것이 비극 대회에서 우승하여(기원전 428년) 지금까지 우리에게 전해지는 〈힙폴뤼토스〉이다. 이 두 번째 작품에서는 두 남녀 주인공이 서로 마주치지 않고 유모를 통해 간접적으로 소통하는 것으로 그려졌다.

익숙한 것으로 가정해서, 지금 어떤 일이 진행되는지를 명확히 밝히기보다 암시적으로 전달하는 쪽을 선택했다. 그래서 첫 대사가 힙폴뤼토스의 것이란 사실도, 파이드라가 의붓아들을 사랑하고 있단 사실도 직접 언급이 없어서 관객이 얼른 알아차리기 어렵게 되어 있다.[55]

이 작품을 둘러싼 쟁점 중 하나는 파이드라의 성격이 어떻게 설정되었는가 하는 문제다. 어떤 학자는 파이드라가 자신의 정체성을 희생자, 노예, 유혹자, 집안 여주인 등 여러 가지로 제시하면서도 그중 어떤 것이 자신과 가장 어울리는지 결정하지 못했다고 평한다.[56] 한편, 앞에 이 작품의 파이드라가 상당히 당돌한 로마 귀족 여성처럼 그려졌다고 했는데, 그와 상반되는 평가를 내리는 학자도 있다. 파이드라가 절망에 빠져 굉장히 수동적이고 거의 마비되어 있다는 것이다. 그리고 그것이, 파이드라가 사랑을 고백하는 장면이 관객/독자에게 큰 충격을 주는 이유라고 본다.[57] 이와 유사하게 파이드라가 적극적이기보다는 소극적 인물로 그려졌으며, 그것은 이전의 문학 전통을 충실히 따른 결과라 보는 학자도 있다.[58]

반면에 세네카가, 흔히 생각하는 것보다 선배들의 작품에 많이 의존하지 않았고, 그의 인물들도 전과 다른 성격을 부여받았다는 분석도 있다. 특히 파이드라는 자기분열을 잘 의식하며, 자신의 사랑이 잘못되었음을 알면서도 절제의 요구에 응하지 못함을 괴로워하는 것으로 그려졌다고 보며, 이렇게 자기감정을 자세히 들여다보는 것이 에우리피데스의 파이드라와는

---

55 현대의 독자는 대사 앞에 이름이 쓰인 대본을 들고 있으니 잘 의식하기 어려울 것이다.

56 피치와 맥엘더프의 앞 논문(Fitch and McElduff, 2002), pp. 32~35 참고.

57 리틀우드의 앞 책(Littlewood, 2004), p. 301 참고.

58 암스트롱의 앞 책(Armstrong, 2006), pp. 278~298 참고.

많이 다르다는 것이다.[59]

힙폴뤼토스의 경우엔 좀 더 동정적 시선을 받는다. 한편으로 그가 여성을 병적으로 혐오한다는 문제가 있지만, 그의 넘치는 활력과 의연히 죽음을 맞이하는 용기가 그런 약점을 누그러뜨려 준다는 것이다.[60] 그리고 그의 성격이 이런 식으로 그려진 것 역시 이전 문학 전통의 강력한 영향 때문이라는 주장이 있다.

테세우스의 성격은 별 주목을 받지 못하는 편인데, 에우리피데스의 작품에 나온 것보다는 상당히 로마화되었다는 평가가 있다.[61] 특히 그가 아들의 죽음을 매우 슬퍼하는 것이 그렇다. 이로써, 그가 사실도 확인하지 않고 아들에게 성급하고 잔인한 저주를 보낸 실수를 조금이나마 보상한다는 것이다.

이 작품에서 파이드라와 힙폴뤼토스는 각기 어떤 극단을 대표하는 인물이다. 파이드라는 사랑에 지나치게 경도된 모습을, 힙폴뤼토스는 지나친 절제를 보이기 때문이다. 이러한 구도는 사실 에우리피데스의 〈힙폴뤼토스〉에서 더 또렷하게 드러났었다. 아예 극의 시작에 아프로디테가, 극의 마지막에 아르테미스가 등장했던 것이다. 세네카의 이 작품은 신들을 직접 등장시키는 것을 피하고,[62] 그보다 간접적 방식으로 이 양극단과 그것의

---

59 C. Gill, 2006, *The Structured Self in Hellenistic and Roman Thoughts*, Oxford, pp. 425~428 참고.

60 H. M. Hine, 2004, "Interpretatio stoica of Senecan tragedy", in M. Billerbeck and E. A. Schmidt (eds.), *Seneque le Tragique Entretiens Fondation Hardt* 50, Geneva, pp. 173~220 중 pp. 194~198 참고.

61 R. Mayer, "Phaedra", *BCS*, p. 479 참고.

62 신이 등장하지 않는 정도를 넘어서, 이 작품은 유모의 발언을 통해 신이란 사람들이 만들

무리함을 보여주었다. 여기서 중요한 것은 자연과 문명이라는 두 개념이다.[63] 그런데 여기서 얼핏 생각하기에 대립적인 두 개념이 모두 이중성을 지닌 것으로 제시되었다.

우선 자연은 모든 것을 살리는 존재이면서 동시에 파괴하는 것이다. 또 비정상적인 정염으로부터 자유로운 순수한 영역이면서 동시에 생명을 이어가기 위해 자연스런 성적 욕구가 요구되는 곳이다. 한편 문명도 이 작품에서는 이중성을 띤다. 그것은 어떤 면에서는 타락 상태이고, 또 어떤 면에서는 자연을 통제하기 위한 유용한 수단이다. 이런 이중성은 벌써 극의 시작에 힙폴뤼토스의 노래에서 모습을 드러낸다. 그는 자연의 아름다움을 찬양하면서 동시에 그것을 지배하기 위해 사냥꾼들과 개들을 배치한다. 특히 그가 여러 산과 강의 이름을 적시하는 대목은, 이름짓기와 지도 그리기가 문명의 중요한 요소임을 강조하는 학자들에게 주목받는다.[64] 힙폴뤼토스가 지닌 활과 화살도 마찬가지 이중성을 보인다. 그가 사랑한다는 자연 속에서 그는 자기 무기로 피를 뿌리기 때문이다. 그러면서 그는 또한 제단에 동물희생을 바치지 않았던 황금시대를 찬양한다(483~564행).[65]

어 낸 허구라는 생각을 제시하고 있다. 아모르(에로스), 베누스(아프로디테) 등은 사람들의 욕망이 만들어 낸 거짓 존재고, 그저 이름일 뿐이란 발언(195행 이하)이 그것이다.

63 스토아철학의 중심 개념 중 하나인 자연과, 그것이 이 작품에서 어떻게 활용되었는지에 대해서는 A. J. Boyle, 1985, "In nature's bonds A study of Seneca's *Phaedra*", *ANRW II*, 32(2), pp. 1284~1347 참고.

64 예를 들면 S. Bartsch, "*Phaedra* Translator's introduction", *SCT I*, p. 88 참고.

65 힙폴뤼토스가 사실 자연을 잘 이해하지 못하며, 그것을 그저 도시적 타락을 피할 도피처로 여긴다는 지적이 있다. 또한 그가 절제의 상징으로 섬기는 아르테미스도, 사실은 사랑에 빠진 적이 있다는 것을 힙폴뤼토스는 전혀 생각지 않는다. 피치의 앞 책, p. 410 참고.

자연과 문명 모두가 지닌 이런 이중성을 가장 잘 드러내 주는 단어가 *iugum*이다. 이 단어는 한편 '산등성이'를 뜻하면서, 동시에 '멍에'라는 뜻도 가진다. 앞의 것은 자연에, 뒤의 뜻은 문명에 속한 것이다.

힙폴뤼토스는 산등성이를 떠돌아다니고, 파이드라는 그를 멍에 지우려 하지만 그러지 못해 절망한다. 파이드라는 상대를 사냥하고 싶어 하지만 뜻을 이루지 못한다. 힙폴뤼토스가 도시 문명에 속하는 것으로 보았던 '타락한 욕망'은 또한, 절제할 때의 파이드라가 보기엔 멍에 지워야 하는 짐승이다. 따라서 파이드라 역시 한편으로는 문명에 속하고, 다른 한편으로는 그녀 가슴속에 문명과 반대되는 야수적 욕망을 품은 것이다.

파이드라는 계속해 자기 어머니 파시파에를 떠올리는데, 파시파에는 나무로 만든 가짜 암소 속에 들어가 바다에서 솟아난 황소와 결합했었다. 말하자면 그 황소는 자연을, 가짜 암소는 일종의 '멍에'로서 문명을 상징하는 것이다. 그러니까 한 세대 전에는 자연이 문명에 의해 붙잡히긴 했었다. 하지만 거기서도 자연 질서를 거스른, 종을 넘어선 욕망은 인간과 짐승의 결합체인 미노타우로스로 끝났었다. 파이드라와 힙폴뤼토스 사이에서는 세대를 거스른 사랑이 바다에서 튀어나온 황소 모양 괴물에 의해 파멸할 것이다. 더구나 이 황소는 등에 비늘이 덮인 혼종의 것이다. 지나친 욕망과 과도한 절제로 양극화된 두 인물은 스스로 양극이 뒤섞인 모순을 보이다가 결국 그 모순이 형상화된 괴물에 의해 파멸하는 것이다.

이 작품에는 '사냥꾼이 오히려 사냥당한다'라는 테마도 반영되어 있다. 에우리피데스의 〈박코스의 여신도들〉에서 여자들을 염탐하다가 붙잡혀 찢긴 펜테우스가 대표적 사례인데, 이 작품에서 힙폴뤼토스의 운명도 그렇게 되었다. 그는 눈 덮인 산에서 짐승을 쫓고자 하지만, 곧이어 파이드라가 눈 덮인 산으로 그를 '잡으러' 가고자 한다. 힙폴뤼토스는 아르테미스의 활을 지녔지만, 에로스의 활은 그보다 더 강하다. 힙폴뤼토스가 마지막으로 치명상을 입는 장면은 매우 상징적이다. 그는 나무 그루터기에 사타구니를 찔려 일종의 '겁탈'을 당하고(1098행) 죽음을 맞이하는 것이다. 한편 파이드라의 죽음 또 다른 상징적 의미가 있는데, 그녀가 힙폴뤼토스가 남기고 간 칼로 자신을 찌른다는 점에서 이 죽음도 '에로스화'되어 있다.[66]

전체적으로 이 작품은 인간의 욕망과 절제를 중심으로, 어쩌면 우리 이성으로 도저히 통제할 수 없는, 타고난 어떤 충동(자연, 본성)과 그에 대한 편향된 이해(또는 몰이해)가 낳은 비극적 사건을 보여준다. 하지만 인물들이 당한 불행은 그들이 책임져야 하는 정도에 비해 과도하고, 신들은 끝까지 모습을 드러내지 않는다. 어쩌면 이는 욕망과 야심이 들끓던 당시 로마의 상황에서 철학자 세네카가 이성의 능력과 신적 정의에 회의하고 있음을 드러내는 것일 수 있다.

---

66 피치의 앞 책(Fitch, 2018), p. 412 참고. 이와 비슷한 사례를 소포클레스 〈트라키스 여인들〉에서 찾을 수 있다. 헤라클레스의 마지막 아내 데이아네이라가 바로 이 방식으로 죽었다.

6) 〈오이디푸스〉

이 작품의 주요 내용은, 앞에 소개한 〈포이니케 여인들〉 속의 사건보다 앞에 일어난 사건이다. 테바이 왕 오이디푸스가 역병을 극복하기 위해 신탁을 구하고, 이전 왕 라이오스 피살 사건을 추적한 끝에 자신이 그 범인이며, 자기가 어머니와 결혼해서 살고 있다는 것을 밝혀내고, 스스로 눈을 멀게 한 후 테바이를 떠난다는 이야기다.

앞에 말했듯 이 작품은 세네카 비극 전체에서 초기에 쓰인 것으로 추정되어 왔다. 하지만 근래에 이런 추정에 의문을 제기하는 학자들이 점차 늘어나고 있다. 그 출발점은 조금 오래된 문제다. 우선, 옛날부터 이따금 비극작가 세네카와 철학자 세네카가 같은 사람인지에 대한 의문이 제기되었고, 아직도 그 둘이 서로 다른 사람일지 모른다는 의혹이 남아 있다.[67] 그런데 이 〈오이디푸스〉와 연관하여 그 둘이 동일인임을 입증하려는 시도가 있다. 이런 시도가 이 작품의 연대를 훨씬 뒤로 밀려나게 만든 것이다.[68]

그 근거는 다음과 같다. 우선 〈오이디푸스〉의 둘째, 셋째 합창의 복잡한 운율이 카이시우스 밧수스의 이론에 부합하는데, 이 이론이 출판된 시기는 네로 통치기였다는 점이다. 물론 그 이론의 내용은 책이 출판되기 전에 이미 알려져 있었기 때문에, 이것만으로는 '초기 작품설'에 큰 영향을 끼치지 않을 수도 있다. 하지만 다른 근거들이 더 있다. 즉, 〈오이디푸

---

67 최근의 사례로 T. D. Kohn, 2003, "Who wrote Seneca's plays?", *CW*, 96, pp. 271~280를 들 수 있다.

68 K. Toechterle, "Oedipus", *BCS*, pp. 483~491 중 p. 483 참고.

스〉의 몇몇 구절이 세네카의 후기 작품인 〈섭리에 관하여〉, 〈마음의 평온에 관하여〉와 매우 유사하다는 점, 그리고 이 작품이 문체적으로 세네카 최후의 저술인 〈자연의 문제들〉과 매우 가깝다는 점이다. 그래서 이런 근거들에 의지하여 〈오이디푸스〉는 후기 작품에 넣어야 한다는 주장이 근래에 점점 많아지는 것이다.[69]

게다가 이전에 작품의 상대적 순서를 정하기 위해 사용했던 근거가 잘못되었다는 연구도 있다. 이 작품이 초기에 속한다는 추정은 대체로 운율 분석에 의한 것인데, 거기서 전제했던 가정이 잘못되었다는 주장이 제기되어서다.[70] 또 정치적 해석을 근거로 〈오이디푸스〉를 초기 작품에 넣자는 학자들도 있었는데, 이에 대한 비판도 제기되고 있다. 즉, 이 작품의 몇몇 구절이 네로의 통치에 반대하려는 의도를 담았다는 것이 주류 해석인데,[71] 과연 그게 옳은 해석인지 의문을 품는 학자들이 나타난 것이다.

제 1막(1~201행)

오이디푸스가 등장하여 테바이의 역병에 대해 탄식하고, 자신이 코린토스를 떠난 후에 얻은 이 왕국이 배신적 성향을 지님을 개탄한다. 또 그는 "아버지를 죽이고 어머니와 결혼하리라"는 델포이 신탁이 실현될까 봐 두려

---

69 A. J. Boyle, 2006, *An Introduction to Roman Tragedy*, London, pp. 189f 참고.

70 K. Toechterle (ed.), 1994, *Lucius Annaeus Seneca Oedipus*, Heidelberg, p. 46 참고.

71 이런 해석의 예로는 다음 문헌을 참고하라. J. D. Bishop, 1977/1978, "Seneca's *Oedipus* Opposition litterature", *CJ*, 73, pp. 289~301; J. D. Bishop, 1985, *Seneca's Daggered Stylus Political Code in the Tragedies*, Koenigstein; E. Lefevre, 1985, "Die politische Bedeutung der roemischen tragoedie und Senecas *Oedipus*", *ANRW II*, 32 (2), pp. 1242~1262.

워하고 있다. 그는 이 신탁 때문에 부모님인 폴뤼보스와 메로페를 피하는 참이다. 그런데 지금 아폴론이 오이디푸스만 역병을 피하도록 하여, 오히려 주목을 끌도록 만들었다. 여기서 오이디푸스는 이 역병을 자세히 묘사한다.

이런 재난 앞에서 오이디푸스는 얼른 죽기를 원한다. 그러다가 그는 필요하다면 고향의 부모님께로 돌아갈까도 생각한다. 이오카스테는 그에게 남자답게 용기를 내라고 격려한다. 오이디푸스는 자신이 스핑크스를 용기 있게 상대했던 것을 떠올린다. 이제 그는 역병의 원인이 무엇인지 생각하기 시작한다. 그는 이미 크레온을 델포이로 파견해 놓았는데, 아폴론에게서 오는 응답만이 유일한 구원책이라고 생각한다.

첫째 합창

합창단이 역병에 대한 탄식을 길게 노래한다. 그러고는 디오뉘소스를 부른다(110~201행). 그 신 덕분에 테바이의 영광이 인디아까지 퍼졌었다. 하지만 지금은 테바이의 일곱 성문조차 밖으로 옮겨지는 시신들을 감당할 수 없을 정도다. 처음에 질병은 동물과 자연을 공격했다. 그리고 여러 흉흉한 현상들이 목격되었다. 이 대목에서 무기력, 발열, 출혈 등 질병의 양상이 자세히 그려진다. 지금 환자들은 신전에서 죽음을 청하고 있다.

제 2막(202~508행)

크레온이 델포이에서 돌아와 신탁의 내용을 전한다. 그들은 라이오스의 죽음을 복수해야 하며, 범인은 이방인 망명자인데 그를 추방해야 한다는 것이다. 오이디푸스는 이 신탁이 자신을 가리키는 것임을 깨닫지 못하고, 범인을 찾기 시작한다. 그는 왕의 죽음을 복수하겠노라고 선언하는데, 그 표현들이 모두 자기 자신에게로 향하는 아이러니 가득한 말이다. 끝에 가서 그는 크레온에게 범행이 이루어진 장소를 묻는다. 크레온은 삼거리에서 사건이 일어났다고 말한다.

오이디푸스가 그에 반응하기 전에 눈먼 예언자 테이레시아스가 들어온다. 그는 딸 만토의 인도를 받고 있다. 오이디푸스가 범인의 이름을 물었지만, 예언자는 바로 답할 수 없다며 먼저 제물을 바치고 내장점을 치자고 제안한다. 내장들의 상태는 기이하고, 해체된 희생제물의 몸이 꿈틀거린다. 예언자는 이제 죽은 라이오스의 혼령을 불러 직접 물어봐야 한다며, 크레온을 증인으로 데리고서 자리를 뜬다. 그사이 합창단에게는 디오뉘소스를 찬양하라고 지시한다.

둘째 합창

합창단이 디오뉘소스 찬가를 부른다. 먼저 신을 불러 초대하고, 그의 아름다운 여성적 외모를 노래한다. 이어서 그의 추종자들을 묘사하고, 그의 영역, 업적을 노래한다. 그 절정은 아리아드네와의 결혼식이다. 합창단은 세계 순환이 영원하듯 디오뉘소스를 끝없이 찬미하겠노라고 다짐한다(403~508행).

제 3막(509~763행)

크레온이 돌아와 혼령을 불러낸 결과를 보고한다. 그 보고의 앞과 뒤에는 논쟁이 놓여 있다. 첫째 논쟁은 크레온이 보고를 꺼렸기 때문에 생겨난다. 그가 결국에 보고한 내용은 우선 혼령을 불러올리기 위한 제의 장소와 그

절차, 땅이 열리고 그 안으로 들여다보이던 모습, 거기서 뛰쳐나온 저승 존재들과 죽은 영혼들의 모습이다. 우선 테바이 출신의 혼령들이 보이고, 마지막에 라이오스의 혼백이 나타난다. 그 혼령은 오이디푸스가 자신을 죽였으며, 자기는 그의 아버지고, 오이디푸스는 지금 어머니와 결혼해 함께 사는 중이라고 밝힌다. 그러면서 테바이 시민들에게 오이디푸스를 추방하고 도시를 회복시키라고 명한다.

오이디푸스는 이 보고를 믿지 않고, 크레온이 예언자와 짜고서 자기를 쫓아내려 한다고 비난한다. 그는 크레온을 투옥하도록 명한다.

셋째 합창

합창단은 오이디푸스를 지지하며, 이 재난이 신들의 분노와 랍다코스 가문의 운명 때문에 일어났다고 노래한다. 그것을 입증하기 위해 합창단은 카드모스가 에우로페를 찾으러 이 땅에 온 데부터 테바이 역사를 노래한다(709~763행). 용을 죽인 사건, 땅에서 솟아난 사람들, 사슴으로 변해 사냥개들에게 찢겨 죽은 악타이온 등이다.

제 4막(764~910행)

오이디푸스가 등장하여 불안한 마음을 토로한다. 그는 자신이 포키스 근처의 삼거리에서 사람을 죽인 적이 있음을 기억해낸다. 그리고 이오카스테에게 라이오스가 죽었을 때의 나이와 상황을 묻는다. 오이디푸스는 점점 자신을 의심하게 되지만, 그때 코린토스에서 사자가 도착한다. 그는 폴뤼보스가 자연사했다고 알린다.

오이디푸스는 자신이 아버지를 죽이리라는 신탁의 한 부분에 대해서는 마음을 놓게 된다. 그래도 신탁의 다른 부분, 즉 자기 어머니와의 문제를 걱정한다. 그러자 사자가, 자신이 어린 오이디푸스를 테바이 목자에게서 얻어서 코린토스 왕가에 건네주었다고 밝힌다. 오이디푸스는 그 목자를 데려오도록 명한다. 한편 이오카스테는 남편을 말리려 한다.

하지만 곧 테바이의 목자가 도착한다. 오이디푸스는 고문하겠노라는 위협으로 그에게서 진실을 끌어낸다. 사실을 알게 된 오이디푸스는 자기 죄에 걸맞은 행동을 하겠노라고 궁 안으로 달려 들어간다.

넷째 합창

합창단은 양극단을 피한 중용의 필요를, 특히 하늘을 날다 떨어진 이카로스의 사례를 들어 노래한다(882~910행). 이 부분은 내용과 형식이 잘 맞는 것으로 알려져 있다.

제 5막(911~1061행)

전령이 달려와 오이디푸스가 스스로 자기 눈을 찔렀음을 알린다. 합창단은 피할 수 없는 운명의 힘을 노래한다(980~997행). 눈먼 오이디푸스가 나와 자기 행동을 돌아본다. 거기에 이오카스테가 나와 오이디푸스는 죄가 없다고 위로하지만, 오이디푸스는 더 듣고 싶어 하지 않는다. 이오카스테는 칼로 자기 아랫배를 찔러 자결한다. 오이디푸스는 자신이 어머니까지 죽게 했음을 탄식하며 길을 떠난다. 그러면서 역병도 그와 동행할 것을 청한다.

이 작품은 마지막 부분에 짧은 합창이 나오기 때문에, 혹시 여섯 부분으로 나눠야 하는 것 아니냐는 의구심도 더러 있다. 하지만 그러기에는 합창의 길이가 너무 짧고, 그 내용이 장면과 잘 맞물려 있어서 막과 막을 나눠주는 장치로 보기 어렵다는 반론도 있다. 그리고 이것은 일종의 '애탄가'로서 소포클레스의 〈오이디푸스 왕〉에도 비슷한 사례가 있으며, 세네카의 작품 중에서는 〈파이드라〉의 마지막 부분, 그리고 〈아가멤논〉의 중간 부분에도 쓰인 기법이라는 것이다. 한편 위작이라는 의심을 사는 〈오이테산의 헤라클레스〉 마지막 부분도 마찬가지의 기법이 쓰인다.

이 작품과 관련해서 학자들 사이에 많이 논의되는 주제 중 하나는, 이것이 과연 상연할 목적으로 쓰였냐는 문제다. 한동안 그냥 낭독을 위한 작품이라는 설이 득세했었으나,[72] 근래에는 다시 상연을 위한 작품이라는 주장이 힘을 얻고 있다.[73] 〈오이디푸스〉에서는 특히 코린토스 사자가, 자기가 얻어다 코린토스 왕가에 넘겨준 아기가 살아 있기를 기원하는 장면(855행)이 오이디푸스를 가리키는 배우의 몸동작과 함께 이루어져야 이해 가능하다는 주장도 있다.[74]

학자들 사이에 논의되는 다른 주제는 인물들에게 스토아적 입장이 얼마나 반영되었냐는 것이다.[75] 이 작품에서 주인공 오이디푸스는 전혀 스토아

---

72 우리 번역의 원문을 편집한 츠비어라인이 그 학설의 대표 격이다. O. Zwierlein, 1966, *Die rezitationsdramen Senecas Mit einem kritisch-exegetischen Anhang*, Meisenheim, 1966 참고.

73 예를 들면 D .F. Sutton, 1986, *Seneca on the Stage*, Leiden; J. J. Gahan, 1998, "Seneca's *Oedipus* and the stage", *CML*, 18, pp. 231~239; P. Kragelund, 1999, "Senecan tragedy Back on stage?", *C&M*, 50, pp. 235~247; 보일의 앞 책(Boyle, 2006), p. 192 참고.

74 토치텔레의 앞 논문(Toechiterle, 2014), p. 487 참고.

75 하인의 앞 논문(Hine, 2004) 참고.

적 인물이 아니라는 것이 중론이다. 그는 처음부터 운명의 힘을 두려워하며 심지어 망명까지 생각한다. 크레온에게 라이오스 혼령을 불러낸 경위를 들은 후에는 폭군의 모습을 드러내며, 자신의 정체를 알고 난 후에는 분노와 광기로 반응하고, '길게 이어지는 죽음'(*mors longa*)을 선택했다. 물론 오이디푸스가 당한 재난을 평온하게 견디기는 어렵지만, 〈헤라클레스〉의 주인공은 비슷한 상황에서 그걸 해냈다. 오이디푸스는 메데이아나 파이드라와 마찬가지로 스토아적 지혜를 보여주진 못했다. 오히려 이오카스테가 스토아적 자세에 가까운 것을 보여준다는 평가가 있다.[76]

세네카의 작품, 〈오이디푸스〉의 원천이 무엇인지에 대해서는 의견이 엇갈린다. 작품을 대하면 당장 떠오르는 비교대상은 소포클레스의 〈오이디푸스〉인데, 이 작품이 한편으로는 소포클레스의 것과 많이 닮았고, 또 한편 많이 다르기 때문이다.[77] 이 작품이 소포클레스의 영향을 강력히 받았다고 주장하는 학자는 두 작품의 같은 점을 강조한다.[78] 일단 두 작품 모두 역병으로 시작해서, 이오카스테가 자살하고 오이디푸스가 눈이 머는 것으로 끝난다. 다른 공통점을 더 보자면, 오이디푸스가 자기 신분을 알아보는 것은 두 작품에서 모두 코린토스 사자와 테바이 목자의 대질에 의해 이루어진다. 크레온이 델포이로 파견되는 것도, 델포이에서 받아 오는 신탁 내용도, 오이디푸스가 범인을 저주하면서 자기도 모르게 자신을 저주하는 점도 같다. 오이디푸스가 크레온과 예언자가 짜고서 자기를 쫓아내려 한다

---

76 S. Braund, "*Oedipus* Translator's introduction", *SCT II*, p. 5 참고.

77 세네카의 비극작품들이 아테나이 비극을 변형한 것이란 주장은 오늘날 대체로 지지를 받지 못한다. 타런트의 앞 논문(Tarrant, 1978)이 그런 '회의주의'의 대표이다.

78 토치텔레가 그 대표다. 앞 논문(Toechiterle, 2014), p. 490 참고.

고 의심하는 것도, 그에 대해 크레온이 항변하는 논리도 같다.

세네카의 작품이 소포클레스 것과 크게 달라지는 대목은 마지막 부분이다. 이오카스테가 오이디푸스가 눈머는 것보다 먼저 자결하지 않고, 그 후에야 자결하며, 그 방법도 여자들이 보통 택하듯 목을 매는 게 아니라, 남자들이 하듯 칼로 제 몸을 찌른 것이다.[79] 결론적으로 두 작품의 공통점을, 그리고 소포클레스의 영향이 강력함을 주장하는 학자는 이렇게 한 이유를, 세네카가 자신의 오이디푸스[80]를 소포클레스의 오이디푸스와는 완전히 다른 사람으로 만들기 위해, 그리고 그 차이를 좀 더 잘 드러나게 하기 위해서라고 말한다. 즉, 비슷한 데가 많아야 작은 차이도 뚜렷이 드러나기 때문이라는 것이다.

한편 두 작가 사이의 차이를 강조하는 학자들은 세네카가 소포클레스를 전혀 참조하지 않았다고 주장하고 싶어 한다.[81] 그보다 지금 전해지지 않는 로마의 비극작품들, 그리고 오비디우스 〈변신 이야기〉가 더 영향이 컸으리라는 것이다. 하지만 이것보다 더 영향이 컸던 것은 당시 로마의 상황이라고 보았다. 거기서 중요한 것은 작중 인물들이 진실을 알아내는 데 사용한 방법들, 즉 신탁, 내장점, 그리고 혼령 불러올리기 등이다. 이런 요소들이 당시에 인기 있었다는 사실은 세네카의 조카인 루카누스의 작품을 보아도 알 수 있다. 이 세 가지 요소가 모두 그의 〈파르살리아〉, 폼페이우스와 카이사르 사이의 내전을 그린 작품에 등장하기 때문이다. 특히 혼령

---

79 이런 자살 방법은 소포클레스의 〈트라키스 여인들〉, 에우리피데스의 〈포이니케 여인들〉에서도 보인다.

80 전혀 스토아적이지 않은 인물이다.

81 브라운드의 앞 논문(Braund, 2017), pp. 3~5 참고.

을 불러올리는 장면은 한 권의 절반 정도를 차지할 정도로 확장되었다.[82]

한편 내장점 장면은 로마인에게 매우 익숙한 것이다. 세네카는 전문용어까지 넣어가며 점치는 장면을 정확히 그렸다. 여기서 등장하는 간의 두 끄트머리는 오이디푸스의 두 아들을, 일곱 개의 혈관은 테바이의 일곱 성문을 상징할 터이다.

제 3막의 혼령 불러올리기 장면에서는 보통의 제의와 반대로 이뤄지는 절차를 으스스하게 그렸다. 밤처럼 어두운 숲에서, 검은 옷을 입은 사제가 죽음을 상징하는 주목을 머리에 두르고서, 검은 소와 양을 제물로 바친다. 정상적으로 하자면 제물 짐승이 자발적으로 제단으로 다가가야 하는데 짐승을 뒷걸음질치도록 끌고 가서, 완전히 도살하지 않고 산 채로 불에 던지는 것이다(548~558행). 이런 장면들이 세네카의 〈튀에스테스〉에도 나오지만, 오비디우스와 루카누스의 작품에도 나오는 것을 보면, 당시의 작품에서는 일종의 관행이었던 듯하다.

세네카 작품의 또 하나의 특징은 신체적 병증이나 변형에 대한 관심이다. 제 1막에서 오이디푸스가, 그리고 첫째 합창에서 합창단이 테바이 역병을 묘사하는 대목도 그렇고, 전령이 오이디푸스가 자기 눈을 찌르는 과정을 보고할 때도 그러하다. 이런 특징이, 예를 들어 루카누스의 〈파르살리아〉에서 독사에 물린 병사가 몸이 변형되고 소멸되는 과정을 자세히 그린 데서도 보이는 것을 보면, 당대 독자의 일반적 관심사가 아닌가 싶다.[83] 한편 세네카가 대역병을 이렇게 그릴 때는 로마 문학의 다른 작품들, 특히

82 단테가 〈신곡〉의 지옥 편 11곡에서 이 장면을 인용했다.

83 이 장면 역시 단테가 〈신곡〉 지옥 편에서 인용했던 것이다.

루크레티우스 〈사물의 본성에 관하여〉 제 6권의 아테나이 대역병이나, 베르길리우스 〈농경시〉 제 3권을 의식하고 그것을 앞지르려 한 것이 아니냐는 추정도 있다.

이 작품에서 이오카스테가 무대 위에서 칼로 자결하는 장면 역시 매우 로마적인 것으로, 황제정 초기의 독자・관객은 이것을 보고서 내전기에 우티카의 카토가 자결한 사건을 떠올렸을 가능성이 있다.[84] 세네카는 자기 산문의 여러 곳에서 이오카스테의 자결을 스스로 충만한 스토아철학자의 모범적 행위로 경탄하며 소개했다. 물론 이 작품에서 이오카스테가 스토아 철학자로 그려진 것은 아니지만, 관객의 관심이 집중된 마지막 장면에서 그러한 행동은 그녀의 용기를 돋보이게 한다.

세네카의 다른 작품에서도 그렇지만, 특히 이 작품에서 황제정 초기 로마인의 관심사를 보여주는 한 가지는, 폭군과 대비되는 좋은 통치자의 모습은 어떠한 것인지 다룬다는 점이다.[85] 하지만 주인공 오이디푸스는 사실 좋은 통치자보다 폭군의 모습을 더 많이 보여준다. "왕들의 안전은 왕들이 지켜주어야 한다"(239행 이하) 라거나 "미움받기를 겁내는 자는 통치할 줄 모르는 것이다"(703행 이하) 같은 발언도 그렇다. 크레온이 라이오스 혼령을 만나고 와서 보고하기를 회피하자 고문 위협으로 사실을 알아내는 장면(518행 이하) 도 그렇다. 좋은 통치자의 의무를 보여주는 것은 오히려 이오카스

---

84 이오카스테가 자기 자궁을 찌른 것은 네로의 어머니 아그립피나 살해 사건과 연관된다는 해석도 있다. 토치텔레의 앞 논문 p. 490 참고.

85 D. Henry and B. Walker, 1983, "The *Oedipus* of Seneca An imperial tragedy", in A. J. Boyle(ed.), *Seneca Tragicus Ramus Essays on Senecan Drama*, Berwick, pp. 128~139 참고.

테의 발언이다. 즉, "왕이라면 용기를 보여주어야 한다"(82행 이하)는 것이다. 이 작품에서 진정한 스토아적 현자에 가까운 사람은 이오카스테다.

세네카의 스토아적 관심사 중 하나는 운수의 변덕과 운명의 불변성이다. "운명은 우리를 몰아간다, 운명에 복종하라"(980행)는 합창단의 노래가 그것을 잘 보여준다. 오이디푸스는 신탁이 실현되는 것을 막으려 애썼으나 성공하지 못했다. 그는 이 작품에서, 말하자면 운명적으로 결정된 것은 피할 수 없다는 스토아적 세계관을 입증하기 위해 기용된 장치 역할을 하는 것이다. 그는 극의 시작부터 운수의 변화를 두려워하고(6행 이하), 운명이 뭔가 안 좋은 일을 가져올까 봐 걱정한다(28행 이하). 스토아적 초연함으로 운명을 받아들이라고 권고하는 사람은 다시 이오카스테다. 오이디푸스가 진실을 밝히려 서두르자, 그녀는 "운명은 저절로 자신을 풀어내니, 자극할 필요 없다"(832행)고 만류한다. 물론 그녀가 "모든 것은 운명의 탓"(1019행)이라고 주장하는 대목에서는, 그러면 인간에게 자유의지와 그에 따른 책임은 없다는 것인지 의문이 생기긴 하지만, 그녀가 마지막에 스스로 자결함으로써 인간의 자율성과 책임을 인정한 것이라 보아야 할 것이다.[86]

앞에서 세네카 특유의 기괴한 것에 대한 관심을 지적했는데, 이를 스토아적 세계관과 연관시켜 설명할 수도 있다. 스토아적 이상은 자연의 이치에 맞춰 사는 것인데, 지금 이 작품에서 그 자연의 질서가 무너지고, 경계들이 무너졌기 때문에 여러 기괴한 일들이 일어났다는 것이다.[87] 테이레시

---

86 운명과 책임의 문제에 대해선 P. J. Davis, 1991, "Fate and human responsibility in Seneca's *Oedipus*", *Latomus*, 50, pp. 150~163 참고.

87 이에 대해서는 A. Busch, 2007, "Versane natura est? Natural and linguistic instability in the extispicium and self-blinding of Seneca's *Oedipus*", *CJ*, 102,

아스와 만토가 내장점을 치는 장면에서도 순서가 바뀌고, 질서가 무너지고, 모든 게 반대로 되어 있음이 강조된다(366~375행). 이러한 질서 붕괴가 그대로 인간 사회에 반영된 것이 오이디푸스의 첫 발언이다. 즉, 현재 테바이에서는 노인과 젊은이, 아버지와 아들이 뒤섞여 죽어가며, 결혼이 곧 장례로 변하고 있다는 것이다(54~56행). 부모가 자식의 장례를 치르고, 장례를 진행하던 사람이 바로 장례 대상이 되고(59~63행), 의사가 오히려 환자보다 먼저 죽는 사태(70행)도 마찬가지다. 이런 혼란을 몸으로 체현하는 이들이 오이디푸스의 가족이다. 그들은 모두 보통 양립할 수 없는 이중적 지위를 갖는데, 아들이자 남편, 아내이자 어머니, 형제이자 자식, 남편이자 시아버지이다.

오이디푸스가 가족에 대한 의무를 다하지 못했음을 탄식하는 것은 현대 독자도 쉽게 이해하지만, 자기 조국이 자기 때문에 고통받는 것을 걱정하는 대목(941행)은 조금 낯설게 느껴질 수도 있겠다. 하지만 로마인들에게 이것은 가족에 대한 의무와 함께 묶인 '경건함, 충실함(*pietas*)'의 일부이다. 현대어로 옮기기 어려운 개념(집단에 대한 충성심)인데, 번역문에 '경건', '불경(건)', '충실함', '불충함' 등이 나오면 이 개념이 들어 있다고 보면 될 것이다.

---

pp. 225~267 참고.

7) 〈아가멤논〉

이 작품의 주요 내용은, 트로이아 전쟁에서 희랍군 전체를 지휘했던 아가멤논이 전쟁을 승리로 이끈 후 집에 돌아왔다가 자기 아내와 아내의 애인에게 피살된다는 것이다.

이 작품은 세네카 비극 중 초기작으로 추정된다. 이 작품을 둘러싼 쟁점 하나는, 세네카의 〈아가멤논〉이 아이스퀼로스의 '오레스테이아 3부작' 첫째 작품인 〈아가멤논〉을 본떴냐는 것이다. 여전히 논쟁이 진행 중이지만 점차 이 작품이 아이스퀼로스와 다른 강조점을 보여준다는 주장이 많아지고 있다.[88]

제 1막(1~107행)

도입부에서 튀에스테스의 혼령이 나타나서, 펠롭스 가문의 운명을 회고한다. 한편으로 왕가의 권위와 위엄이 서린 장소를 돌아보면서, 다른 편으로 거기서 발생했던 끔찍한 사건을 단순한 문장으로 그려 보인다. 그러다 그는 끔찍한 장면의 증인이 되느니 차라리 저승으로 다시 돌아가는 게 더 낫지 않을까 자문한다. 여기서 그는 저승에서 자신이 보았던 유명한 죄인 몇

---

88 이 작품이 공화정기 로마 문학에 더 많이 의존했다는 입장 중 최근 것 하나만 예로 들자면, A. Perutelli (ed.), 1995, *Lucio Anneo Seneca Agamennone*, Milano, p. 5f, 아이스퀼로스 〈아가멤논〉이 직접적 모델이라는 주장 중 최근 것으로는 S. Marcucci, 1996, *Modelli "Tragici" E Modelli "Epici" Nell'Agamemnon di L. A. Seneca*, Milano, 세네카의 〈아가멤논〉이 아이스퀼로스의 작품에 직접적으로 의존한다는 것을 강력히 부인하는 입장으로는 R. J. Tarrant (ed.), 1976, *Seneca, Agamemnon*, Cambridge, pp. 8~18 참고.

을 소개한다. 익시온, 시쉬포스, 티튀오스, 탄탈로스 등이 그들인데, 이 부분은 세네카의 작품에 자주 나오는 '지나치게 확장된' 묘사 중 하나로 꼽힌다. 잠시 후 전령 에우뤼바테스의 보고도 비슷한 모습을 보인다. 세네카는 플롯을 농밀하게 짜기보다는 표현의 내적 완결성을 추구하는 작가로 평가된다.

그러다가 튀에스테스는 이들 모두의 죄보다 자기 죄가 더 크다고 선언한다. 그러면서 자기 가족의 운명에 자신도 책임이 있는 것 아닌가 스스로 질문한다. 그는 자신이 자식들의 고기를 먹고, 거기에 더해 복수를 위해 자기 딸과 결합했던 것을 회고한다. 자기 때문에 자연의 질서가 뒤집힌 것을 탄식한다. 이처럼 '관행보다 더 심하게'(*maius solito*) 행동하는 것은 세네카의 인물들의 특징이며, 이를 통해 그 인물들은 인간 이상의 거대함을 부여받는다는 평가가 있다.[89] 그래서 그들의 추락이 더 충격적으로 느껴지게 된다는 것이다.

튀에스테스의 혼령은 이제 신의 뜻이 이루어지리라고 예언한다. 10년 만에 귀향한 아가멤논이 양날도끼에 맞아 핏속에 허우적거리며 죽으리라는 것이다. 자신은 그 일을 위해 아이기스토스를 낳았노라고, 아들을 격려한다. 그러고는 저승으로 돌아간다.

---

89 B. Seidenstiker, 1985, "Maius Solito Senecas *Thyestes* und die tragoedia rhetorica", *A&A*, 31, pp. 116~135 참고.

첫째 합창

이 작품은 합창이 플롯과 유기적으로 맞물리지 않아 문제가 된다. 우선 세네카의 비극에서 자주 그러하듯, 이 합창단도 신분이 불분명하다.[90] 그리고 작품 속 사건 진행에 맞추자면 지금 여기서 아가멤논 집안의 저주와 갈등, 아니면 트로이아 전쟁에 대해 돌아보는 것 적절할 텐데, 이 합창단은 그저 일반적 운수의 변화와 행운의 위험성을 노래한다. 뛰어난 자들이 급격히 추락한 사례가 많다고, 행운에는 흔히 전쟁과 맹세의 파기, 유혈의 복수와 파멸이 뒤따른다고, 그냥 평범한 삶이 좋다고 노래하는 것이다.

이 합창단은 이후로 전혀 곁에 있지 않은 듯 잊혔다가 나중에 다시 노래하는데, 모두 맥락과 무관한 노래들이다. 특히 캇산드라가 아가멤논의 죽음이 임박했음을 노래할 때조차 아무 반응이 없다. 합창단은 제 몫의 노래를 마치면 바로 퇴장하는 모양이다(57～107행).

제 2막(108～387행)

클뤼타임네스트라가 나와 남편을 어떻게 맞이할지 고심한다. 자신이 불륜을 저질러 이미 방향이 정해졌다고 생각하여, 더 깊은 범죄의 길로 들어서려 한다. 유모가 나서서 그녀를 만류하려 하지만 실패한다. 아가멤논이 자기 딸 이피게네이아를 제물로 바친 일, 결혼에 충실하지 않고 여러 여자를 들인 것, 현재도 캇산드라라는 첩실을 대동하고 돌아온 것 등이 이유다. 유모는 트로이아 전쟁을 회고하며 그런 큰일을 치르고 돌아오는 남편에게 해코지하지 말라고 권고한다.

---

90 대개는 아르고스 여인들로 본다.

이어서 아이기스토스가 등장하여, 클뤼타임네스트라에게 공범이 되기를 종용한다. 그는 아가멤논의 오만함과 왕들의 일반적 성향, 클뤼타임네스트라가 처한 위험 등을 근거로 그녀를 설득한다. 그녀는 죄악의 길에서 돌아서서 무구하던 때로 돌아가고 싶어 하며, 아이기스토스에게 떠나라고 제안하기도 하지만, 결국 함께 의논해 이 위험을 벗어나자는 쪽으로 양보한다.

둘째 합창

아르고스 여인들이 아가멤논의 승리에 대해 여러 신께 감사를 드린다. 차례로 포이보스 아폴론, 헤라(유노), 팔라스 아테네, 포이베, 제우스(윱피테르)를 부른다(310~387행).

이 작품의 주인공이 누구인지를 두고 학자들 사이에 논란이 있는데,[91] 일단 아가멤논이 주인공은 아니라는 것이 중론이다. 우선 그의 분량이 너무 짧기 때문이다. 이는 아이스퀼로스의 〈아가멤논〉에서도 마찬가지다. 아이스퀼로스의 작품에서 제1배우 역할을 하는 이는 클뤼타임네스트라인데, 세네카의 〈아가멤논〉에서도 그녀의 비중을 강조하는 학자가 많다. 특히 방금 본 제2막에서 유모와의 대화, 아이기스토스와의 대화가 특히 주목받고 있다. 죄책감과 복수심, 이성 사이에서 흔들리는 심리를 보여주기 때문이다. 한편 아이기스토스를 강조하는 학자도 있다.[92] 클뤼타임네스트

---

91 이에 대해서는 타런트의 앞 책(Tarrant, 1976), pp. 3f, A. I. Motto and J. R. Clark, 1985, "Fata Se Vertunt Retro Seneca's *Agamemnon*", *CB*, 61, pp. 1~5 참고.

라와 아이기스토스는 극 마지막에 함께 등장하는데, 그때는 이 둘이 이미 이성과 도덕성의 선을 넘어버린 듯 폭군적 모습이 두드러진다.[93] 그런데 뒤로 갈수록 클뤼타임네스트라의 비중이 줄어들고, 새로운 등장인물 캇산드라가 부각된다. 그녀가 등장한 이후로 이야기의 진행 방향이 캇산드라에 의해 결정되는 인상이다. 그녀는 사건을 전진시킬 뿐 아니라, 무슨 일이 일어나는지 관객에게 알리는 역할도 떠맡고 있다.

제 3막(388~692행)

아가멤논의 전령 에우뤼바테스가 달려와 왕의 귀환을 알린다. 클뤼타임네스트라가 메넬라오스도 함께 돌아왔는지 묻자, 전령은 다른 이들의 행방은 모른다면서 자신들이 귀향 도중 만났던 풍랑에 대해 자세히 묘사한다. 특히 캇산드라를 겁탈하여 희랍군 전체에게 재앙을 몰고 왔던 '작은 아이아스'가 육지에 올랐다가 결국 죽게 된 사건과 아들 팔라메데스의 억울한 죽음 때문에 분노한 나우플리오스가 거짓 횃불로 배들을 유인해서 죽게 한 사건이 자세히 그려진다. 이제 클뤼타임네스트라가 백성들에게 감사의 제물을 바치라고 명하는 사이, 트로이아 포로여인들이 들어온다.

---

92 클뤼타임네스트라를 중심인물로 보는 설은 R. Giomini (ed.), 1956, *L. Annaei Senecae Agamemnona*, Roma, p. 7; J.-M. Croisille, 1964, "Le personnage de Clytemnestre dans l'Agamemnon de Seneque", *Latomus*, 23, pp. 464~472 참고. 아이기스토스에 중점을 두는 입장에 대해서는 C. Kugelmeier, 2007, *Die innere Vergegenwaertigung des Buehnenspiels in Senecas Tragoedien*, Munich, pp. 56~61 참고.

93 특히 995행이 폭군 일반의 태도를 보여주는 말로 유명하다. "죽음으로써 벌을 주는 자는 서툰 폭군"이란 발언이다.

셋째 합창

포로여인들은 죽음이 평화를 주지만, 인간에게 삶의 애착이 더 크다는 것을 탄식하고, 트로이아 목마를 끌어들일 때의 행복과 그 후에 닥친 재난을 회고한다(664~692행).

이 부분에서 눈에 띄는 것은 이례적으로 길게 확장된 전령의 보고다. 이것은 우선 아가멤논의 도착과 음모자들의 행동 개시 사이에 놓여 일종의 전환점 역할을 하며, 이 세계를 이루는 기본 요소들이 분노하고 있음을, 그리고 아가멤논과 희랍인들 앞에 거대한 위험이 놓여 있음을 암시적으로 보여주는 것이다. 그리고 특히 오만하게 행동했던 '작은 아이아스'가 처음엔 바다의 위험을 벗어나는 듯 보였지만 결국 죽음을 당한 것은, 아가멤논도 비슷하게 일단 위험에서 빠져나온 듯 보이다가 죽게 됨을 예감케 한다. 특히 이 작품에서는 (아이스퀼로스 〈아가멤논〉 에서 그러하듯) 트로이아 왕가의 멸망과 아가멤논 가문의 멸망이 나란히 비교되는데,[94] 풍랑 속에서 아가멤논이 트로이아 왕 프리아모스의 운명을 부러워하는 장면이 그것을 잘 보여준다.

제 4막(693~866행)

캇산드라가 포로여인들에게 눈물을 그치라고 종용하다가 환상을 보기 시작한다. 처음엔 파리스의 판정이 보이지만, 곧 아가멤논이 그의 아내에게

---

94 이에 대해서는 K. K. Lohikoski, 1966, "Der Parallelismus Mykene-Troja in Senecas *Agamemnon*", *Arctos*, 4, pp. 63~70 참고.

죽는 장면을 보게 된다. 이어서 저승에 간 자기 가족과 저승 거주자의 무리를 보고서, 이제 아르고스도 재난을 당할 것을 예언한다.

아가멤논이 도착하여, 귀향의 기쁨을 표현하고, 캇산드라의 두려움을 달래며, 그녀를 보호하라고 여인들에게 부탁한다. 그러고는 제우스와 헤라에게 제물을 바치러 들어간다. 여기서 아가멤논이 캇산드라를 달래기 위해 나누는 대화의 표현들은 트로이아와 아르고스 사이의 공통점을 강조하고, 아가멤논도 트로이아 왕과 비슷한 운명을 맞을 것을 예고한다.

넷째 합창

아르고스 여인들이 헤라클레스의 업적을 찬양하는 노래를 부른다. 끝에는 헤라클레스가 트로이아를 함락한 사건을 노래함으로써, 방금 도착한 아가멤논의 위업과 연결된다(808~866행).

제 5막(867~1012행)

캇산드라는 투시력을 지닌 듯 궁전 안에서 일어나는 아가멤논 살해 사건을 '현장 중계'한다. 언어적 수단만으로도 거의 시각적 효과를 낳을 수 있음을 입증하는 생생한 묘사다. 이어서 아가멤논의 자녀들이 궁 밖으로 뛰쳐나온다. 엘렉트라는 자기 동생 오레스테스를 어디로 숨길지 고심한다. 그때 마침 일종의 '기계장치에 의한 신'(*deus ex machina*) 처럼 아가멤논의 친구 스트로피오스가 찾아온다. 친구의 귀향을 축하하러 온 이 사람은, 엘렉트라에게서 아가멤논의 피살을 전해 듣고는 즉시 오레스테스를 데리고서 떠나간다. 거기에 클뤼타임네스트라, 아이기스토스가 나와서 엘렉트라를 가두겠노라고 끌고 간다. 한편 캇산드라 역시 죽음을 맞이하러 끌려가는데, 그녀는 트로이아의 몰락이 보상받았음을 기뻐하며, 마지막으로 아가멤논 가문에 다른 광기가 나타날 것을 예언하고는 당당하게 앞장서 떠난다.

마지막 부분에서 눈에 띄는 것은 엘렉트라와 클뤼타임네스라의 대화가 보여주는 패턴이다. 딸은 자기 행동이 어머니의 행동을 그대로 본떠서 맞춘 것인 양 대꾸하는데, 이는 제 4막에서 아가멤논과 캇산드라 사이의 대화에서도 보였던 양태다. 캇산드라는 현재 이 집안의 여러 상황이 트로이아 왕가에 있었던 일들과 거의 같다는 것을 지적했기 때문이다. 앞에서도 말했듯 이는 아가멤논 집안의 재난이 트로이아 멸망과 평행하게 일어난다는 뜻이었다. 따라서 여기서 엘렉트라가 클뤼타임네스트라의 행동을 복사한 듯 대응하는 것은, 방금 일어난 살인사건과 그에 대한 복수극이 평행하게 일어나리란 암시로 볼 수 있다. 그리고 그에 걸맞게 어린 오레스테스는 '아버지의 유일한 복수자'(910행) 라고 소개된다. 또 엘렉트라와 캇산드라의 역할에 서로 유사한 데가 있는 점은 마지막에 이 두 여성이 나란히 끌려 나가는 것과 잘 어울린다. 엘렉트라가 캇산드라에게 여사제의 장식을 공유하자고 제안하는 장면(951~952행)이 이 둘의 유사성을 극명하게 보여준다.[95]

이 작품과 관련된 쟁점 중 하나는 아가멤논 피살 사건에서, 가문의 저주와 개인의 책임이 각기 어느 정도의 비중을 차지하느냐는 문제다. 극의 첫 장

---

95 P. Riemer, 1997, "Zur dramaturgischen Konzeption von Senecas *Agamemnon*", in B. Zimmermann(ed.), *Griechisch-roemische Komoedie und Tragoedie II*, Stuttgart, pp. 135~151 중 p. 149 참고.

면에 튀에스테스가 나타난 것을 보면 가문의 저주도 전혀 영향이 없는 것은 아니겠지만, 개인의 결심이 아무리 굳건해도 그런 저주를 피할 수 없다는 것은 사실 받아들이기 힘들다.

결국 아가멤논이 불행을 당한 것은 그 자신이 거듭 신적 질서를 벗어났기 때문이라고 할 수밖에 없다. 학자들은 아가멤논이 제대로 결정하고 행동하던 사례로 〈트로이아 여인들〉에서 그가 퓌르로스의 무절제를 통제하려던 모습을 꼽는다.[96] 늘 그런 자세를 취했더라면 적어도 극단적 파멸을 맞지는 않았으리라는 것이다. 하지만 그는 이 작품에서 애초부터 거친 성품을 타고난 인물로(250행) 그려졌고, 전쟁에서 승리한 일 때문에 더욱 오만해서 결국 추락한 것이다.

이렇게 서로 맞서는 두 진영, 즉 한쪽에는 아이기스토스와 클뤼타임네스트라가 있고, 다른 쪽에는 아가멤논이 있지만, 양쪽 다 폭군적이고 오만과 폭력에 물들어 있다. 반면, 이들과 더불어 삼각형의 한 꼭짓점을 이루는 대조적 인물이 캇산드라다.[97] 그녀는 과거를 돌아보고 또 미래를 내다보면서 거기서 운명을 정면으로 마주할 용기를 얻는다. 아가멤논 가문과 트로이아 가문의 각기 두 조상이 하나는 좌절에 빠지고, 다른 하나는 기뻐하는 모습(769~774행)은 그 과거와 미래가 결합된 함축적 장면이다. 이제

---

96 E. Lefevre, 1973, "Die Schuld des *Agamemnon* Das Schicksal des Troja- Siegers in stoischer Sicht", *Hermes*, 101, pp. 64~91 중 p. 68 참고. 운명의 힘을 좀 더 강조하는 학자들로는 세이던스티커의 앞 논문(Seidenstiker, 1985), p. 128; A. J. Boyle, 1983, "Hic epulis locus The tragic world of Seneca's *Agamemnon* and *Thyestes*", in A. J. Boyle(ed.), *Seneca Tragicus Ramus Essays on Senecan Drama*, Berwick, pp. 199~228 중 pp. 225f 참고.

97 C. Kugelmeier, "Agamemnon", *BCS*, pp. 493~500 중 p. 500 참고.

'운명은 방향을 반대로 돌린'(758행) 것이다. 그녀는 클뤼타임네스트라를 향해서나, 아가멤논과 마주해서나 상대보다 우월한 존재임이 드러난다. 그녀는 영광도 고통도 그저 잠깐의 일임을 알고 있다. 죽음 속에 오히려 자유가 있음을 알고 있다. 그녀는 이 작품에서, 〈헤라클레스〉나 〈튀에스테스〉의 주인공이 그렇듯, 스토아 현자에 가깝게 그려진 것이다.[98]

8) 〈튀에스테스〉

이 작품은 아가멤논보다 한 세대 위에 있었던 사건을 다룬다. 아가멤논의 아버지 아트레우스가 자기 형제 튀에스테스와 왕권 분쟁을 겪다가 권력을 차지한 후, 화해하자며 자기 형제와 형제의 자식들을 고향으로 귀환시키고는 그 자식들을 잡아 아비인 튀에스테스에게 먹인다는 내용이다.

이 작품은 세네카 비극 중 최고 걸작으로 꼽히기도 한다. 플롯이나 인물, 설정, 언어적 표현 등 모든 요소가 효율적으로 결합되어 강력한 인상을 남긴다는 것이다.[99] 이 작품은 세네카의 비극 중 후기에 속하여, 대략 서기 62년쯤 만들어진 것으로 추정된다.[100] 여기서 중점적으로 다뤄지는

---

98 그렇다고 캇산드라가 완벽한 스토아의 현자라는 뜻은 아니다. 그런 현자는 사실 비극작품에 어울리지 않는다. 르페브르의 앞 논문(Lefevre, 1973), p. 64 참고.

99 R. J. Tarrant(ed.), 1985, *Seneca Thyestes*, Atlanta, p. 43 참고.

100 이런 연대 추정의 가장 기본적 근거는 피치의 앞 논문(Fitch, 1981)이 제공하는 운율 분석이다. 그 밖에도 합창단 이용법, 이 작품에 보이는 역사적·지리적 시대착오 등이 다른 근거로 꼽힌다. 합창단과 관련해서는 G. Mazzoli, 1996, "Tipologia e struttura dei cori senecani", in L. Castagna(ed.), *Nove studi sui cori tragici di Seneca*, Milano, pp. 3~16 중 p. 15, 시대착오에 대해선 니스벳의 앞 논문(Nisbet, 1990) 참고. 여기서

것은 권력의 속성인데, 그것은 일종의 속임수, 우주적 질서의 전복, 지상에 나타난 지옥이라는 부정적 모습이다.[101] 이런 특성이 세네카가 네로 말년에 직접 겪은 일들을 반영한 것인지에 대해선 논란이 있다.

제1막(1~175행)

저승에서 불려 온 탄탈로스의 혼령이, 복수의 여신의 강제에 못 이겨, 자신의 후손들의 집안을 오염시킨다. 이 탄탈로스는 자기 아들 펠롭스를 잡아 토막 내서 신들에게 대접했던 존재다. 이제 조상이 저질렀던 악행이 되풀이될 분위기가 조성되었다.

첫째 합창

합창단은, 신들께서 탄탈로스의 후손들 사이에 악행이 이어지는 것을 끝내 달라고 기원한다. 이어서 탄탈로스가 저승에서 받는 벌이 묘사된다(122~175행). 탄탈로스가 저승에서 받는 벌은, 음식이 앞에 있는데도 먹지 못하고, 물이 앞에 있는데도 마시지 못하는 것이다. 작품 초반에 탄탈로스의 혼령이 등장하고 이어서 그가 받는 벌이 묘사되는 이유는 이 작품의 중심 개념 중 하나가 '채워질 수 없는 욕망'이기 때문이다. 아이러니하게도 복수의 여신은 탄탈로스의 혼령에게 "이 집을 탄탈로스로 가득 채워라"(53행) 라고 명한다.

시대착오는 로마시민을 가리키는 단어(*Quirites*, 396행)가 쓰이고, 아우구스투스 시대 로마의 북쪽과 동쪽 경계선 지명(369~379행)이 나온다는 것이다.

101 특히 G. Picone, 1984, *La fabula e il regno Studi sul Thyestes di Seneca*, Palermo, pp. 27f, 50f, 117f 참고.

제 2막(176~403행)
아트레우스가 자기 형제에게 복수하자고 자신을 다그친다. 그는 추방당한 튀에스테스와 그의 자식들을 불러들여 거짓으로 화해의 잔치를 열고자 한다. 하인 하나가 그를 설득해서 그런 짓을 못하게 하려 하지만 결국 실패한다.

둘째 합창
합창단은 형제가 화해한 것을 기뻐한다. 그러고는 참으로 왕다운 태도는 일시적 권력에 취하는 것이 아니라, 자기 자신을 제대로 통제하는 것이라고 노래한다(336~403행). 그들이 볼 때 이상적 삶은 숨어서 평범한 생을 보내는 것이다.

제 3막(404~622행)
튀에스테스는 아르고스로 돌아가는 것을 포기하려 하지만, 그의 아들들의 대표인 '작은 탄탈로스'가 아버지를 설득해서 귀향하게 만든다. 아트레우스는 형제를 반갑게 맞이하고, 그에게 왕가의 의상을 입힌다.

셋째 합창
합창단은 아트레우스가 전쟁을 준비하다가 갑자기 평화 쪽으로 마음을 돌린 것을 놀랍게 여긴다. 그들은 이어서 행운은 오래가지 않음을 노래한다(546~622행).[102]

---

102 이 부분에 언어적 · 지리적 시대착오가 포함되어 있다. 각주 100 참고.

제 4막(623~884행)

전령이 달려와 아트레우스가 튀에스테스의 자식들을 희생으로 바쳤음을 알린다. 아트레우스는 그들을 도살해서 요리해 아비에게 먹였던 것이다. 이 부분에서 궁정 안쪽의 음침한 숲과 소름 끼치는 제단 주변이 자세히 묘사되어, '지상에 구현된' 지옥을 보여준다.

넷째 합창

합창단은 태양이 반대방향으로 돌아가는 것을 목격한다. 이제 별들이 떨어지고 우주가 붕괴할 것인지 걱정한다(789~884행).[103]

제 5막(885~1112행)

튀에스테스는 아직 사실을 알아채지 못하고 잔치를 이어 나가려 하지만 기분이 이상해진다. 아트레우스는 상대를 조롱하고 사실을 밝힌다. 튀에스테스는 신들께 이 만행에 복수해 달라고 기원하지만, 신들은 응답하지 않는다.

이 작품에는 극을 그것의 틀 바깥에서 보는 시선이 중첩되어 있다. 우선 첫 장면부터 복수의 여신(푸리아)이 탄탈로스의 혼령에게 한 장면, 한 장면 연

---

103 이 부분은 스토아학파와 신퓌타고라스학파의 천문학 작품들의 영향을 받은 것으로 추정된다. 타런트의 앞 책(Tarrant, 1985), pp. 209~213 참고. 한편 우주가 방향을 반대로 돌리는 것은 자식이 부모 속으로 다시 들어간 것에 상응한다. J. G. Fitch(ed.), 2018, *Seneca Oedipus*, *Agamemnon*, *Thyestes*, *Hercules on Oeta*, *Octavia*, MA: Cambridge, p. 228 참고.

출을 지시한다. 말하자면 복수의 여신과 탄탈로스의 혼령이 앞으로 전개될 이야기의 틀을 짜는 셈이다.**104** 한편 그 틀 안에서 아트레우스가 나와서, 튀에스테스를 속이기 위한 이야기를 구상한다. 액자 안에 또 다른 액자가 있는 여러 겹의 이야기 형식이다. 아트레우스가 짠 이야기 역시 전체 작품처럼 5막극 형식을 취한다.**105** 우선 아트레우스와 하인이 나누는 대화(제 2막 176~335행)가 제 1막이다. 아트레우스가, 자기 형제가 망명으로부터 돌아오는 것을 보고서 독백하는 장면(제3막 491~507행)이 제 2막, 전령이 튀에스테스의 자식들이 도살되고 요리된 과정을 보고하는 장면(제 4막 623~788행)이 제 3막, 아트레우스의 마지막 독백(제 5막 885~919행)이 제 4막, 그리고 튀에스테스가 사실을 알고서 자기 형제와 논쟁하는 장면(제 5막 1005~1112행)이 제 5막이란 말이다.

한편 아트레우스 자신이 자기 '연극' 속에 '출연'하는 부분은 다시 극 중 극처럼 짜여 있다. 일단 그가 자기 형제를 '환영'하기 위해 등장(제 3막 508~545행)하기 전에 일종의 도입부(제 3막 404~490행)가 있다. 말하자면 '세 번째 도입부'다. 거기에 튀에스테스의 잔치 노래가 이어지고, 아트레우스의 극적 아이러니로 가득한 진실 폭로(제5막 920~1004행)가 뒤따른다.

'채워짐'이라는 개념도 세 단계로 되어 있다. 제 1막에서 아트레우스의 집이 '탄탈로스'로 채워진다(53행). 제 2막에서 아트레우스는 자신을 '괴물'

---

104 심지어 탄탈로스의 혼령이 떠나가지 않고, 계속 무대 한쪽에서 그 뒤의 사건을 지켜보고 있었으리라는 추정도 있다. C. Monteleone, 1991, *Il "Thyestes" di Seneca Sentieri ermeneutici*, Fassano, p. 187f; A. Schiesaro, 2003, *The Passions in Play Thyestes and the Dynamics of Senecan Drama*, Cambridge, pp. 48f, 178~180 참고.

105 C. Torre, "Thyestes", *BCS*, pp. 501~511 중 p. 503 참고

로 채우고자 한다(253~254행). 제 4막에서는 아비의 배가 자식의 고기로 채워진다.

이렇게 중첩된 틀로 인해 생기는 효과가 무엇인지에 대해서는 학자마다 조금씩 다르게 설명한다. 새로운 시작이 세 번이나 겹치지만 끝나는 곳은 하나이기 때문에 안으로 더 들어가기는 힘들고, 독자 · 관객은 더 바깥을 생각할 수 있다. 이런 이야기가 틀 바깥의 어떤 '예술가'에 의해 여전히 만들어지는 중이라는 느낌을 일으킬 수 있다.[106] 바깥에서 안으로 좁혀 들어갔다가, 작품이 끝나는 순간 전체를 다시 돌아보면서 안에서 바깥으로 나오게 되어 이 세계의 전체상을 얻게 된다는 효과[107]를 생각할 수도 있다. 과거에서 현재로, 우주적 차원에서 지상의 왕국으로, 아르고스 들판에서 펠롭스 집안 깊은 으슥한 장소까지 들어갔다가 다시 나오며 전체를 둘러보게 되는 것이다.[108]

이와 같은 액자구조와 관련되는 것이, 매 장면마다 두 명의 인물이 짝지어 나온다는 점이다. 제 1막에는 복수의 여신과 탄탈로스의 혼령, 제 2막에는 아트레우스와 시종, 제 3막에는 '작은 탄탈로스'와 튀에스테스 등이 그러하다. 이러한 대립쌍이 나오는 것은 아트레우스와 튀에스테스 형제 사이의 갈등과 대립을 반영한 것이다.[109] 이 대립쌍들에서 한쪽은 자기주장이 매우 강하고, 다른 쪽은 좀 심약하여 자기 입장을 끝까지 유지하지 못하

---

106 쉬에사로의 앞 책(Schiesaro, 2003), pp. 61~64 참고.

107 토레의 앞 논문(Torre, 2014), pp. 503~504 참고.

108 궁전 자체도 대중에게 공개된 홀, 더 깊은 안쪽의 숲, 그중 가장 깊은 곳의 제단으로 중첩구조를 보인다.

109 타런트의 앞 책(Tarrant, 1985), p. 45 참고.

고 굴복한다. 제 4막에는 이러한 대립구도가 이뤄지지 않고, 대신에 아트레우스의 역할이 통치자와 사제로 나뉘어 서로 맞선다. 한편 이와 유사하게 제 5막에서는 튀에스테스의 의식(즐겁고자 하는 마음)과 무의식(왠지 불안하고 슬픈 감정)이 대립하다가 마침내 진실과 마주치게 된다.[110]

이 작품에 그려진 튀에스테스의 성격에 대해서는 여러 해석이 엇갈린다. 그가 스토아적 현자로 그려졌다는 설,[111] 그가 스토아적 인물을 풍자한다는 설,[112] 튀에스테스가 세네카 자신을 반영한다는 설[113] 등이다. 이렇게 여러 해석이 가능한 것은 여기 그려진 튀에스테스에게 그런 여러 모습이 동시에 존재하기 때문이다. 그는 동시에 망명자, 탄원자, 왕족, 희생양이다. 이런 다면성은 여러 의상을 — 실제로, 또는 언어적으로 — 바꿔 입는 것으로 드러나기도 한다. 아마도 이 다면성 뒤에는 선배 작가들이 같은 주제로 쓴 작품들의 영향도 있을 텐데, 현재로서는 작품들이 모두 사라져서 직접 확인하기는 어렵다. 학자들은 특히 로마 작가 악키우스의 〈아트레우스〉가 큰 영향을 주었으리라고 추정한다.[114]

---

110 아리스토텔레스의 '알아보기'(*anagnorisis*).

111 O. Gigon, 1938, "Bemerkungen zu Senecas *Thyestes*", *Philologus*, 93, pp. 176~183 중 p. 179f; E. Lefevre, 1985, "Die philosophische Bedeutung der Seneca-Tragoedie am Beispiel des *Thyestes*", *ANRW II*, 32(2), pp. 1263~1283 중 pp. 1263f. 참고.

112 피코네의 앞 책(Picone, 1984), pp. 244~252 참고.

113 P. Mantovanelli, 1984, *La metafora del Tieste Il nodo sadomasochistico nella tragedia senecana del potere tirannico*, Verona, pp. 122f 참고.

114 토르의 앞 논문(Torre, 2014), p. 505 참고

9) 〈오이테산의 헤라클레스〉

이 작품의 주된 내용은, 헤라클레스가 오이칼리아를 함락하고 아름다운 공주 이올레를 데려온다는 소식을 듣고서, 헤라클레스의 아내 데이아네이라가 남편에게 '사랑의 미약'을 묻힌 옷을 보내지만, 사실 그것은 독약이어서 결국 헤라클레스가 죽게 된다는 것이다. 사실을 알게 된 데이아네이라는 자결하고, 헤라클레스는 자신의 장례를 준비하고 직접 감독해서, 신들에게로 가게 된다.

이 작품은 정말 세네카의 것인지 의혹의 대상이다. 의심을 사는 특징 몇 가지를 꼽아 보자면, 우선 길이가 너무 길다는 점이다. 이 작품은 지금까지 전해지는—희랍 비극을 포함해서—고대 비극 중 길이가 가장 길다.[115] 또 내용상 반복이 심하다는 점, 수사적 기교를 너무 많이 쓰고 있다는 점,[116] 다른 작품(특히 〈헤라클레스〉)에서 빌려온 구절이 너무 많다는 점, 그 밖에도 문체나 운율, 구체적 표현 등이 미묘하게 다른 작품들과 다르다는 점이다.[117] 하지만 여전히 이 작품이 세네카 것이라고 주장하는 학자들이 있다.

혹시 이것이 진짜 세네카 작품이라면 그의 생애 마지막 시기 것으로 보아야 한다. 이 작품의 주제는 헤라클레스의 죽음과 신격화이므로, 스토아 철학자답게 죽기를 원했던 노년의 세네카에게 잘 어울리긴 한다. 세네카의

115 하지만 위대한 영웅을 다루니까 거기에 걸맞게 길이도 길어졌다는 방어논변도 있다.
116 세네카에게 원래 그런 특성이 있긴 하지만 이 작품에서는 그 정도를 넘어섰다는 것이다.
117 D. Konstan, "*Hercules on Oeta* Translator's introduction", *SCT II*, p. 107 참고.

다른 비극작품들의 연대 추정에서 기준 역할을 하는 피치의 연구에 따르면 이 작품은 〈튀에스테스〉와 〈포이니케 여인들〉보다 앞서 만들어진 것이다.[118] 그런데 작품 성립 연대를 이렇게 잡으면 곤란한 문제가 생긴다. 〈오이테산의 헤라클레스〉에서 보이는 비정상적인 점들을 설명하기 어렵게 된다. 즉, 마지막 작품이라고 하면 '너무 서둘러서 썼고, 충분히 수정할 시간이 없었다'라고 설명하면 되는데, 연대가 앞으로 가면 그렇게 변명하고 지나갈 수 없다.

한편 이 작품에서 다른 작가의 영향을 찾아내고, 그것을 근거로 좀 더 후대 것으로, 즉 다른 사람의 작품으로 보는 학자도 있다. 실리우스 이탈리쿠스와 스타티우스의 영향이 보이니, 이 작품은 서기 2세기 초반 것이라는 주장이다. 바로 우리 번역의 원문 편집자인 츠비어라인이 내세운 학설이다.[119] 하지만 오히려 스타티우스 등이 이 작품의 영향을 받은 것으로 볼 수도 있기 때문에, 그냥 호응관계만으로 작품 연대를 결정하면 곤란하다는 반론도 있다.[120]

〈오이테산의 헤라클레스〉는 세네카 것이라고 확실히 인정되는 여타의 작품들과는 확연히 구별되는 특징을 보인다. 이는 한편 세네카 것이 아님

---

118 피치의 앞 논문(Fitch, 1981), p. 303 n. 21 참고. 하지만 피치는 대체로 이 작품이 세네카 것이 아니라고 보았다. 특히 문체가 너무 어색하다며 "과연 이 작품의 저자는 라틴어가 모국어였는지?"라는 의문까지 표현했다. 한편 그는 이 작품 마지막의 지나치게 낙관적이고 밝은 분위기도 다른 작품에서 볼 수 없는 점이라고 지적한다. 피치의 앞 책(Fitch, 2018) p. 338 참고.

119 O. Zwierlein, 1986, *Kritischer Kommentar zu den Tragoedien Senecas*, Wisbaden, pp. 313~343 참고.

120 R. G. M. Nisbet, 1995, *Collected Papers on Latin Literature*, Oxford, p. 210 참고.

이 거의 확실한 〈옥타비아〉와 공유하는 특징이기도 하다. 이 두 작품 모두가 맨 마지막에 전체를 요약하는 짧은 서정시로 끝을 맺는데, 이는 세네카의 특징이라기보다는 에우리피데스의 특징이라 할 만한 것이다.[121] 한편 이 작품의 질을 따져 이를 기준으로 세네카의 것으로 볼지 말지 결정하려는 학자들도 있지만,[122] 이런 판단은 너무 주관적이어서 사실 크게 신뢰를 얻기 어렵다.

제 1막(1~232행)

헤라클레스는 오이칼리아를 함락하고, 포로들을 끌고 오는 참이다. 그는 자신이 신이 될 자격이 충분하며 마음 준비도 되어 있다고 선언한다.

첫째 합창

오이칼리아 여인들이 자기들 고향 도시가 파괴된 것을 탄식한다. 그들은 헤라클레스의 몸이 견고한 것처럼 그의 마음도 모질다고 개탄한다. 한편 이올레는 자기 가족이 참살된 것을 슬퍼한다. (104~232행)

제 2막(233~699행)

헤라클레스의 아내 데이아네이라는 자기 남편이 결혼과 가정에 충실치 않은 것에 분개하고 괴로워한다. 그녀는 특히 남편이 이올레를 데려오는 것

---

121 C. A. J. Littlewood, "Hercules Oetaeus", *BCS*, pp. 515~520 중 p. 515 참고.

122 세네카의 작품이라고 보는 학자는 호의적으로 판단하고, 위작이라고 보는 학자는 깎아내린다.

에 분노한다. 그녀는 남편의 사랑을 되찾기 위해, 그의 옷을 넷소스의 피에 담근다. 그러고는 그것을 전달하라고 전령인 리카스에게 넘겨준다.

둘째 합창

데이아네이라를 시중드는 여인들이, 위기 속에서도 그녀에게 충실하겠노라고 노래한다(583~699행). 그들이 보기에 데이아네이라가 처한 위험은 그녀의 높은 지위에 당연히 수반되는 것이다.

제 3막(700~1130행)

데이아네이라는 넷소스의 피가 사랑의 미약이 아니라 독약일 가능성을 뒤늦게야 깨닫는다. 곧 휠로스가 도착하여, 헤라클레스의 옷이 그를 어떻게 먹어 들어갔는지 묘사한다. 헤라클레스는 옷을 전달한 리카스를 팽개쳐 죽였다. 지금 헤라클레스는 반쯤 죽은 상태로 집으로 옮겨지는 참이다. 데이아네이라는 죄책감과 슬픔에 자살을 결심한다.

셋째 합창

합창단은 헤라클레스의 파멸을 보고서, 모든 것은 스러지기 마련이라는 오르페우스의 가르침이 옳았다고 노래한다(1031~1130행). 그들은 법도가 바뀌고 온 우주가 무너져 내릴 것을 걱정한다.

제 4막(1131~1606행)

헤라클레스가 실려 들어온다. 그는 자기가 그렇게 수치스럽게 죽게 된 것을 개탄한다. 그는 아내가 자결했다는 소식을 듣지만, 여전히 그녀에 대한 분노를 누그러뜨리지 못한다. 그는 자기가 당한 일이 옛적의 예언과 부합된다는 것을 알고 나서야 평정심을 되찾고, 자신의 장례를 위해 오이테산에 장작더미를 준비하라고 이른다.

넷째 합창

합창단은 헤라클레스의 영혼이 하데스로 갈 것인지, 하늘로 올라갈 것인지 생각해 본다(1518~1606행).

제 5막(1607~1996행)

필록테테스가 오이테산에서 돌아온다. 그는 헤라클레스의 활과 화살을 받고서 그의 장작더미에 불을 붙여준 사람이다. 그는 헤라클레스가 불길 속에서 보인 영웅적 태도를 자세히 전달한다. 헤라클레스의 어머니인 알크메네가 아들의 유골함을 안고 들어와서, 그의 죽음을 애도한다. 그때 헤라클레스가 하늘에 나타나, 자신은 신들에게로 갔노라고 확인해 준다.

앞에도 말했지만, 이 작품은 분량이 단연 두드러진다. 전체 행수가 2천 행 가까이인데, 세네카의 비극 중 가장(혹은 두 번째로) 긴 작품 〈헤라클레스〉가 약 1350행이니, 650행 정도 차이가 난다. 내용에서도, 이 작품이 모델로 삼은 것이 분명한 소포클레스의 〈트라키스 여인들〉이 끝나는 대목을 넘어선다. 〈트라키스 여인들〉은 헤라클레스가 스스로 불타 죽기 위해 실려 나가는 데서 끝나는 데 비해, 이 작품은 그가 실제로 태워지는 과정과 신들 가운데로 받아들여지는 장면, 그리고 본인이 하늘에 나타나서 자기 어머니를 위로하는 장면까지 더했다. 이 마지막 장면은 이전의 비극작가들이 확실히 답하지 않고 그냥 남겨두었던 질문, '헤라클레스는 과연 신들 가운데로 받아들여졌을까?'에 대한 답변이라 할 수 있다. 세네카의 다른 비극들은 이렇게까지 낙관적으로 끝나지 않는데, 지금 이 부분은 대체로 오비디우스 〈변신 이야기〉 9권 내용의 영향을 받은 것으로 여겨진다. 이 작품이 세네카 것이라고 믿는 학자들은 이 점도 세네카의 다른 비극과 공유하는 특징으로 꼽는다. 즉, 희랍비극에서 직접 영향을 받은 게 아니라, 고대 로마 시인 오비디우스나 베르길리우스를 통해 간접적으로 영향을 받았다는 점이다.

이 작품을 높이 평가하는 입장에서는, 특히 이 작품 마지막 부분에 소포클레스에서와는 달리 헤라클레스가 불에 타는 장면이 직접 그려진 것도 정당화할 논변이 있다. 헤라클레스는 그러한 불길을 견뎌냄으로써 신이 될 자격을, 이전에 괴물과 폭군들을 이겨 얻은 것보다 더 크게 갖추게 된다는 것이다.

한편 이 대목은 세네카 특유의 '극장을 작품 속으로 끌어들이는' 특징을 보여준다. 헤라클레스는 자신의 화장을 스스로 지시, 감독하고, 그를 에워싼 사람들은 일종의 관객으로서 그의 행동에 놀라움을 드러내는 것으로 그려졌기 때문이다. 이런 양상은 〈트로이아 여인들〉에서도 보이는데, 거기서는 아스튀아낙스와 폴뤽세네가 그랬었다. 그들은 '관객'이 다 모이기 전까지는 침묵을 지키다가, 모두가 모인 다음에야 발언을 시작한다. '관객'들은 주인공의 행동에 다양한 반응을 보이며, 동시에 주인공의 도덕적 높이에 다다르지 못한 것으로 그려진다.[123] 〈오이테산의 헤라클레스〉에

---

123 C. A. J. Littlewood, 2004, *Self-Representation and Illusion in Senecan Tragedy*,

서 헤라클레스가 의식하는 관객은 인간뿐만이 아니다. 그는 헤라 여신이 자신의 죽음을 보면서 즐거워할 것을 걱정한다. 그는 자기를 둘러싼 사람들과 자기 어머니에게 슬픔을 절제할 것을 요구하며, 스스로 모범을 보인다. 결국 그의 추종자들은 모두 슬픔을 버리고 침착하게 그의 죽음을 받아들인다.

마지막 장면이 명백히 영웅적인 데 반해, 헤라클레스의 앞선 행적은 과연 우리가 칭찬할 만한 것인지 좀 의혹이 있다. 칼뤼돈 여인들로 구성된 합창단은 그를 스토아적 현자로 소개하고 있지만, 오이칼리아에서 끌려온 여성 포로들의 존재가 — 거의 시각적으로 — 그런 평가를 부정한다. 이 포로들의 합창단은 헤라클레스를, 하늘 신들을 공격했던 거인에 비긴다(167~170행). 〈헤라클레스〉에서도 그랬지만, 〈오이테산의 헤라클레스〉에 소개된 그의 덕목이란 악덕과 너무나 가까워 쉽사리 반대의 것으로 변할 수 있다. 그것은 어찌 보자면 "덕이라 불리는 악덕"(421~422행)인 것이다. 그의 아내는 그의 모험을 그저 "여자를 탈취하려는 핑계로 본다"(417~422행). 그런 점에서 작품 초반 헤라클레스 자신의 선언이 의미심장하다. "이제 헤라클레스가 괴물의 자리를 차지했다"(55~56행)는 것이다.

양면성을 보이는 인물은 헤라클레스만이 아니다. 그의 아내 데이아네이라도 남편과 비슷한 데가 있다. 그녀는 자신의 고통과 분노를 '휘드라'보다, 아이트나의 '불길'보다 더한 것으로 선언한다(284~285행). 그러고는 넷소스의 피가 묻은 옷을 보내면서, 사랑의 신이 헤라클레스를 '화살'로 쏘아 맞히기를 기원한다(541~548행). 결국 헤라클레스는, '휘드라'의 독이

Oxford, pp. 240~258 참고.

묻은 '화살'에 죽은 넷소스의 피 때문에, '불길' 속에 타 죽고 만다. 어찌 보자면 헤라클레스의 욕망이 그를 모험으로 이끌었고, 그 모험에서 파생된 결과물이 데이아네이라의 욕망을 발판으로 삼아 헤라클레스 자신을 죽게 한 것이다.

헤라클레스를 화장하기 위해 장작을 마련하는 과정은 얼핏 지나치게 확장된, 별 쓸모없는 장식 같지만 그 가운데 특히 거대한 참나무가 쓰러지는 장면은 헤라클레스 자신의 추락을 상징하는 것으로 해석된다.[124] 너무나 강하여 모든 장비를 무용하게 만들던 이 나무는 온 세상을 뒤덮어 햇빛도 보지 못하게 만들다가, 결국 쓰러지며 세상에 햇빛을 돌려주었다. 불패의 영웅이면서 어쩌면 동시에 세상에 그림자를 지나치게 드리우던 헤라클레스의 모습 그대로다. 더구나 이 나무가 예언을 주는 도도네의 참나무로 그려진 것(1623행)은 헤라클레스가 예전에 델포이 참나무에서 예언을 받았다(1473~1478행)는 사실과 더불어, 그 예언의 말씀이 정말 실현될지 의구심을 자아내는 장치이기도 하다.

이 작품의 가장 큰 원천은 세네카의 〈헤라클레스〉다. 〈오이테산의 헤라클레스〉는 〈헤라클레스〉를 거듭 인용하고 상기시킨다. 특히 〈오이테산의 헤라클레스〉 제 1막 시작에 헤라클레스가 자신의 업적을 회고하는 장면은, 〈헤라클레스〉 초입에 한편으로는 헤라가 적대적으로, 다른 한편 암피트뤼온이 호의적으로 그의 업적을 정리하는 장면을 빌린 것이다. 이 부분에서 헤라클레스는 자기가 신들에게 갈 자격을 얻었노라고 선언하고, 그

124 니스벳의 앞 책(Nisbet, 1995), p. 204 참고.

렇게 되기를 기원하는데, 이와 유사한 기원이 〈헤라클레스〉 제4막에서 뤼코스를 제압하고 감사 제물을 바치는 장면에도 나온다. 그 장면 직후에 헤라클레스에게 광기가 닥친다. 따라서 예민한 독자라면 지금 이 작품에서도 곧 불행이 닥치리라는 예감을 받을 것이다.

〈오이테산의 헤라클레스〉 앞부분에서 데이아네이라가 남편의 충실치 않음을 개탄하는 장면 역시, 〈헤라클레스〉 맨 앞에서 헤라가 제우스의 신의 없음을 비난하는 장면과 일치한다. 〈헤라클레스〉에서 헤라가 헤라클레스를 파멸시키는 것처럼, 〈오이테산의 헤라클레스〉에서는 데이아네이라가 남편의 파멸을 이끌어 낼 것이다. 데이아네이라는 헤라와만 닮은 게 아니라, 자기 남편과도 닮았다. 그녀가 자기 때문에 남편이 죽게 됨을 슬퍼하자, 유모는 헤라클레스도 예전 자기 아내 메가라를 죽이고 슬퍼했지만, 자살하지 않고 살아남았다고 격려한다.[125] 부부 모두가 우발적인 살인자라는 공통점을 지닌 것이다. 모두가 온몸에 휘드라의 독이 퍼져 괴로워하는 헤라클레스를 보고서 예전의 광기가 돌아왔나 의심하는 대목[126]도 이전 작품을 활용한 것이다.

데이아네이라를 만들어 내는 데 영향을 준 것으로 보이는 다른 인물로 세네카 〈아가멤논〉의 클뤼타임네스트라와, 메데이아가 꼽힌다. 둘 다 불충실한 남편을 응징하기 위해 (후자는, 독 묻은) 옷을 이용했기 때문이다. 반면에 소포클레스 〈트라키스 여인들〉에 나온 데이아네이라는 〈오이테산의 헤라클레스〉의 여주인공과 완전히 일치하지는 않는다. 전자는 그저 근

---

125 〈오이테산의 헤라클레스〉 903행 이하.

126 〈오이테산의 헤라클레스〉 806~807행, 1404~1407행.

심 많은 여인이지만, 후자는 좀 더 감정이 강하고 분노에 휩싸여 있기 때문이다. 하지만 〈오이테산의 헤라클레스〉 제 3막과 제 4막에서 데이아네이라는 소포클레스의 여주인공처럼 악의 없이 그저 남편을 되찾고자 하는 여인으로 그려졌다.

전체적으로 〈오이테산의 헤라클레스〉는 세네카의 다른 작품들을 많이 떠오르게 한다. 오이칼리아 여인 합창단은 〈트로이아 여인들〉, 〈아가멤논〉의 합창단과 유사하다. 이 작품의 헤라클레스는 세네카 〈오이디푸스〉의 오이디푸스와 비슷하다는 지적이 있다.[127]

앞서 오비디우스 〈변신 이야기〉가 이 작품에 영향을 끼쳤음을 언급했다. 특히 소포클레스의 작품에는 거기까지 그려지지 않은 내용에서 그러하다. 즉, 헤라클레스가 장작더미의 불길에 의해 정화되고 신이 되었다는 내용이다. 한편 이 작품에는 베르길리우스의 영향도 보인다. 특히 합창단이 오르페우스의 저승여행을 노래하는 부분(1031~1130행)은 〈농경시〉 제 4권을 본뜬 것으로 보인다. 헤라클레스의 장례를 위해 땔감을 모으는 부분도 〈아이네이스〉 제 6권에서 미세누스 장례준비 대목을 본뜬 것으로 여겨진다. 한데 베르길리우스는 그 장면을, 엔니우스가 나무 쓰러지는 장면을 그린 것을 능가하기 위해 그토록 장대하게 그렸다는 해석이 있다.[128] 그러니까 〈오이테산의 헤라클레스〉는 이전 여러 작가의 작품들을 이어받고 그 성과를 종합하는 것이기도 하다.

---

127 리틀우드의 앞 논문(Littlewood, 2014), p. 519 참고.

128 S. Hinds, 1998, *Allusion and Intertext Dynamics of Appropriation in Roman Poetry*, Cambridge, pp. 11~13 참고.

10) 〈옥타비아〉

이 작품의 주요 내용은, 네로가 아내 옥타비아를 버리고 새로운 여자와 결혼식을 올리면서, 그것에 반대하는 대중의 폭동을 계기로 옥타비아를 추방하고 처형시킨다는 것이다.

〈옥타비아〉의 저술 연대는 이 작품과 관련된 쟁점 중 가장 논란 많은 주제다. 일단 현재로서는 이 작품이 세네카의 것이라고 주장하는 학자는 거의 없어진 듯하다. 문체상으로도 그렇고, 무엇보다 이 작품 안에 네로의 죽음을 예언하는 대목(629~631행)이 나와서 더욱 그렇다. 작품 속에 세네카 자신이 직접 등장한다(377~592행)는 점도 의혹을 산다. 하지만 네로 몰락 후 어느 정도 있다가 이 작품이 만들어졌는지에 대해서는 여전히 합의가 이뤄지지 않은 상태다. 전통적으로 플라비우스 가문 황제들[129] 치하에서 나온 것이란 설이 유력했는데, 근래에 갈바 황제[130] 때 쓰인 것이란 설이 강력히 대두되고 있다.[131] 갈바 설의 근거는 이 작품에서 갈바의 정치적 선전과 연관된 내용이 발견된다는 점이다. 플라비우스 시대 설의 근거는 이 작품에서 네로에게 희생된 사람들을 복권시키려는 의도가 강하게 느껴진다는 점이다.

한편 작품 성립 연대를 작품에서 다뤄지는 사건이 실제로 일어났던 때로부터 되도록 멀리 잡으려는 학자들은 이 작품 내용이 대체로 문서 기록에

---

129 베스파시아누스와 그의 아들들.

130 네로 자살 직전에 반란을 일으킨 사람.

131 어느 학자가 어느 학설을 지지하는지는 R. Ferri, "Octavia", *BCS*, pp. 521~527 중 p. 521 n. 2 참고.

의존하고 있다는 점을 지적한다. 그 내용이 지금까지 전해지는 네로 시대의 역사 기록들과 많이 겹치기 때문이다. 하지만 작품 내용이 다른 기록들과 정확하게 맞아떨어지는 것을 보면 아주 오랜 시간 뒤에 만들어지진 않은 것 같다. 즉, 작가가 직접 사건을 목격했거나, 아니면 적어도 아주 정확한 기록에 접근할 수 있었던 것 같다는 것이다.[132] 한편 운율을 기준으로 판단하면, 이 작품에 쓰인 운율은 세네카 운율과 상당히 가까워서, 작품 연대를 세네카로부터 아주 멀게 잡기는 어렵다. 프루덴티우스[133]까지만 가도 벌써 세네카와 다른 운율을 사용하며, 서기 4세기 문법학자들은 비극 운율을 제대로 이해하지 못하기 때문이다.

〈옥타비아〉 속 사건은 사흘에 걸쳐 일어나며, 전체적으로 클라우디우스 황제의 딸인 옥타비아가 네로에게 이혼당하고, 이어서 추방되는 내용을 다룬다. 이 사건은 서기 62년 5월과 6월 사이에 일어났다. 실제 사건은 꽤 긴 시간을 두고 일어났지만, 작품 속에서 사흘로 시간을 설정한 것은 당시의 연극 관행에 맞춘 것으로 보인다.

---

132 이 작품이 타키투스에 의지하며, 그를 본받아 작품을 만든 것이라는 주장도 있다. C. M. Lucarini, 2005, "La *Praetexta Octavia* e Tacito", *GIF*, 57, pp. 263~284 참고

133 Aurelius Prudentius Clemens, 348~410년, 로마제정 말기의 기독교 시인.

첫째 날

장면 1(1~272행)

옥타비아와 그녀의 유모가 자신들의 고난과 가문의 붕괴를 탄식한다. 유모는 옥타비아에게 안전을 위해 네로에게 굴복하라고 권고한다. 하지만 옥타비아는 네로를 향한 적개심을 가라앉힐 수가 없다.

합창(273~376행)

시민들로 구성된 합창단이, 예전 로마 시민들이 폭군들을 어떻게 몰아냈었는지 노래한다. 이어서, 그들은 네로가 그 폭군들과 유사하게 아그립피나를 죽인 것을 회고한다. 처음엔 해양 사고를 가장해서 바다에 빠뜨려 죽이려다가 그것이 실패하자, 칼로 죽였다는 것이다.

장면 2(377~436행)

세네카가 등장하여, 자신이 평화로운 망명 생활로부터 소환된 것을 노래로 한탄한다. 그는 인간들의 악이 점점 더 커가는 것을 꼽아본다. 이제 그것은 절정에 도달해 있다.

장면 3(437~592행)

곧이어 네로가 등장하여, 우선 어떤 두 인물을 처형하라고 명한다. 세네카는 네로에게, 백성들에게 자비를 보이고 그럼으로써 인기를 얻는 것이 안전을 확보하는 더 나은 길이라고 설파한다. 하지만 네로는, 권력이란 공포와 무자비를 통해 유지해야 한다고 주장한다. 세네카는 네로에게, 네로가 옥타비아와 이혼하고 폼파이아와 결혼하는 것을 시민들이 지지하지 않으리라고 경고한다. 네로는 그 충고를 비웃으며, 바로 내일 결혼식을 거행하겠노라고 선언한다.

둘째 날

장면 1(593~645행)
아그립피나의 혼령이 나타나서, 살인마인 자기 아들과 그의 결혼식에 저주를 보낸다. 아들이 살해될 것을 예언한다.

장면 2(646~668행)
보이지 않는 곳에서 결혼식이 진행되는 동안, 옥타비아가 왕궁을 떠난다. 그녀는 자신이 이혼 후에도 살아남을 수 있을지 의심을 품고 있다.

합창(669~689행)
시민들이 격앙하여 왕궁으로 돌진하려 한다.

셋째 날

장면 1(690~761행)
폼파이아가 침실로부터 달려 나온다. 정신이 나간 채 간밤에 꾼 악몽을 전한다. 그녀는 자기 시어머니의 혼령이 횃불을 흔드는 것과, 자기 전 남편과 아들을 꿈속에 보았는데, 네로가 뛰어들어 남편(또는 네로 자신)의 목을 칼로 찔렀단다. 어제의 화려한 결혼식과 완전히 대조되는 무섭고 수수께끼 같은 꿈이다. 그녀의 유모는 그 꿈을 좋게 해석하려 애쓴다.

합창 1(762~779행)

폼파이아에게 우호적인 무리가 폼파이아의 아름다움을 찬양한다.

장면 2(780~805행)

전령이 달려와서, 대중이 폼파이아의 조각상을 뒤엎고 있으며, 이제 궁전을 공격할 계획을 세우는 중이라고 전한다.

합창 2(806~819행)

둘째 합창단이 궁전을 공격하는 무리를 비난하며, 사랑의 신을 이길 수는 없다고 노래한다.

장면 3(820~876행)

분노한 네로는 도시에 불을 질러 폭도들을 응징하고 모조리 거지로 만들어 버리기로 결정한다. 그는 근위대장이 그저 폭동을 가라앉히는 것에 만족하고 있다고 질책하고는, 옥타비아와 그녀의 지지자들을 추방하고 처형하라고 명한다.

합창 3(877~898행)

대중의 호의가 당사자에게 오히려 해가 된다고 노래한다.

장면 4(899~982행)
옥타비아와 합창단이 노래로 대화한다. 옥타비아는 자신이 죽을 것을 예상하고 있다. 합창단은 그녀를 동정한다. 그 집안 다른 여성들의 운명을 상기하고, 로마가 스스로 멸망하고 있음을 개탄한다.

이 작품의 구성은 일종의 '세 장 접이 그림'(*triptych*)처럼 되어 있다.[134] 가운데에 결혼식 날이 있고, 그 앞뒤의 날이 서로를 비추는 형식이다. 첫째 날에는 옥타비아와 유모 사이의 대화가 있고, 셋째 날에는 폼파이아와 유모 사이의 대화가 있다. 첫째 날에는 네로와 세네카가 토론하고, 셋째 날에는 네로와 근위대장이 이야기를 나눈다. 처음과 나중의 장면이 서로 비슷하면서도 차이가 있음을 보여줄 때 유용한 방식이다.

이 작품에는 합창이 다섯 차례 나온다. 첫째 날과 둘째 날에 각기 한 번씩, 셋째 날에 세 번. 합창단은 두 무리로 구성되어, 첫째와 둘째 날은 로마의 일반 시민들로, 셋째 날은 폼파이아 지지자들로 이루어져 있다. 이런 식의 두 합창단을 운용한 다른 사례로 〈아가멤논〉과 〈트로이아 여인들〉을 꼽을 수 있다.[135] 일반적으로 합창단은 무대 위 사건에는 개입하지 않는 게 원칙인데, 이 작품에서는 특이하게도 합창단이 옥타비아를 지지하여 네로의 궁정을 공격하는 것으로 되어 있다.

이 작품의 제목은 〈옥타비아〉지만 사실 옥타비아는 대사 비중이 별로 크지 않다. 세네카, 네로, 아그립피나, 폼파이아 등 여러 다른 등장인물에

---

134 피치의 앞 책(Fitch, 2018), pp. 517~518 참고.

135 〈아가멤논〉의 경우, 합창단이 하나인지 둘인지 논란이 있다. 각주 21 참고.

게로 초점이 분산되었기 때문이다. 옥타비아의 상황과 그녀의 심리 상태가 주목되는 부분은 첫째 날 첫 장면뿐이다. 이 작품에서 옥타비아는 소포클레스 〈엘렉트라〉의 여주인공을 본떠 그려진 것으로 보인다.136 독자들로서는 네로와 옥타비아 사이의 직접 충돌을 기대하게 되지만 그런 장면은 나오지 않는다. 네로가 그녀를 처형하려는 이유는, 그녀가 자신에게 맞섰기 때문이라기보다는 대중이 그녀 때문에 폭동을 일으킨 것에 화가 나서다. 셋째 날 부분은 여러 장면이 짧게 교대되어 매우 빠른 호흡을 보이는데, 이는 세네카 방식이라기보다 당시 역사극들의 특성이다.

〈옥타비아〉는 로마의 실재 인물들이 등장하는 비극(*fabulae praetexta*) 중 온전히 전해지는 유일한 작품이다. 다른 작품들이 제대로 전해지지 않아서 확정적으로 말하기는 어렵지만, 세네카 비극이나 희랍극과 다른 〈옥타비아〉만이 보이는 특성들은 다른 로마 역사극들도 공유했던 것으로 보인다. 사흘간의 사건으로 극을 구성한 것이 대표적 사례인데, 이런 방법을 통해 긴 시간 간격을 두고 일어나는 사건들을 한 작품 안에 넣을 수 있었다. 이런 극들은 장면 전환도 매우 잦았던 것으로 보인다.137

이 작품은 5막극으로 되어 있지 않다. 나중에 사본 전통과 중세 주석서에서 5막으로 정리해 놓긴 했지만, 이것은 원래 이 작품의 작가가 택한 방식이 아니다. 물론 작가도 심각한 내용의 극들은 5막으로 구성된다는 관행을 알았던 것 같지만, 그보다는 '3일 구성법'을 더 앞세운 것이다. 그리고

136 페리의 앞 논문(Ferri, 2014), p. 523 참고.

137 R. Junge(ed.), 1999, *Nicholas Trevet und die Octavia Praetexta*, Paderborn, pp. 167~169 참고.

'3일 구성법'을 일종의 3막극으로 만들려면 그럴 수도 있었는데, 이 작품의 작가는 그것을 무시했다. 첫째 날 사건 뒤에 합창을 하나 넣기만 했어도 전체적으로 막이 나뉘는 느낌이 들 텐데, 그런 장치도 없이 바로 둘째 날 사건이 시작된다.

앞에서 첫째 날과 셋째 날 사건들이 상응하는 것을 지적했는데, 셋째 날의 장면들은 첫째 날들 것에 비해 매우 짧다. 이는 일단 셋째 날 등장하는 인물들이 첫째 날 인물들에 비해 중요도가 떨어지기 때문이다. 셋째 날의 폼파이아나 근위대장은 첫째 날의 옥타비아나 세네카와 비길 만한 무게를 갖추지 못했다. 사건들이 짧아지기는 이미 둘째 날부터인데, 첫째 날이 전체 분량의 60%를 차지하니 그렇게 될 수밖에 없다. 이런 구성은 위기가 점차 커져가다가 마침내 폭발하는 과정을 보여주기에 유리하다. 상황이 급박하고 변화가 매우 갑작스럽게 일어나는 사건들을 다루는 데 적합한 형식인 것이다. 그러니까 이 작품은 — 당시의 관행을 따르기도 했지만 — 애초부터 5막극 형식이 되기 힘든 사건을 다루느라 이런 형식을 취하게 된 셈이다.

이 작품이 그저 읽기 위한 것인지, 실제 공연을 염두에 둔 것인지는 의견이 엇갈린다. 이것이 공적 행사에서 상연되기 위해 만들어진 것이라고 특정 축제와 상연날짜까지 집어내는 학자도 있다.[138] 하지만 그런 공적 행사에 쓰이려면 반드시 행사 개최자를 찬양하는 내용이 들어가야 하는데, 이 작품엔 그런 내용이 없으므로 행사용이 아니라는 반론도 있다.[139]

---

138 T. P. Wiseman, *The Principal Thing*, Sherborne, 2001, p. 14 참고. 서기 68년 갈바가 로마에 도착한 지 한 달 뒤에 열린 축제 때, 마르켈루스 극장에서 상연되었다는 주장이다.

139 페리의 앞 논문(Ferri, 2014), p. 524 참고.

이 작품은, 아마도 세네카의 것은 아닌 듯하지만, 세네카의 산문을 많이 활용한 것으로 알려져 있다. 특히 세네카의 독백 부분(377~436행)과 네로와 세네카의 토론(437~592행)이 세네카의 〈관용에 관하여〉(*De clementia*)와 〈헬비아에게 드리는 위로〉(*Consolatio ad Helviam*) 내용을 많이 빌려 썼다고 본다. 하지만 이 작품은 많은 독자에게 깊은 인상을 남기는 세네카 특유의 어떤 면모를 보여주지 못하는데, 이따금 등장인물이 던지는 날카로운 경구(*sententiae*)가 그것이다. 작가가 그럴 능력이 없어서 그런 것일 수도 있지만, 혹시 당시에 세네카의 문체에 대한 비판이 있어서 거기 대응하느라 이런 것 아닌가 하는 추정도 있다.

이 작품은 큰 두 가지 세네카 비극 사본 전통 중 하나(A 사본)에만 전해진다.[140] 하지만 이 작품이 그 사본 전통에 끼어 들어간 시기가 언제인지는 불확실하다. A 사본 전통이 생겨난 것은 고대 후기(서기 4세기 말 이전)로서 아직은 세네카의 작품들이 널리 읽히던 때다. 그 후 이 비극들은 잊혔다가, 서기 12세기 말, 13세기 초에 다시 활발하게 필사되기 시작한다. 그래서 혹시 이 시기에 〈옥타비아〉가 사본 전통에 끼어든 게 아닐까 하는 의심도 있는데, 이런 종류의 작품이 단독으로 보존되었다가 나중에 끼어들기는 힘들다는 것이 학자들의 중론이다. 그러니까 이 작품이 전해질 수 있었던 이유는 단지 세네카 것으로 여겨졌기 때문이란 말이다. 이 작품의 구절을 인용한 다른 글들은 발견되지 않았고, 다만 보에티우스의 〈철학의 위안〉에서 이 작품의 영향이 일부 확인된다.

세네카의 비극들은 대체로 희랍 비극을 직접 모델로 사용한 게 아니라,

---

140 끝에서 두 번째 자리를 차지하고 있어서 〈오이테산의 헤라클레스〉가 맨 마지막 자리다.

그것의 변형인 로마 작품들의 영향을 받았다고 알려졌다. 그런데 〈옥타비아〉는 특이하게도 작가가 희랍 비극을 희랍어로 직접 읽은 것으로 보인다. 특히 이 작품에는 소포클레스의 〈엘렉트라〉와 〈안티고네〉가 큰 영향을 끼친 것으로 보인다. 전반부의 옥타비아는 엘렉트라의 모습을, 작품 마지막의 옥타비아는 안티고네의 모습을 보인다는 것이다.

이상에서 세네카의 비극작품들과 관련해서 학자들 사이에 많이 논의되는 주제들과 해석상의 문제들을 간략히 정리해 보았다. 독자께서 작품을 이해하고 즐기시는 데 조금이나마 도움이 되기를 희망한다.

지은이 · 옮긴이 소개

지은이_세네카(Lucius Annaeus Seneca, 기원전 4년 또는 서기 1~65년)

스페인 코르도바 출신으로, 로마의 철학자, 연설가, 정치인, 작가이다. 폭군 네로의 어린 시절 스승으로 널리 알려졌다. 어려서 로마로 이주해 그곳에서 교육을 받았다. 칼리굴라와 클라우디우스 황제 시대에 원로원 의원을 지냈다. 서기 41년 칼리굴라의 누이인 율리아 리빌라와 간통했다는 혐의로 코르시카로 유배되었다가 아그립피나의 초청을 받아 서기 49년 네로의 스승이 되어 복권한다. 훗날 피소의 네로 암살 음모에 가담했다고 고발되어 목숨을 잃는다.
주요 저작은 스토아 윤리학을 담은 철학적 에세이 14편과 편지 124편이다. 그 밖에도 자연과학 저작인 〈자연의 문제들〉(*Naturales Quaestiones*)과 〈클라우디우스 황제 호박 만들기〉(*Apocolocyntosis divi Claudii*)가 있다. 비극작가이기도 한 세네카가 남긴 비극 작품 10편은 현재까지 온전히 전해지는 유일한 로마 비극이다.

옮긴이_강대진

서울대 철학과를 졸업하고, 동 대학원 서양고전학 협동과정에서 플라톤의 《향연》 연구로 석사학위를, 호메로스의 《일리아스》 연구로 박사학위를 취득하였다. 현재 경남대 연구교수이다.
지은 책으로 《그리스 로마 신화》, 《그랜드투어 그리스》, 《비극의 비밀》, 《호메로스의 〈일리아스〉 읽기》 등이 있다. 옮긴 책으로 소포클레스의 《오이디푸스 왕》, 에우리피데스의 《메데이아》, 루크레티우스의 《사물의 본성에 관하여》, 키케로의 《신들의 본성에 관하여》 등이 있다.